合 肥 文 字
文字是一种纪念

时代出版传媒股份有限公司
安徽文艺出版社

WENZI SHI
YIZHONG JINIAN

合肥文字
文字是一种纪念

刘政屏 / 主编

**WENZI SHI
YIZHONG JINIAN**

时代出版传媒股份有限公司
安徽文艺出版社

图书在版编目（CIP）数据

文字是一种纪念/刘政屏主编.—合肥：安徽文艺出版社，2018.4
（合肥文字系列）
ISBN 978-7-5396-6316-6

Ⅰ.①文… Ⅱ.①刘… Ⅲ.①散文集－中国－当代 Ⅳ.①I267

中国版本图书馆CIP数据核字(2017)第330542号

出 版 人：朱寒冬
责任编辑：韩　露　　　　　　装帧设计：徐　睿

出版发行：时代出版传媒股份有限公司　www.press-mart.com
　　　　　安徽文艺出版社　　www.awpub.com
地　　址：合肥市翡翠路1118号　邮政编码：230071
营 销 部：(0551)63533889
印　　制：合肥星光印务有限责任公司　(0551)64235059

开本：700×1000　1/16　印张：16.25　字数：300千字
版次：2018年4月第1版　2018年4月第1次印刷
定价：28.00元

（如发现印装质量问题，影响阅读，请与出版社联系调换）
版权所有，侵权必究

目 录 contents

他从来未曾远去
刘政屏：有关鲁迅的一些断想 / 003
马丽春：和鲁迅先生的一点缘分 / 005
程耀恺：我是鲁迷 / 012
王张应：另外一个鲁迅 / 016
夏业柱：鲁迅的骨头 / 020
常　河：认识陈丹青，先看他对鲁迅和木心的态度 / 023
刘邦宁：那一份深沉的温情——读鲁迅写给母亲的信 / 027
敏　夫：我集《呐喊》版本 / 034

过一种有目标的生活
许　辉：过一种有目标的生活 / 039
许若齐：我家就在岸上住 / 042
何素平：赤阑桥边的声音LOGO / 045
张建春：村庄不言（外二篇）/ 048
姚　云：中秋在西湖边发呆 / 055
王维红：徽州归来（外一篇）/ 058
市　桐：浮槎往来天上人间（外二篇）/ 065

吴　玲：食笋／071
叶　纯：远离风口（外一篇）／074
黄丹丹：双城记／077

读出来的各种滋味

许春樵：文人利益的相对性／081
刘政屏：真不是滋味／084
许若齐：赠书／087
程耀恺：向塞尚致敬（外一篇）／090
王张应：有个女子名叫芸——读《浮生六记》101
李学军：符离之恋／107
市　桐：笔下人物贵在真——读《耕堂文录十种》／115
刘学升：对老北京城难以消弭的怀念／118
吴　玲：姓名风雅／121
刘爱克：从威尔斯《时间机器》说起（人类的分化、异化与进化）／125

这个春天，那片湖

姚　云：这个春天，那片湖／139
刘政屏：洪泽湖的记忆／145
董　静：六游洪泽湖／147
王维红：芦花白　芦花美／151
杨修文：洪泽湖湿地的对话／155
李海燕：洪泽湖纪行／160
吴　玲：在八月之末想起在洪泽湖夜晚的漫步（组诗）／169
张建春：紫蓬山另侧／173
君　娃：云自无心（外一篇）／175

杨立新:湖边,吃鱼(外三篇)／180

记忆和现实的距离
苏　北:慕汪堂随笔(七则)／191
苗秀侠:因为爱情／204
董　静:俺家那口子／206
阿　兰:追风的人(外一篇)／209
黄丹丹:致我们终究逝去的村庄(外一篇)／215
袁　平:逼债(外一篇)／222
刘学升:灵性龙川(外一篇)／230
张建春:爷爷的梨园／235
杨修文:母亲的前尘往事／238
姚　云:哪怕忘了我们也好／250

前面的话

　　《文字是一种纪念》是"合肥文字"系列丛书的第四本,创意策划阶段还是在 2016 年的秋天,而 2016 年 10 月 19 日是鲁迅先生逝世八十周年纪念日,因此"文字是一种纪念"应该是对鲁迅先生说的,本书的第一部分"他从来未曾远去"也是一组有关先生的文字。其实这样的文字太多了,如何写出真情和新意有些难度,好在还是有一批鲁迅先生的铁粉,因此这么一组文字还是有些特色值得一看的。

　　"过一种有目标的生活"无疑是一种境界,无论你是谁,身处何处,因为有明确的目标,你就会感觉充实和自信,感受到一些人们经常挂在嘴边却往往并不是很清楚的生命的意义。

　　读什么书,什么人读书,结果自然是不一样的。而"读出来的各种滋味"里收录的便是不同年龄、性别和职业的人们读书时生发出的各种触动和联想,既是阅读的痕迹,更是思想的火花,于己于人都是一件有益的事。

　　无论是出游还是面对生活中的各种人和事,有一些见识和感慨是自然的,如果将它们述诸于文字和大家分享,无疑是一件很有意义的事,当然前提一定是要真实,真情实感。"这个春天,那片湖""记忆与现实的距离"这两个章节里收录的,就是这样一些文字。

　　其实不管是怎样的文字,对于自己的人生来说,都是一种记录和纪念,因而"文字是一种纪念"这句话,其实也是对我们每一个人自己说的。

他从来未曾远去

●刘政屏

有关鲁迅的一些断想

　　毋庸讳言,我知道鲁迅先生,阅读他的作品,是从那个十年开始的,尽管当时推崇的作家不止鲁迅先生一个人,但真正能够吸引我、让我着迷的并不多。鲁迅先生是那个年代仅存的绿洲,因此不管掌握话语权者出于何种目的和动机,大家可以堂而皇之地阅读鲁迅作品,无疑是一件意义巨大的事情,因为鲁迅这块"绿洲"是处于一片无边无际的沙漠之中的。因此我感觉任何脱离时代背景的议论和评判都是不准确甚至可笑的。

　　关于鲁迅作品被有目的地选择、删节和曲解,我感觉也是在所难免的。实际上但凡著名的作家都难免遭遇这样的命运,这是人性决定的问题,一切为我所用,一切都是工具。当然不能否认有理解角度的问题,不同的人对一部作品的理解可能各不相同甚至千奇百怪,都是正常的。小的时候看到的鲁迅作品大多是面目不全的,所幸这样的局面很快得到改变,现在的年轻人也许不能理解,能够读到足本的作品也是一种幸事。

　　人民文学出版社1986年出版《鲁迅全集》,其贡献无疑是巨大的,作品的收集、版本的权威性乃至版式,都是一流的。但是很多人可能会忽视它的学术价值,无论是每篇作品的注释,还是第十六卷"附录"里的"鲁迅著译年表"和"全集注释索引",都有着很高的学术价值和史料价值。有一段时间,我对"索引"产生了浓厚的兴趣,因为在那里面会有很多的历史掌故、文史资料和名人简介,而这些内容在当时还是难得一见的。当然,现在再看,其中

文字是一种纪念

的有些文字是有问题的，但它的历史价值却因此凸显，读起来自然又是一番感慨。

读鲁迅作品的人可能会将更多的关注点集中在《呐喊》《彷徨》《朝花夕拾》《故事新编》等二十几部鲁迅先生生前编辑出版的作品集上，对于《鲁迅全集》里《集外集拾遗》《集外集拾遗续编》这样的先生逝世后编辑的新集子可能关注得不多。实际上这些集子里的一些文字不但有趣而且生动，展现出鲁迅先生的另一面。那些被一时忘却和忽略了的大小文章，如今读起来也是别有意味，还有那些有关书刊的广告介绍什么的，也是如此。

因为独特的历史原因，有关鲁迅研究的图书很多，各种观点各种角度的都有，内容显然也是参差不齐的，但其中有价值有意思的也不在少数，有时候读一读这样的书，不但能读出政治和历史，也能够读出学养和个性，当然也能读出平庸、荒谬和心机。傍着鲁迅、吃鲁迅饭曾经是条捷径，一些人觉得开口不说鲁迅，不与鲁迅拉上一点关系似乎就是落后和没面子，这与现在一些感觉不谩骂、挤对几句鲁迅似乎显得不够前卫时尚的人一样，都是投机的小人。

我们现在再读鲁迅，首先自己应该调整好心态。一位有思想的作家，一个有个性的男人，在那样一个时代，在那样一个环境，写出这样的一些书，我们既不要在心里预设一些判断（崇拜或者抵触），也无须太过功利（期望值过高）。当然，收获一定会有的，而且大多是意料之外的，如果说读一部好作品可以收获一些美好、感动和思想的话，那么读鲁迅先生的书，还会收获到一份冷静和骨气。这无疑是很重要的事情，因为无论什么时候，做人还是最重要的。

● 马丽春

和鲁迅先生的一点缘分

台湾有个老先生,喜欢称我"女鲁迅"。他在信里这样说,跟别人这样说,文章里也是这样说。

这老先生今年九十了,我已一年多没接到他的电话,看来他离上帝召唤他的时间已不远。而他还有十篇文章存在我电脑里,指望我再帮他出本书呢。这个美好愿望,也许不太可能实现了。

鲁迅先生如果看到这一景象,恐怕会忍不住笑着坐起来写上一篇文章,嘲笑这种"出书瘾"。因为这老先生拿一本接一本出书的方式来度过他漫长而无趣的退休生活。

那人称我"女鲁迅"有什么根据呢?按鲁迅的对头冤家胡适之的说法,有一分证据只能说一分话,那他的证据大约有三:一是我和鲁迅一样都是浙江人,不过他是绍兴人我是永康人,两地还是有些距离的,说的话也是完全听不懂的;二是我和鲁迅一样都学过医,我还当过医生,而鲁迅先生只学到解剖课为止;三是鲁迅先生写杂文,我也写过杂文,我的行文和语调中还有点鲁迅腔。这三条证据现在看来,一条都不过硬,适之先生是不会承认的。不过,如果只是开开玩笑,也未尝不可以,反正加双引号了嘛。权当一个老人的昏话好了,反正我也不认可。

但这个先生是鲁迅先生的超级粉丝。在台湾白色恐怖时期,做一个"鲁粉"是要杀头的。而他也曾差点以为保不住头了,后来混进媒体里,他觉得

文字是一种纪念

最好的自我保护方法便是当记者。他做记者做得很疯狂，还一度做过经国先生大公子蒋孝文的保镖，可见他的智商也还是不低的。后来两岸关系解冻了，他这个一颗红心的台湾记者，便开始频繁穿梭于两岸，还十余次和大陆朋友合作出书，而出书的所有费用都是由他一肩扛起。他也没有钱，有钱时大手大脚，没钱时想办法筹措，甚至还找当兵时的老长官，找曾经的采访对象国民党大佬吴伯雄，找能找到的所有人物，让他们提供赞助。如果实在没有钱，那就先欠着。他每个月都会从他那可怜的老兵补助金（台币一万三，合人民币两千多）里扣一笔下来。2013 年，他八十多了还想为鲁迅先生的小说《阿Q正传》写个续篇，开头先写四万字寄来让我过目，经我一番鼓励，趁热打铁，后来又在半个月内拉到十一万字——这个速度让我惊讶。他写的续篇叫《现代阿Q》，为了节约他的费用，我帮他在合肥印了五百本书。书的设计是我们俩合作商议的，书名是他委托我题写的。我曾为他写过三本书的书名，为他的书写过好几篇序。这五百本书，现在我手上大约还剩有几本。记得他当时回台湾时只带走五十本，多的他也带不动，现在他手里，恐怕也不会多了。

这么一个鲁迅迷，在台湾，大约也是不多见的吧？大陆"鲁粉"虽然多，可是能给鲁迅小说写续篇的，也不会太多，至少我是闻所未闻。吃鲁迅饭的研究者，大陆倒是一直不缺乏，甚至很长一段时间内还是很红火很时髦的一个工作。当然，有人也许和那个老记者一样，是为了保护自己，才吃鲁迅饭的。更有的，只是为了骗点稿费吧？当然说骗，也有点阴。没人写文章是为了骗稿费。但为了生存，拿鲁迅做文章的，的确大有人在。比如鲁迅大弟周作人先生，在和鲁迅断了往来十余年后，为了吃饭问题，也为了保护自己，也曾一篇接一篇炮制那些"我认识的鲁迅的故家"之类文章。我有一阵子买他的书反复读他如何写鲁迅，也想看出他的真实情感出来，可他的文字始终很克制，让我有点小失望。吃鲁迅饭的人我生活中也碰到过。我的一个也算沾亲带故的老朋友，他当年研究的课题便是鲁迅。我还从他家借过几本鲁迅的书。这些书如今早都发黄了，还在我家里。什么时候找个机会还得去还书。

　　我自己的藏书中,和鲁迅有关的书是分量较重的一类。我有全套人民文学出版社出版的《鲁迅全集》,还有二十几本鲁迅的书或和鲁迅研究有关的书。三年前有人向我讨一张长卷水墨山水画,买上《鲁迅全集》送给我。三年过后,我也没看完这十八卷本的书,想想也很不安。既然那么喜欢读鲁迅,为什么不一气读完他呢?没法一气读完,你们都懂。手头新书不断是一个重要原因。还有,写字画画的人,技术层面的书也是必须不断啃的。读鲁迅毕竟是爱好,紧迫性不大。何况,光阅读他的书信和日记就很庞大了。这里面的信息量很大。读这样的书和读传记读小说不一样,必须缓读细读,有时还要串起来读。有时读他的书信读到某个人了,我又要去跳着找这个人的相关资料来读。这样,有时又打乱了读书的步骤。一放下就会放下很长时间。读读停停,停停读读,这就是我读《鲁迅全集》始终没法读完的原因。但他的散文和小说,我倒是常会挑上半天,好好读他几篇。不久前便用一个下午的光阴重读鲁迅。那半天我重读了《父亲的病》《伤逝》《兄弟》《孔乙己》等名篇,感觉真的很过瘾。感谢鲁迅,让我对语言有了新认识。鲁迅的文字是简洁而有力量的。他天性中的诙谐在文字中不动声色地埋伏着。而他对问题认识的精准度则让你倒吸一口凉气。当医生必须有鲁迅这样的认识。一个病人坐到你面前,容不得你迷茫和犹豫。我这个郎中虽然不看病久矣,但看到鲁迅先生写他父亲的病,写那些中医,却还是会忍不住大笑起来。嘿嘿,这样去写中医才是好文字。郎中们别生气,鲁迅也并不是真的在攻击中医,无非是借他父亲的病说他眼中的中医吧。何况,中医也有看不好病的,也有装神弄鬼的,到现在,也还一样。

　　《鲁迅全集》我只能算"断续在读"。什么时候能看完,我也不知道。而别的写鲁迅的书,我有不少是读得飞快的。比如许寿裳《亡友鲁迅印象记》、郁达夫《回忆鲁迅》、许广平《鲁迅回忆录》稿本、周令飞主编赵瑜撰文的《鲁迅影像故事》、内山完造《我的朋友鲁迅》、孔海珠《鲁迅——最后的告别》、陈丹青《笑谈大先生》、萧红《回忆鲁迅先生》、台静农《酒旗风暖》、姚克《坐

文字是一种纪念

忘斋新旧录》，这些书都是一气看完的。周海婴《鲁迅与我七十年》则是在网上看完的。这书我现在想买却买不到了。周作人写鲁迅的书，我差不多也是一气看完的。记得先买的是《知堂回想录》，后来又买别的书，也是为了看看他笔下的鲁迅究竟是个什么样子。有时看不过瘾，又到网上扒。记得有一天，我一个下午都在看网友写的周氏兄弟。对于周氏兄弟失和这件事，我差不多也能算半个专家了。至于钱理群写鲁迅的书我也有，但不是太喜欢。还有那些和学术扯到一起的书，只要是号称研究鲁迅的，我虽然也买也看，但总觉得不如看他朋友写他的书来得过瘾。许广平写鲁迅，远不如萧红写的让我感动。姚克那本书我是不久前买的，从鲁迅书信和日记那边顺藤摸瓜摸过来，先是百度姚克君，然后再买他的这本小书。虽然书里写到鲁迅的只有两篇文章，可那是"文革"时期，他在香港写的鲁迅，时隔几十年，鲁迅在内地已成了一个政治符号，可他写鲁迅，从最初印象写起，写到他见的最后一面，文字始终是那么老实。这么一个写作态度，让我对姚克肃然起敬。至于台静农，这位鲁迅最著名的学生，他写鲁迅也只有三两篇，有的还是序，自然不过瘾，但若想到，台静农去台湾后，一直是别人靶上的目标，他自然不敢写文章，尤其是和鲁迅沾边的文章，他只好改写字——写字练书法总归没有风险吧？晚年台静农以书法闻名台湾，这也是他意外的收获。就像沈从文新中国成立后不写小说改到故宫博物院做文物研究一样，都是为了规避政治风险，但他们的生命，却因此也获得了某种程度的完整和绽放。

去年我还买过一本和鲁迅有关的书，一直放在我床头。那便是杨永德、杨宁父子俩编著的《鲁迅最后十二年与美术》。这书我看得也很慢。这杨氏父子是画家。他们编这本书也下了不少功夫，编得还是很像样的。我偶尔想起，会从床头一堆书中把它艰难翻出来，再读上几页。过一阵子，有新书放到床头上来了，这本书便又沉寂了下去。于是，这书的命运便和《鲁迅全集》一样，始终处于"断续在读"状态。何时看完，我也不知道。

因为喜欢鲁迅先生的字，我今年又买了一本《鲁迅作品》。这本作品集倒是一会儿就翻完了。因为那些作品都是鲁迅先生的字。我偶尔也会写上几首关于鲁迅的诗。有人说我写的字像鲁迅。鲁迅的字我当然是喜欢的，也是有点研究的，可真要写到他那个味，却也是极不容易的事。鲁迅在碑学上下过不少功夫。他最喜欢的收藏之一，便是各种拓片。而我于拓片却始终没有研究，虽然也喜欢古字，也天天写碑，可和鲁迅先生比起来，却是差得太远。我家里拓片倒也收藏了几张，那都是别人送的。而我对拓片有兴趣，也只是近年来的事。但鲁迅的肖像画，我却有两张。一张是吕士民先生画的；另一张，也是吕先生的画，无非题的是我自己的字。我那字极丑，那是四年前的字，我现在早已看不上眼，但这张画，我却一直挂在家里，算是个纪念。那张画中我题的内容是："恋爱期的鲁迅此际迅翁食卧俱安，故稍胖（这张画中鲁迅形象略胖）。当然此际的他也战斗也娱乐也微有烦恼，正如跟常人恋爱并无二致。此际迅翁笔战也正酣。有人爱之必有人恨之。吾独爱此际迅翁，自视鲁痴是也。壬辰初春吕士民漫画马丽春书也。"

研究鲁迅者中最得我心的是陈丹青。他的《笑谈大先生》我差不多一气读完，还读得很激动很有心得，然后向很多朋友做过推荐。而我去找那本《笑谈大先生》，找上一晚，居然影子都没找到。难道不翼而飞了吗？当然不可能。要么是被朋友借走忘了还我，而我亦是忘了的。要么是我自己塞到哪个角落里去了。我家里的书，有时真是乱。这书一多，就成了麻烦。郭因先生十二卷本的《郭因文存》，我现在都找不到地方放了，只好堆在地板上。

现代作家中，对鲁迅有深刻认识的还有一个余华。余华著有《十个词汇里的中国》，其中一个词便是"鲁迅"。这本书是台湾那位老先生寄给我的。余华在三十岁之前对鲁迅是反感的。三十多岁后，有天接到一个活，一个导演要拍鲁迅，请他写，而且给的费用并不低。余华这才去买鲁迅书。只读一个晚上，就把余华惊呆了——这次阅读把他原有的印象全部推翻，他这才发现鲁迅是个真正的作家，而不是那个符号。接下去的一个多月他都在读鲁迅。他说鲁迅是他成年后才读懂的作家。鲁迅大概也只适合成年后去读。余华写鲁迅大概有一两万字，最搞笑的一段是，他还给鲁迅的《狂人日记》谱过曲——一个连五线谱都识不全的人，能谱什么曲呢？也只是年轻人冲动

文字是一种纪念

的荷尔蒙在作怪罢了。其实,我和余华一样,年轻时也犯过同样的毛病。也瞎写过歌,谱过曲,无非没敢拿鲁迅文章来开涮而已。

山西作家韩石山写过一本书:《少不读鲁迅老不读胡适》。这书承他看得起也寄给我一本。可我不喜欢他笔下的鲁迅,于是只读过一遍便再也不去读它。现在看来"少不读鲁迅"似乎是对的。我自己读懂鲁迅也是在三十岁之后吧。那时我做记者了,也开始写杂文,于是重读鲁迅。这一读我便喜欢上鲁迅了。我对鲁迅的喜欢是发自内心的喜欢。这种喜欢一直延续至今,没有任何改变。随着我读鲁迅越来越多,我对鲁迅的喜欢也就从皮毛走到了全面。那么"老不读胡适"呢?我认为是站不住脚的。我现在读鲁迅,同时也在读胡适,而且也喜欢读胡适。我自称"鲁粉",其实也是"胡粉"。最近刚读完的一本书,是胡适弟子罗尔纲写的《师门五年记·胡适琐记》。其中写到鲁迅提到了这么一件事。尽管鲁迅后期在杂文中经常拿胡适开涮,可他们俩还是有来往的。有一年冬天,那是30年代初期,鲁迅回北京看母亲,顺便也来胡适家探访,快到书房时他边笑边说:"卷土重来了!"——而听闻鲁迅先生来,胡适小儿子胡思杜赶紧跑过去帮鲁迅先生拿大衣。这是胡思杜自己说的。进出胡家大院的名人很多,这个胡思杜也是很跩的,主动帮人拿衣服,罗尔纲也就只听说过这一次。胡思杜可能还是蛮喜欢鲁迅的。这从他后期的遭遇里可以看出来。1949年有专机来接胡适一家离开北京,可胡思杜却不肯走,选择留在大陆——1957年,他四十岁不到的年纪却终究敌不过那一波接一波的政治风暴,最后自杀身亡。鲁迅先生知道了,也会长叹不已吧?有消息传到海外,可胡适一直不肯相信。就像胡思杜给父亲写批判信,胡适也不相信那是儿子的真心话。

我的藏书中有三本购自上海鲁迅纪念馆。那是1996年10月间我携女儿路过上海,停留数天,便去虹口公园鲁迅纪念馆一游。我还在鲁迅墓前拍了一张照片。后来《杂文选刊》要发我一张照片,我便把那张照片寄给了他们,用倒是用了,是在杂志封二还是封底吧,这期杂志我现在还能在老房子里找到,可那张照片我再也没有了。

仔细想来，我的收藏中还有一样收藏也是和鲁迅有关的。我有一位画家老师早年也喜欢木刻，他刻过一帧不大的鲁迅肖像。学画初期我被他邀请常去他家观摩字画，有次他拿出那帧木刻，看我喜欢鲁迅，便拿出印泥，认真拓了一张送给我。记得那次还有一个女友同行，她也欢喜地拿到了一张。

和鲁迅的故事，真是说也说不完。

文字是一种纪念

●程耀恺

我是"鲁迷"

前年荼蘼花开的季节,我在邻省一座古老的城市做客,主人赐饭,满座都是南来北往的文人,新潮健谈,衣着光鲜,器宇轩昂,可惜于我全是陌生人。他们的谈话,类乎"海客谈瀛洲,烟涛微茫信难求"。后来不知怎么扯到鲁迅身上,口气之不屑和目光之睥睨,借助酒精,在空气中飘来飘去。这让我很不自在,便单刀直入:请问哪位家中有《鲁迅全集》吗?这一问,空气骤然凝固了起来。我不想这样,为了缓和气氛,匆忙改口:或者有读过先生二十篇文章的吗?空气的状况丝毫没有改善,我只得作罢,便说:也是啊,不喜欢当然不会去读的。可是,这句话的下半句,我还是咽到肚里去了:倘若没认真读过,喜欢抑或不喜欢,又从何谈起?

那天我有点煞风景。没办法,我是"鲁迷",无论何时何地,我都挺鲁,一点也不含糊。

我与鲁迅邂逅于1956年的初二《语文》课本上。那本书上有四篇先生的文章:《孔乙己》《故乡》《论雷峰塔的倒掉》《我们不再受骗了》,书中另有一篇陈涌先生写的《鲁迅》,是全景式的介绍文章。就这样,我算是开始认识先生了。入新式学堂之前,我进过老家汤庄的村学,塾师教导我们说,孔夫子是千古之圣人,还常常把"天不生仲尼,万古如黑夜"之类的话挂在嘴边。塾师姓郭,他老人家吃的就是孔夫子的饭,所以不惮其烦,早也"子曰"晚也"子曰",作为学童,听的次数一多,自然就以为"圣人"非孔子莫属了。现在大不一样了，我在读中学，此时的语文教材里，既有鲁迅文章，也有子曰诗云什么的，可谓"不薄今人爱古人"。然而读着读着，就觉得鲁迅也是圣人，他那两句"横眉冷对千夫指，俯首甘为孺子牛"就让我觉得特酷。还有一句"我好像一只牛，吃的是草，挤出的是牛奶，血"更令我心生敬意。我觉得孔子与鲁迅，一个是古代的圣人，一个是现代的圣人。可以说，在进入社会之前，我的精神世界，是为两个圣人的明灯所照亮的。

若干年之后的1964年，我完成当时条件下所有的学业。后来就是"文革"，再后来就是改革，不是东风压倒西风，就是西风压倒东风，照亮我精神世界的两盏明灯，相继经受了时代的风吹雨打。真是匪夷所思，古代圣人来了个咸鱼翻身，当代的圣人却成了众矢之的，这种社会情态，反映到中学《语文》教材里，鲁迅的文章成了兔子尾巴，反映到古城的酒桌上，竟也飘荡起不屑与睥睨，就连以自由主义者为标格的木心先生，跑到美国给年轻的画家们上课，也时不时贬损鲁迅两句，偶尔还会直截了当拿鲁迅当箭靶子。

是啊，既然"半部《论语》治天下"的老调再度重弹，听起来那么动人，那么悦耳，那么现在谁家中还会有《鲁迅全集》！谁还会读二十篇鲁迅文章！

可是我作为一个读书人，终此一生，抱定了不薄今人爱古人的主张，我喜欢孔子，崇拜鲁迅，夫子与先生，在我心灵的天平上，尚且保持相对平衡。鱼与熊掌，怎么就不可兼得！在我，都不愿放过。我甚至把孔子与鲁迅，并为一个总体来研读。我这么说，别人可能觉得不可思议：一个代表传统，一个代表反传统。鲁迅一生反孔，死不改悔，这是尽人皆知的。那么孔子呢，设想一下，若是孔子活到现在，他怎么看鲁迅？我想他不会放弃自己的观点立场，他肯定会奋起批鲁，他的杀伤力自然不在话下。如此说来，两位能并归一处吗？

可能性是存在的。可能性的成立在于放弃选边站的陋习，放弃非此即彼的思维定式，用文化来做观照，世界上大概没有什么不可以并归一处的。在我的书桌上，常常左边放着《论语》，右边放着《朝花夕拾》或者《呐喊》。翻开《论语》，就听到老夫子的谆谆教诲隔着时空，缓缓传来："小子何莫学夫

文字是一种纪念

诗？诗，可以兴，可以观，可以群，可以怨。迩之事父，远之事君。多识于鸟兽草木之名。"此时此刻，分明觉得那是夫子在对我耳提面命，由是，《诗经》也就成了我天天读的读本，虽说事父事君的话有点不着调，但多识鸟兽草木之名，总是吐凤喷珠之谈，令我感之极矣；再摊开《朝花夕拾》，先生的《安魂曲》又仿佛从天外飘来。某种程度上，《呐喊》固然震古烁今，然而细品《朝花夕拾》里一篇篇高度心灵化、人性化的文字，从细微处散发出来的神韵，会让过目的人，因为内心充满了童心、天性、人情与爱，一下子变得从容不迫起来。

虽然孔子与鲁迅在我这里不可能有什么厚此薄彼的事发生，但我对孔子的喜欢，无论如何也不会延伸到后世儒家那里。我于2004年在一篇短文中说过："我不喜欢孔子的信徒，就是这些人，把活生生的孔子学说乡愿化、巫术化、御用化，最后搞到'存天理，灭人欲'的程度。跟先秦诸子相比，这帮人不过是一群侏儒。"为什么我会有这样的看法呢？原因在于中年时期的我，有一阵子曾认真拜读过新老儒家主要著作，读了这些大著之后，我蓦然大悟，所谓儒学，归纳起来，不外乎汉儒的"礼学"和宋儒的"理学"。据它们的倡导者说，礼学可以用来治世，理学可以用来治心，然而汉儒与宋儒的大著中，对于为谁而"治"这个关键词，总是含糊其词。对此我不能不困惑，不能不对他们的学说打起问号。我上下求索而不得其解，后来还是在《且介亭杂文二集》中找到答案。先生《在现代中国的孔夫子》一文揭示：不错，孔夫子曾经计划过出色的治国的方法，但那都是为了治民众者，即权势者设想的方法，为民众本身的，却一点也没有。这就是"礼不下庶人"（当然依愚见，这里的"孔夫子"未必特指孔子本人，它是一个符号，是儒家的代名词）。这就是鲁迅的伟大之处，一针见血，一语中的。不管当下还是未来会有什么样的"热"、什么样的"班"上演或举办，遇到先生这段话，除了小心翼翼绕道走，怕也别无他法。

我这一生，年轻时跟着潮流走，中年时跟着感觉走，这样一路走来，愈走愈不得要领，愈走愈觉得茫然，于是，我停下脚步，静观四周。四周自然仍是"朝来寒雨晚来风"，潮流还在，感觉仍旧。但是有一个人进入我的视野，他就是钱锺书。钱先生在同时代人中,是难得的智者,看透了世事,独立一依,不蹚任何浑水,甘心做一粒读书种子。我虽微不足道,闭门读书,人涉卬否,或许能做到的。"人涉卬否"这句话出自《诗经》,原意是别人都听从舟子的召唤登船渡河去了,我没有,我有要等的人。

我也有要等的人。精神层面上要等待的人,一位是孔子,一位是鲁迅。然而,那么多人登舟渡河去见谁呢? 一打听,孔子。既然时势如此,既然人涉卬否,我就留下来,留下来等待先生好了。先生见状说:好啊,你当孺子,我当牛。我施礼再拜,然后说:您是上大人,我是孔乙己。

近来我发现,拒绝随波逐流而静心等待的人,在中华大地上,远非我一人。在网上,每天都能读到像"鲁迅拥有他人不具备的巨大的思想深度,又用自己创造的独特的文体,把思想转化为感情迸射出来,确实非同凡响"这样的评说。鲁迅一些著名的见解,诸如,我有一位朋友说得好:"要我们保存国粹,也须国粹能保存我们。"保存我们,的确是第一要义,只要问他有无保存我们的力量,不管他是否国粹。《随感录三十五》更是常常被引用来针砭时事或文化现象。另一位不相识的朋友,读了《华盖集·忽然想到》中的"我们目下的当务之急,是:一要生存,二要温饱,三要发展。苟有阻碍这前途者,无论是古是今,是人是鬼,是《三坟》《五典》,百宋千元,天球河图,金人玉佛,祖传丸散,秘制膏丹,全都踏倒他"之后,不无调侃地写道:鲁迅的这些文章,写在九十年前,如今读去,竟是全新的感觉。真不知该赞赏鲁迅杂文的生命力,还是感叹历史与我们开着跨世纪的玩笑。

钱理群先生说当代中国知识分子有两个典范,一个是胡适,一个是鲁迅,胡适是进入体制内并与体制保持相对距离,鲁迅是在体制之外固守独立性。这是学者式的表述,通过客观叙述,把价值判断严密地包裹起来。我猜想钱先生要说的或许是:诸位,愿意齐家治国平天下的就认真去齐家治国平天下,愿意俯首甘为孺子牛的就真诚地去当孺子牛。

我,读书种子不敢当,孺子牛也不够格,只能闭门读书,在书山学海之间,不薄今人爱古人,继续喜欢孔子,崇拜鲁迅。

文字是一种纪念

● 王张应

另外一个鲁迅

在厦门大学,我很意外地遇见了另外一个"鲁迅"。

去年,我去过一趟厦门大学。最近,又去了一趟。到了厦大,走进课堂,听老师讲课,接受业务培训,只是去厦大的其中一个原因,最主要的还是想实现我的一个心愿——我想借机在厦大寻访鲁迅先生。我希望在美丽的厦大校园里某条林荫小道上,与那位浓眉大眼的"大先生"相逢。届时,我会使用一下厦大学生的临时身份,站在路边,侧身相让,俯首鞠躬,给这位"大先生"行个见面礼。

我知道,鲁迅先生在厦门大学的时间其实很短。他于1926年9月4日到达厦门大学,1927年1月15日便离开了厦门大学前往广州中山大学,停留在厦门大学的时间仅仅一百三十余天。但是,我发现鲁迅留存在厦门大学里的印迹,却是十分深刻和丰富。我两次来到厦大校园,虽然逗留的时间都不长,但我还是强烈地感受到了"大先生"在这所学校里的存在。

先是在厦大的西门北隅,我来到了人文博物馆,在一座古朴的旧式建筑门前,我找到了并不古旧的鲁迅广场。广场不是很大,充其量不过半个篮球场一般大小。搁在别处,我会认为对于这般大小的地方,竟也谓之广场,实在有些名不符实了。不过,在厦大校园里,对于这样的鲁迅广场,我却没有丝毫的质疑。我知道,这块场地"广"与"不广",其实都没有关系,都能让人接受。大家叫它鲁迅广场,只不过是表达出了这所学校里的人们,对于曾经在这里工作和生活过的鲁迅先生的一种怀念和敬重。

而后,在鲁迅广场的东北角,我真的见到"鲁迅"了。那位"大先生"坐在那里,端正峭然,稳如泰山,目光远视,脉脉含情,神态安详。那是一尊鲁迅先生的雕像。白色的花岗岩石雕,高约三米,宽一米左右。雕像不古旧,很新的成色。见到了久仰的"大先生",心中自是一番激动,我想到了和我最尊敬的"大先生"来个亲密合影。于是,我站到了"大先生"跟前,招手请来了一位刚好路过此处的女学生帮忙,用手机拍照。女生微笑着欣然受命,她开启红唇露出白牙,喊了声"一、二、三,茄子!",然后把手机交还与我。接过手机一看照片,我才发现,"大先生"实在太高大了,照片上的另外一个人就显得有些矮小。

最后,在陈嘉庚雕像后面,我找到了集美楼。在集美楼的二层,是鲁迅纪念馆。纪念馆里,用了大量的文字、图片,还有鲁迅遗留的书籍、文稿等实物,介绍了鲁迅的生平事迹。集美楼的二楼西头第二间,是鲁迅当年在厦大的居所。鲁迅离开厦门前往广州,正是从这间屋子里出发的。屋子里边,模仿了当年的情形,陈列着鲁迅用过的几样简单的生活用具。一张窄小的木床,一方桌,一条凳。桌上摆有一只用来烧饭的酒精炉子,外加几只黑色的陶碗。地上,放着一只木桶和一口木盆,如此而已。一间不大的屋子里,显得空空荡荡。门口拉了一道警戒线,告知游人免进。我站在门外注目良久,沉思良久。这位新文化运动的扛旗人物当年在此处的生活状况可见一斑了。

不过,在厦门大学这一百三十来个日子,对于鲁迅的一生而言,却是一段十分特别的日子。甚至,可以说这段时光是鲁迅整个人生中一个十分重要的转折点。

早年上学时,我在课堂上,曾听老师讲解鲁迅离开北京前往厦门的事,原因是被黑暗势力所逼,是逃难。1926年3月18日,北京女师大的学生刘和珍君等一些进步青年学生,因参与游行请愿,惨遭段祺瑞政府残酷枪杀,这就是史上耸人听闻的"3·18"惨案!事出之后,鲁迅和林语堂等一批教授,挺身而出,拿笔当刀枪,与段祺瑞政府短兵相接。鲁迅的《记念刘和珍

文字是一种纪念

君》就是写于那个时候。段祺瑞政府对于这批声援学生的知名教授、文化名流非常恼火,准备采取行动。鲁迅和林语堂等一批正义人士,因此上了段祺瑞政府的通缉"黑名单"。为了避免遭难,林语堂反应迅速,先期离开北京,回到了家乡厦门。鲁迅一开始不想离开,后来也觉得不离开北京不行了。恰好,就在鲁迅考虑去向哪里的时候,他收到了已到厦门大学任教的林语堂的邀请,鲁迅则果断地选择了离开北平,到厦门大学任教。

这次我参观了鲁迅纪念馆,又读过在厦大校园里购买的朱水涌教授的著作《厦大往事》,之后,我在心里就已经彻底颠覆了自己从前的认知。过去,在我的心目中,鲁迅先生一直是一位"横眉冷对"的"斗士"形象。若说因为被逼和逃难,鲁迅才离开北京来到厦门,这似乎不太符合先生的性格。我猜想,先生后来决意离开北京前往厦门,其中必有原委,一定存在着某个起决定作用的内在因素,我希望在厦大校园里能够找到这个答案。

估计鲁迅事先不会想到,厦大期间是他的一个不可或缺的时段。这段时间,是鲁迅文学创作的一个高峰期。短短的四个多月,鲁迅写下了17万多字的珍贵文字。《从百草园到三味书屋》《父亲的病》《琐记》《藤野先生》以及《范爱农》等一批脍炙人口的散文作品,都是出自厦大时期。尤其,一部标注着鲁迅和许广平爱情温度的《两地书》,一共164篇书信,其中就有83篇产生于厦大期间。至此,我方明白,此时的鲁迅,这位四十五岁的"大先生",破天荒真正尝到了恋爱的滋味。因为恋爱,他在世人面前显现了另外的一个形象,一个充满了温暖情怀的别样的鲁迅。所以,在鲁迅这段时间的作品里,少了些刀光剑影,多了些温情的光芒。原来,爱情的力量竟然如此强大!爱情,不仅温暖了一个人,而且改变了一个人!

鲁迅的原配叫朱安,是一个裹小脚、不识字的旧式女人。这段婚姻,由鲁迅母亲做主,替儿子包办。虽是心中不大愿意,作为孝子的鲁迅,还是不得不接受这一事实。这位一直竭力反对封建礼教的"大先生",真的到了事关男女的问题上,他却是十分严肃和认真。在认识许广平之前,鲁迅在生活中从未体验过真正的爱情是什么滋味,正是这位青年许广平把中年的鲁迅引领到了爱情的神圣殿堂。离开北京去厦门之前，鲁迅和许广平有过一个"君子协定"。他俩相约，同时离开北京，许广平先回家乡广州，鲁迅去厦门工作两年。如果他俩真的有缘，且彼此不能割舍，两年后鲁迅去广州，俩人在广州会合。到了那时，他俩将执子之手，共修白头。

因为心中有了念想，有了一个激动人心的盼头，初到厦门大学，鲁迅的心情特别愉快。一开始，鲁迅住在厦大生物馆的三楼上。在抵达厦大的当晚，鲁迅就给他的"广平兄"写信，十分兴奋地告诉她"此地背山面海，风景绝佳"，自己"暂住在一间很大的三层楼上，上下虽不便，眺望却佳"，"要静养倒好的"。可惜，这种"愉快"并没有维持多久。随着时间的推移，先生对"广平兄"的念想越来越强烈，他巴望"君子约定"的两年时间早早过去。同时，随着教务活动的真正实施，鲁迅已经明显地感觉到厦大内部的各种矛盾开始纷至沓来，让鲁迅感到不快。尤其，后来学校让鲁迅让出生物馆三楼的住房，搬到集美楼的二楼，使得天性敏感的鲁迅认为这是理科对文科的排挤和打击。由此，鲁迅对自己在厦大的前景产生了悲观情绪，心中已经暗暗滋生的去意竟渐渐地明朗起来。只是考虑到尚在学期中间，若突然离去会影响学生课业。况且，说走就走，撂了挑子，对引荐他来到厦大的林语堂也不好交代。鲁迅遂熬到了学期结束，在给时任校长刘文庆先生留下了一纸辞呈之后，便急匆匆离开了厦门大学，登上了"苏州"号轮船，前往他心仪的广州中山大学。

那时，在大海的另外一角，在广州码头上，年轻活泼的许广平正在翘首以待，她已经恭候多时了。

我最近两次造访厦门大学之后，对于"大先生"与厦门大学聚散的来龙去脉，便有了一个比较清晰的了解。关于鲁迅来到和离开厦门大学，是否可以这样理解，当年鲁迅是心怀爱的柔情蜜意而来，却又很快奔着爱的美丽倩影而去了？

从厦大回来之后，我在心里曾经有过一个疑问。假如没有许广平，鲁迅会不会离开北京来到厦门，到了厦门又匆匆离开？

文字是一种纪念

●夏业柱

鲁迅的骨头

"鲁迅的骨头是最硬的",不知是谁最初说了这句,我就灌进了脑子,想抹也抹不掉。多年后回味,只觉得那时很幼稚,居然真以为是骨头,比如头骨、腿骨、腰椎骨。有时还联想起鲁迅头像,小撇胡,眉头紧锁,的确像是硬骨头在撑着。现在才明白,此骨头非彼骨头。那么此骨头又是什么呢?脾气、性格、思想、立场,或许都有,甚或扩大到为人处世。

人的个性大抵表现在性格、脾气上,倘若鲜明,便易与人隔阂,太过火则要吵架。这样的人我通常不喜欢,尽管我可能也有这缺点。但这话放鲁迅身上并不合适,他"横眉冷对千夫指,俯首甘为孺子牛",个性强得像石像,棱角毕露,毫不含糊。但那个时代,需要他。那时民族愚昧,国人有不少阿Q,所以鲁迅才要弃医从文,以拯救国人。可以说乱世出鲁迅,是时代成就了他的性格。对人对事,他爱就爱,恨就恨,毫不和稀泥。只是他的话掷地有声,辛辣又尖刻,很适合吵架,于是敌人听不顺耳,即便友人也难适应其锋芒。我总觉得他没必要那么凶,那么凛然正气,或许可温和些,那么话便好听好理解,人也便好接近。

鲁迅文章难读,几乎是公理。我中学时最怕鲁迅课文,而偏偏他的文章每学期都有。现在回想,当初读了那么多课文,能记起作者的,依稀只有鲁迅和朱自清。朱自清文章容易,感情细腻,风花雪月,很适合少男少女,尽管我那时没有鉴赏力,也能看出大概,还曾喜欢过。而鲁迅不同,《论雷峰塔的倒掉》《友邦惊诧论》虽然名字刻骨，意思完全不懂。前者我只记得法海、白娘子，后者我只知"惊诧"是很惊讶，余者连还给老师都谈不上。后来我自己当教师，仍觉得这两篇课文是老大难，雷峰塔倒掉要论？友邦惊什么诧？我搞不懂，更别谈教学生。现在想，或许两篇文章确实好，很能代表其个性，只要一想到题目，就知道是讽刺，是吵架，是骂人，只不过吵骂得含蓄，文字为刀，柔中带刚，这叫厉害。那时语文考试，常有文学史常识，又最容易考鲁迅，答案总是革命家、文学家。我从来没想明白文人不耍枪弄棒，为何因文字也能成革命家，而鲁迅就是，这大概就得益于他的骨头硬吧。

实际上鲁迅骨头硬，不仅对敌，也对友。他那个年代乱，战场上战火纷飞，生活中乱世万象。不过那时出文人，大批作家、艺术家都攀上了事业顶峰，文学为最，至今无人能翻越那些大山。而那些大山之间并不平静，彼此敬重的有，互相吃醋的也有，观点不同、争论不休的也有，鲁迅也没闲着。我最近在旧书店买了一本书，叫《鲁迅与高长虹》，不是写他俩如何好，而是写他俩如何吵架，引经据典，洋洋洒洒，480 页，可想相当复杂，我终究没看完，也就没明白吵什么。我只是觉得两人毫不相让，谁都可能有理。高长虹骨头硬，鲁迅硬骨头，硬碰硬，强强相遇，恰如两个有力的大巴掌打在一起，只有"啪啪"了。

并非说鲁迅冷血，要看人，看事。生活中鲁迅也不乏温情，有文字为证，比如《故乡》《社戏》，人间烟火味就很浓，很接地气。鲁迅故乡在绍兴鲁镇，是江南水乡，水网密布，我故乡在皖江沿岸，地形地貌气候都相似，生活便也与鲁镇相仿。所以月光下的闰土、划船看社戏那些，仿佛就在我的邻村。有时读着，觉得自己就是文中的"我"。而静下心想，又觉得不像。鲁迅从小就特别，别人傻玩，他却鬼精，边玩边当看客，且很仔细，所以印象深，后来又把所见所思写进文字，便成了鲜活的小说。这一点，我缺少天赋，断然做不到。问题是，生活中，倘若身边站着这样的"鲁迅"，便也很可怕。想象我的玩伴如此有心，我一定像被扒光了衣服似的，连傻玩的心思也没有了。当然我也喜欢《孔乙己》《祥林嫂》，同样细致入微，哪怕大道理不易懂，印象也不能不

文字是一种纪念

深,就在于平和、幽默,而非尖刻。我想,童年鲁迅一定接触过孔乙己、祥林嫂这样的人物,且认真观察过,记得牢,后来才写得惟妙惟肖。可想他儿时就很不一般,聪明、冷静、清醒、用心,要是拔高就叫有思想。俗话说"三岁看大,七岁看老",鲁迅从小就众人皆迷唯我独醒,也难怪后来的骨头硬了。

对鲁迅,我向来敬而远之,想是与他的硬骨头有关。不到万不得已,我不读鲁迅,几十年来,我只读了他的一点皮毛,别说懂了,仍停留在喜欢和不喜欢上,喜欢的是小说、散文,不喜欢的是杂文。像《友邦惊诧论》《论雷峰塔的倒掉》,哪怕读再多遍,我想也不大会懂,当然,如我这样读不懂的人也不在少数。有时我想,倘若换一种思维读鲁迅呢?比如先吃透他的性格、脾气、为人,再读他的文章,没准就容易些。这么说,就觉得像是叫人先啃骨头再吃肉,有点勉为其难,好在鲁迅就是鲁迅,骨头筋道,味道好,值得我们每个人去啃。

●常 河

认识陈丹青,先看他对鲁迅和木心的态度

写这篇文章的时候,我正在拉萨街头,一个隔窗看得见布达拉宫的餐厅,喝一口眼前的茶,看一眼背后的景,夜色迷茫,秋意正凉。这里的夜色,本就是无须着色的油画,能在一幅画中闲坐,这是我长久以来的梦想。

拉萨的街头当然是慢的,但在一屋子舒缓的神色中,我却想到了两个怒目的金刚。

第一个,当然是鲁迅,这已经成了现当代文学史的公论。喜欢他的也好,厌恶他的也罢,八十年来,鲁迅从来没有停止过他作为各种符号的意义,并且以他的沉默给无数人提供了谋生的工具,不知这样的结果是不是先生愿意接受的,如果先生地下有知,会不会也对这些以他为衣食的人"一个都不宽恕"。

"许多学者做了大量研究鲁迅的工作。我不是学者,居然一再谈论鲁迅,是为了说出我们的处境——如果诸位同意鲁迅被扭曲,那就有可能同意:被扭曲的是我们自己。"这是陈丹青 2008 年在湖南大学演讲时对鲁迅研究所作的诛心之论,这篇后来被收录到《笑谈大先生》一书中的演讲稿有个姿态性很强的标题——《鲁迅是谁》,那就意味着,在陈丹青看来,对鲁迅的认识,必须回到起点,任何简单化的脸谱和标签,都是对鲁迅的无意的误读和有意的无知。"今日的文艺中青年多半不愿了解他,因为怎样看待鲁迅早已被强行规定,以致几代人对威权的厌烦、冷漠和敷衍,也变成对鲁迅的厌

文字是一种纪念

烦、冷漠和敷衍。敷衍一位历史人物，最有效的办法就是简化他，给他一个脸谱，很不幸，鲁迅正是这样一个早已被简化的脸谱。"陈丹青显然有着对少年时阅读记忆的清醒批评，这是一个非常简单而痛苦的过程，也是判断一个人是否通透必不可少的衡量标准。

据陈丹青回忆，1966年，"文革"爆发，所有的孩子高兴地辍学了。他猫在阁楼的昏暗中，一页页读着鲁迅的《呐喊》与《彷徨》——这应该是一代人共同的经历。这样的阅读经历，会让一个人终其一生都走不出童年的影子，摆脱不掉深入骨髓的话语方式和思维习惯。但是，看陈丹青的文字，和他对公共事物的认识，读者会不由自主地忽略时间，惊诧于其中风骨的接续。所以，陈丹青说，每个少年都应该"呐喊"，每个少年都逃不开"彷徨"。正如鲁迅说"愿中国青年都摆脱冷气，只是向上走，不必听自暴自弃者流的话。能做事的做事，能发声的发声。有一分热，发一分光，就令萤火一般，也可以在黑暗里发一点光，不必等候炬火"。其中的哀与怒，已经不再是社会学意义的范畴，而是直达人心。如果说"吃人"的礼教，"顽劣"的国民性等是鲁迅怒目直斥的痼疾，那么，陈丹青则是以知识分子的良心戳穿了一场阳谋，接续的不仅是相当的语境，更是基于爱的痛，一种痛彻心扉的痛。

陈丹青在阐述鲁迅的作品为何深沉动人时，认为源于两条：一是鲁迅是个至情至性的人；二是先生是中国罕见的文体家。前者是道，后者为术，道与术的无缝对接，便是深藏的利刃，一旦出手，便是小李飞刀。

其实，陈丹青对鲁迅先生的评价，用在他自己身上，也精妙不过。或者说，陈丹青对鲁迅的会心、颖悟、敬仰，很大程度上是因为他自己也是这样的人，所谓惺惺相惜，从来不因时间而有任何隔阂。这一点，凡是对陈丹青为人和作品熟悉的人，估计都不会反驳。如果怀疑，请精读陈丹青的作品，尤其是他和鲁迅一样惯用的杂文作品。

我之所以在西藏会想起这两位金刚，其实是因为在一家店里看到张挂的陈丹青创作于1980年的《西藏组画》（复制品），然后由他再想到鲁迅，继而想到两个人眉目和对世间姿态的相似。

只不过，那是作为画家的陈丹青，也是最早为人们所认知的陈丹青。

但陈丹青之后的转身，相信是很多人都始料未及的，我以为，除了个人潜在的提升之外，很大程度上，源于木心。

"1983年他初次来我寓所看画，头一句也是'苦煞'！其时我正在画双人构图的康巴汉子，他略一看，犹豫片刻，显然在考虑是客气还是直说。谢天谢地，他直说了，但竟如我妈妈说起儿子当年在乡下插秧种稻的神情，一脸长辈的怜惜：'你这是打工呀，丹青，不是画画！'"

陈丹青回忆这个场景的时候，一定是心有几分得意的，我每次想到这样的情形，也都会心旌神摇。在我年轻的时候，我是多么希望有人能毫不留情地指出我的问题。那时，陈丹青已经是颇有影响的画家，能听到这样不一样的批判，相信对他而言是有短暂的陌生的。应该就是在那个时候，一群在纽约的中国留学生，聚集起来听没读过中文系的木心讲文学史，这是一个奇怪的组合；后来在乌镇看到在纽约时的木心的照片，突然觉得，这样的组合就是上帝隐藏的那只手的创造，那时的木心，神情淡然，内心却怀着空前绝后的梦想。

一个人来了，另一个人又不见了。五年，说短也短，说长也长，陈丹青不但坚持了下来，而且留下了印刷时代墨水写就的笔记。

若干年后，木心在沉寂中老去，而当年的笔记，却被陈丹青成就了皇皇一部《文学回忆录》。如今的乌镇，之所以成为小资和知识分子蜂拥而至的去处，除了乌镇自身的魅力和历史沉淀外，一个很大的原因，是因为木心。当年阳春白雪的木心，之所以被越来越多的人所熟知，陈丹青功不可没。

"在与笔记再度相处的半年，我时时涌起当初曾抱有的羞惭和惊异，不，不止如此，是一种令我畏惧到至于轻微厌烦的心情：这个死不悔改的人。他挚爱文学到了罪孽的地步，一如他罪孽般与世隔绝。这本书，布满他始终不渝的名姓，而他如数家珍的文学圣家族，完全不知道怎样持久地影响了这个人。"陈丹青这样的表述，其实透露着一种骄傲——他自己又何尝不对这个社会关注到"罪孽"的地步。否则，无法解释他当年何以从体制内出走，也无

文字是一种纪念

以解释他在公共事物领域的裂帛一样的发声。那么，是木心造就了陈丹青，还是陈丹青成就了木心？这个问题已经不重要。就像他对鲁迅的推崇和重新解构一样，陈丹青世界里的木心，一定迥异于我们通过文字所了解到的木心。

也许，当年陈丹青从清华的出走，根源就在这里。

全部幼稚！

这样饱含温情的霸气指斥，鲁迅有，木心有，如今，陈丹青也有。

品读一个人最直接的途径，是阅读他的作品；了解一个人最好的方式，是听其言、观其行。所以，要认清陈丹青的真实面目，除了他的作品外，看他对鲁迅和木心的态度，是不错的观照坐标，当然，最佳也是最直接的途径，是当面聆听他的声音。当然，不是每个人都有这样的机会。那就阅读鲁迅，陈丹青，木心……

●刘邦宁

那一份深沉的温情

——读鲁迅写给母亲的信

鲁迅先生一生与母亲可谓聚少离多,从早年离家外出求学,20 余年间,鲁迅基本上是在外面漂着的,直到 1919 年他买下八道湾的宅子,将母亲接到北京,一家人才重新团聚。1926 年 8 月,鲁迅南下到厦门、广州任教,第二年 10 月到上海,与许广平组织了新的家庭。而其母亲则一直住在北京,母子之间的主要联系方式就是一个月一至两封的家书。

我们目前可以读到的鲁迅写给母亲的信有 50 封,最近在查找资料的时候,我把这些信集中读了一遍,很有感慨——一种同为人子,处于相似年龄和心境的那份理解与默契。

因为是写给母亲的家书,所以鲁迅花费笔墨最多的,是儿子海婴,因为他知道母亲最惦念的一定是她的宝贝孙子。

鲁迅会对母亲说海婴的活泼可爱:"海婴是更加长大了,下巴已出在桌面之上了,因为搬了房子,常常在明堂里游戏,或到田野间去,所以身体也比先前好些。能讲之话很多,虽然有时要撒野,但也能听大人的话。""海婴很好,脸已晒黑,身体亦较去年强健,且近来似较为听话,不甚无理取闹。""海婴则日渐长大,每日要讲故事,脾气已与去年不同,有时亦懂道理,容易教训了。""海婴渐大,懂得道理了,所以有些事情已经可以讲通,比先前好办,良心也还好,好客,不小气,只是有时要欺辱人,尤其是他自己的母亲,对男(鲁

文字是一种纪念

迅自称）则较为客气。"

也会对母亲说海婴的调皮淘气："（海婴）现在胃口很好，人亦活泼，而更加顽皮，因无别个孩子同玩，所以只在大人身边吵嚷，令男不能安静。""海婴仍不读书，专在家里捣乱，拆破玩具。""惟海婴日渐长大，自有主意，常出门外与一切人捣乱，不问大小，都去冲突，管束颇觉吃力耳。""他什么事情都想模仿我，用我来做比，只是衣服不肯学我的随便，爱漂亮，要穿洋服了。"

当然，鲁迅明白"报喜"之余一定是要"报忧"的，否则老母亲会不太相信和放心的，彼此之间的话题也会少了很多。可见鲁迅先生对老人的心理还是很有了解的。

比如鲁迅会对母亲说海婴出疹子了："惟海婴于十日前患伤风发热，即经延医诊治，现已渐愈矣。"但随后的一封信里他会说："海婴亦已复原，胃口很开了。"由于母亲还是不放心，于是他在第三封里，做了更详细的报告："海婴早已复原，医生在给他吃一种药丸，每日二粒，云是补剂，近日胃口极开，而终不见胖，大约如此年龄，终日顽皮，不肯安静，是未必能胖的了。"

事后汇报，也是鲁迅惯用的办法："海婴仍在原地方读书，夏天头上生了几个小疮，现在好了；前天玻璃割破了手，鲜血淋漓，今天又好了。"

除此之外，鲁迅还会不时寄一张海婴的照片给母亲，有时还将海婴口述，许广平笔录的"信"一并寄给母亲："前天给他照了一张相，大约八月初头可晒好，那时当寄上。他又要写信给母亲，令广平照抄，今亦附上，内有几句上海话，已在旁边注明。"海婴识字之后，则会将海婴写的信寄给母亲："（海婴）已认得一百多个字，就想写信，附上一笺，其中有几个歪歪斜斜的字，就是他写的。"

在阅读鲁迅给母亲的信的过程中，发现有一个现象很有意思：相比于每信必写海婴，鲁迅在给母亲的信里对许广平不但以"害马"称之，而且基本上是一笔带过。长一点的是"害马虽忙，但平安如常，可释远虑。""害马亦好，可请勿念。"通常基本上是"害马安好""害马亦好""害马亦安好""害马亦还好"。

也夸过许广平:"害马则自从到上海以来,未曾生过病,可谓能干也。"不过当能干的许广平生病的时候,鲁迅也会向母亲通报的,不过也是在许广平病好之后:"害马上月生胃病,看了一回医生,吃四天药,好了。"

说到自己,鲁迅也是很注意语气和时机的,家里需要他出头露面的事不但及时处理,而且随时汇报,好让母亲放心。时间精力允许的时候也会聊一些家长里短的闲话,生病的时候会说到他的忙碌和辛苦,小病随时会提及,但大一点的毛病则在痊愈或者好转之后再说。

1934年11月之前,鲁迅基本上是胃痛和感冒一类的病,对于母亲的关切,鲁迅大多以实相告,有时还会有些探讨:"男亦安,惟近日胃中略痛,此系老病,服药数天即愈,乞勿远念为要。""男胃病先前虽不常发,但偶尔作痛的时候,一年中也或有的,不过这回时日较长,经服药约一礼拜后,已渐痊愈,医言只要再服三日,便可停药矣。请勿念为要。""男胃疼现已医好,但还在服药,医生言因吸烟太多之故,现拟逐渐少,至每日只吸十支,惟不知能否做得到耳。""男亦如常,惟生了许多痱子,搽痱子药亦无大效,盖旋好旋生,非秋凉无法可想也。""男因在风中熟睡,生了两天小伤风,现已痊愈。"

但是到了11月,鲁迅病了,持续发烧、无力,"躺了七八天",这时候鲁迅对母亲基本上是避重就轻、含糊其词。说到是什么病的时候,是"医生也看不出什么毛病……和在北京与章士钊闹的时候的病是一样的"。说到病因,则"大约是疲劳之故",同时还编出一个似乎很有道理的理由:"卖文为活,和别的职业不同,工作的时间总不能每天一定,闲起来整天玩,一忙就夜里也不能多睡觉,而且就是不写的时候,也不免在思想,很容易疲劳的。"当然重点一定是"现在好起来了","现在已经好起来了,胃口渐开,精神也恢复了不少,服药亦停止,可请勿念"。

一般情况下,鲁迅和母亲的通信都是你一封我一封交替着来的,偶尔也有一方连续两封信后一并回复的,但1934年3月15日写给母亲的信却显得有些特别,首先鲁迅表达自己在"久未得来示"的情况下的一份挂念,紧接着鲁迅写道:"近闻天津报上,有登男生脑炎症者,全系谣言,请勿念为要。"担

文字是一种纪念

心母亲误信自己患脑炎的谣传进而焦虑,于是赶紧写信给母亲,请母亲不要担心。紧接着鲁迅写道:"害马亦好,惟海婴于十日前患伤风发热,即经延医诊治,现已渐愈矣。"依然是汇报海婴的情况,不过这次海婴的情况有些不好:是病了,但已在恢复中。可想而知,老太太的注意力会一下子转移到孙子的身上,对于有关鲁迅生病谣言的疑惑自然要减少许多。传言中儿子生的是大病,而孙子不过是"伤风发热",且已经"渐愈矣",行文之间,可见鲁迅先生的良苦用心:害怕母亲担心而说明情况,同时说出一些"真实情况"以增加可信度,最终目的是让老母亲放心。

什么是孝子?这就是孝子,时时刻刻考虑母亲的感受,用心尽意,唯恐老人家受到惊吓。

对于母亲的身体,鲁迅则是倍加关切,细致入微:"大人的胃病,近来不知如何,万乞千万小心调养为要。""大人胃病初愈,尚无力气,尚希加意静养为要。""大人牙已拔去,又并不痛,甚好,其实时时要痛,原不如拔去为佳,惟此后食物,务乞多吃柔软之物,以免胃不消化为要。"

有一段时间,老太太迷上了张恨水的小说,尽管鲁迅"自己未曾看过,不知内容如何也"。但还是二话不说,一部一部地买好给母亲寄过去:"三日前曾买《金粉世家》一部十二本,又《美人恩》一部三本,皆张恨水所作,分两包,由上海书局寄上,想已到。"(此封信没有提到海婴,只说了两件母亲交办的事,其中又以买书一事为主。)"张恨水们的小说,已托人买了去了,大约不出一个礼拜之内当可由书局直接寄上。"

书买多了,母亲自然有些顾虑,担心儿子为此花太多的钱,鲁迅知道后,赶紧写信解释:"张恨水的小说,定价虽贵,但托熟人去买,可打对折,其实是不贵的。即如此次所寄五种,一看好像要二十元,实则连邮费不过十元而已。"读到这儿的时候,我有些忍俊不禁,事实到底是怎样的我们姑且不去管它,但这样的解释我们似乎都有过的,打折,便宜,花不了多少钱,但凡不愿意让父母心疼钱的孩子,基本上都是这个套路。

在1935年的家书里,很少看到鲁迅说自己身体的文字,即便是有,也是轻描淡写："男身体尚好,但因琐事不少,故不免稍忙。时亦觉得无力耳。"其实,通过一个"觉得无力"就可以看出鲁迅的病并没有好彻底,至于是什么病,更是从不提及。

到了1936年,鲁迅的身体急转直下,2月底"因出外受寒,突患气喘,至于不能支持,幸医生已到,急注射一针,始渐平复,后卧床三日,始能起身"。3月20日他在给母亲写信的时候说自己"现已可称复原,但稍无力,可请勿念"。从一个"可称复原"可以看得出鲁迅说话时是留有余地的,因为对于自己身体的未来,他还是心有余悸的。为此他对母亲说："至于气喘之病,一向未有,此是第一次,将来是否不至于复发,现在尚不可知也,大约小心寒暖,则可以无虑耳。"

4月1日鲁迅给母亲的信中似乎是松了一口气,因为他感觉自己"总算已经复原",由于他对于自己的病能否不再复发没有把握,所以变得十分的小心："现已做了丝绵袍一件,且每日喝一种茶,是广东出品。云可医咳,似颇有效,近来咳嗽确是很少了。"

但是,5月7日还在信里说"男早已复原,不过仍是忙"的鲁迅,16日起"突然发热,加以气喘,从此日见沉重,至月底,颇近危险,幸一二日后,即见转机,而发热终不退。到七月初,乃用透物电光照视肺部,始知男盖从少年时即有肺病,至少曾发病两次,又曾生重症肋膜炎一次"。到了这个时候,鲁迅才向母亲说了真话。在9月3日的家书里,鲁迅又详细地说了一遍："男所生的病,报上虽说是神经衰弱,其实不是,而是肺病,且已经生了二三十年,被八道湾赶出后的一回,和章士钊闹后的一回,躺倒过的,就都是这病,但当时年富力强,不久医好了。男自己也不喜欢多讲,令人担心,所以很少人知道。初到上海后,也发过一回,今年是第四回。"瞒着母亲,不喜欢多讲,是怕母亲担心。但是母亲不可能不担心,特别是在她知道了真相之后,这一点鲁迅是很清楚的,于是他继续在家书里向母亲报着一些比较好的消息:

"近日病状,几乎褪尽,胃口早已复原,脸色亦早恢复,惟每日仍发微热,但不高,则凡生肺病的人,无不如此,医生每日来注射,据云数日后即可不发,而且再过两星期,也可以停止吃药了。所以病已向愈,万请勿念为要。"

"男比先前已好得多,但有时总还有微热,一时离不开医生,所以虽想转地疗养一两个月,现在也还不能去,到下月初,也许可以走了。"

即便是严重到了吐血的地步,他依然是轻描淡写:"男确是吐了几十口血,但不过是痰中带血,不到一日,就由医生用药止住了。"吐血变成了"痰中带血"而且"不到一日,就由医生用药止住了"。这样的话,足以让母亲稍稍安心一点。

况且他又说:"大约因为年纪大了之故罢,一直医了三个月,还没有能够停药,也因此未能离开医生,所以今年也不能到别处休养了。""年纪大了""休养"这样的词所传递的,还是一种放松。

同时,他还似乎很肯定地对母亲说:"肺病是不会断根的病,痊愈是不能的,但四十以上人,却无性命危险,况且一发即医,不要紧的,请放心为要。"在读这封信的时候,我感觉到一种彻骨的痛。鲁迅是学过医的,尽管他很坚强勇敢乐观,但自己的病到了怎样的境地,他不会不清楚。但是他不愿意和母亲说出实情,原因自然是不愿意母亲太为他担心,毕竟母亲已经年近八旬,在他看来,能瞒一天就瞒一天,更何况他从来就未曾放弃生的希望。

鲁迅先生逝世于1936年10月19日,但在9月22日的家书里,他还很乐观地对母亲说:"男近日情形,比先前又好一点,脸上的样子,已经恢复了病前的状态了,但有时还要发低热,所以仍在注射。大约再过一星期,就停下来看一看。"可以想象,老太太接到这封信时心情应该是宽慰不少,而当二十多天后儿子去世的消息传来的时候,她所遭受到的打击又是何其之大。

弥留之际的鲁迅一定想到了他的母亲,想到自己的离开将会给老人家带来的痛苦,他一定会很不安很难受。因为他是善良而孝顺的,而具备这样品质的人,往往会遭受比别人多得多的痛苦。

因为自己的婚姻和大家庭的种种矛盾和变故，造成了鲁迅与母亲之间的心理和距离上的诸多隔离，这是一种很无奈的现实，但对于母亲，鲁迅始终是恭敬孝顺的，在一封封书信中，在一个个生活细节里，我们都可以真切地感受到。因为那里面有一份温情，一份深沉而复杂的温情。

文字是一种纪念

●敏 夫

我集《呐喊》版本

对鲁迅先生的作品一直是喜欢的，但早些年读到的大多是一些被肢解和曲解的鲁迅作品，这样的局面一直到20世纪70年代才得以改变。当时出版了一套白色调暗条纹的鲁迅作品单行本，一共有27本，其特点是素淡简洁，只收原文，没有注释，比起那些乱七八糟的注释本看上去要清爽得多。尤其让我感到意外和惊喜的是，它居然还在每本书的扉页印有此书的初版书影，这样的做法在当时是极为罕见的。

我收集的第一本《呐喊》就是这个版本，只不过那时它仅仅是我为数不多的藏书中的一种，我不知道它出版时中国的出版状况，更不知道它拥有从北京到各省会城市人民出版社的几十个版本，也就是各省区分别印刷，其发行总量自然是一个天文数字。

1981年人民文学出版社出版了十六卷的《鲁迅全集》之前，于1979年曾出版了一套新的单行本，大32开，我在已经拥有了全集的情况下，又购买了《呐喊》的单行本。这足以说明我对《呐喊》情有独钟。

迄今为止，人民文学出版社的鲁迅作品单行本使用的一直是1979年的版本，可见这一版本是成熟甚至定型的。同时人民文学出版社也是出版鲁迅作品单行本系列次数最多的出版社，而且每一种版本都有其比较独特的风格。《呐喊》的单行本自然也是最多的，因此，如果真的要研究《呐喊》版本，人民文学的版本无疑将会是其中很重要的一个部分。

1986年鲁迅先生逝世五十周年后,版本放开,鲁迅先生的作品逐渐呈现出多元化趋势,《呐喊》的版本也渐渐丰富起来。其中有一些版本制作精良,很有特色。当时在业界颇有影响力的漓江出版社1999年出版的图文版的《呐喊》,插图者是著名画家裘沙、王伟君夫妇,两位画家自1972年开始沉迷于用绘画理解和演绎鲁迅的作品和思想,画风独特,精品迭出,这本书收录的28幅作品里,就有着不同的表现手法和风格。在之后的《呐喊》版本里,也时常可以看到他们的作品。

　　2001年新课标颁布之后,鲁迅先生的作品《呐喊》和《朝花夕拾》被编入各出版社的"新课标"丛书内,且不断改版翻印,《呐喊》版本一时间达到数十种之多。与此同时还有数量颇多的两本书的合印本,不过这样的版本我一般是不收的。

　　与此同时,《呐喊》被收入各种系列丛书中,包括各具特色的鲁迅作品单行本系列丛书。各种形式和风格的插图本、彩印本,冠以《呐喊》之名的鲁迅小说全本、选本也是层出不穷。

　　南方一家出版社2004年出版的"配图珍藏本"《呐喊》,24开全彩印,收录相关人物和物件图片200余幅,并有各种侧注,用心、精致,特别令人意外的是它在主封面之外,还有一个鲁迅侧影异形封,可谓绝无仅有。

　　丰子恺先生曾为鲁迅先生的小说创作了大量漫画插图,其作品简洁生动,2013年广西师大出版社引自港版的《呐喊》收录了丰子恺先生168幅插图,其数量为所有同类版本中最多的。这本精装版的《呐喊》还在衬纸页贴有以丰先生作品为图案的藏书票一枚,可见出版者是多么用心尽意。

　　鲁迅先生的作品被大量翻译成各种文字,其作品的各种选本不断问世,英汉、法汉、德汉等对照本、全本,更多的是选本。这一类的版本(尤其是外版)收集起来有一定难度。

　　我正式决定收集《呐喊》的不同版本应该是2011年,当时的计划是,用十年的时间收集100种《呐喊》的版本,并在此基础上完成一个更高的目标。

　　目标确定之后,立即开始行动,各实体店和网站全部过一遍后,几十本

文字是一种纪念

《呐喊》版本被收了进来，然后就是过一段时间关注一下《呐喊》的出版情况，逛书店因此也有了一个新的目标。

一次和家人去一个大型超市，居然也发现了一本《呐喊》，小 64 开，双色印刷，它属于一个大系列图书，高定价、低折扣，显然是图书公司所为，查看之后，果不其然。不过这样比较特别的开本还是很值得收藏的，后来这套书又换了一家出版社出版，我依然毫不犹豫地掏钱买下。

不过 64 开并不是我收集的《呐喊》版本中最小的，一本 256 开的《呐喊》目前稳居最小开本的位置，估计一时半会儿不会被超越。火柴盒大小，居然也收录了《呐喊》14 篇里包括《狂人日记》《孔乙己》《药》《阿 Q 正传》在内的 9 篇，也算得上一件奇事。

插图版《呐喊》不少，但绘画版的可谓凤毛麟角。一直关注"鲁迅小说全编绘图本"中的《呐喊》，希望能够把它收入我的收藏专架，但因为是 2002 年出版的，很久未能如愿。某日在网上闲逛，无意中发现它的身影，居然还是特价，不免好一阵高兴，到手之后才发现，它分一二两本，于是赶紧又把第二本买了回来，总算是了了一个心愿。

2016 年秋天，100 本目标提前完成，这显然出乎我的意料之外，但似乎也没有想象中的那份惊喜。因为我明白，自己眼前这颇为壮观的 100 多本书大多为近期版本，且有个性和特色的版本不多，一些版本甚至有粗制滥造之嫌。而作为一种专题收藏，早期版本显然是不可或缺的，准确地说，20 世纪 70 年代之前的版本，尽管历史久远，版本珍贵，但绝对是应该积极追求的目标。与此同时，力争收齐 1973 年之后的版本，同时将注意力辐射到外文和海外版本，而这同样很不容易。

《呐喊》的价值，不仅在于它是白话文小说的开山之作，同时还在于它极高的文学意义和社会意义。我想，通过对《呐喊》版本的收集，我所能收获的，应该是我期望的一种集聚和升华。

过一种有目标的生活

●许 辉

过一种有目标的生活

妻子掌握心理学,生活中对我多以鼓励为主,比如现在她就常夸赞我,说我做事还算有决心、有毅力。她这么说,一方面是鼓励我做事要继续有决心、有毅力,另一方面是要我做给孩子看,在家里树立一个好榜样。于是回想起来,可不是嘛,以前的生活还是蛮有意思的。十年以前,我特别喜欢打麻将,和朋友在一起,常常打得昏天黑地,几天几夜不回家。那时候和家里人多天不照面是常有的事:我上午回来了,她们去上学上班了;她们晚上放学下班回来,下午我又已经被朋友邀走了。为这事,没少挨妻女数落。后来,打算集中精力读书写作,决定不打麻将了,做出这个决定以后,还就真的再没去打过。十多年过去了,不是坚持不去打,而是自然而然想不到再去打,一直到现在。自己那时常想,可能这一辈子该打的麻将都在那些年了,不然怎么会一点念想都没有了呢?

我吸烟的历史也算"悠久"。20世纪60年代末"文革"时我才上小学,那时候冬天雪下得很大,我们这些孩子在大院里堆雪人,把雪人的肚子掏空,我们就从家里偷大人的香烟,躲在雪人肚子里吸,那大概就是我吸烟史的开端。高中毕业后到农村插队,算是走上社会独立了,就向贫下中农学习,在田间地头用旧报纸卷旱烟吸,知青们在一起也互相散烟吸。大学毕业工作后,虽然断断续续的,但也没停过吸烟。再后来到了1999年,我父亲生病,在医院里住了半个多月。在医院看护父亲时医院不准吸烟,父亲走了以

文字是一种纪念

后,我想烟就不用吸了,算是用这种方式,对父亲的一种纪念吧。从那以后,就再没有吸过烟。但和打麻将一样,别人打麻将,我仍觉得有趣,可以站在旁边看一会儿,自己从来没想过参与其中;别人吸烟,我也不反感,吸一些二手烟也完全可以接受,但自己不会去吸。

有些嗜好戒断了,有些嗜好持续下来了,想想真不错。比如下农村或在大地上行走这件事。听母亲说,我小时候身体不太好,整天生病。我自己也记得一些,上小学和初中时,印象里好像经常打摆子(疟疾),一打摆子就发高烧,一会热一会冷的,浑身无力,就请假不能上学了,发烧烧的,白开水一喝就喝一暖瓶。吃药吃多了胃也吃得不好了,经常胃疼,于是母亲就鼓励我多到室外活动,还给我买了许多体育运动方面的书。好在母亲的持续鼓励下,我变成了一个野孩子:每天早晨早起出门跑步;冬天凌晨两三点钟就约上同学,到操场打篮球。打篮球的习惯一直持续到上大学,在学校里经常正中午大太阳暴晒着,一个人在操场上练篮球;暑假中每天顶着烈日、冒着酷暑,一个人穿着裤头背心,沿通向城外的公路走到一个乡镇去,并没有什么具体的事情要做,就是喜欢在太阳暴晒下走;放学了回家摸上鱼竿就跑到河边钓鱼,一直到天黑透了才回家吃饭;夏天天天和同学朋友泡在河里,有时候在河边一待就是一天;学会钓泥鳅、钓黄鳝以后,就更野了,经常早饭后就出发,步行10多公里到农村钓黄鳝,天大黑了拎着一袋黄鳝回到家,有时还钓条水蛇回来,一天步行三四十里路是很正常的事情。步行、下乡这些事都持续了下来,还有所扩大。上大学时利用了所有的寒假和暑假,走了苏北农村、巢湖的银屏山区、大别山区、大西北地区的甘肃、青海、宁夏、内蒙古;后来还徒步走了淮河的好几条支流:濉河、沱河、浍河。人也变得能吃苦了,经常在陌生的村庄干部家、农民家或乡镇吃饭、过夜,有一次还半夜睡过村外的麦秸垛。这不仅培养了我对大地的热爱,也使我对淮河流域的天地、人文有了广泛的了解。

还有读书,还有认真、勤奋、努力,都是我能够一直钟情或坚持的。好的要能坚持下去,不好的要有意志戒除。过一种有目标的生活,这样才有动力;同样,经营一个有目标的家庭,这样才能持久。当然,这个所谓的"目标",并非要成多大的业、挣多少金银财宝、攀上多高的位置、成为多大的人物,而是过一种健康向上的生活,建立一个开心自信的家庭,这才是人生的目标,才是家庭的目标。做到了这两点,我们或许才可以走进社会能担当,回归家庭享天伦。

文字是一种纪念

●许若齐

我家就在岸上住

终于有了一间自己的房子,面朝新安江,山高水又长。

它坐落在屯溪新安江延伸段。这是个标准的工程项目的名称,毫无文采,居然被使用了几年。其间,也曾有过征名,应者踊跃。如"屯浦胜境""新安徽韵""浙江晓月""屯廊邀月"等等。"徽堤"一说,倒也简明妥帖;无奈下游通江达海处早有"苏堤""白堤",有掠美之嫌。好在徽州地灵人杰,才华横溢者众,相信不久会有一妙语横空出世的。

于工薪族而言,购房添屋总是思量再三的事情。斟酌是一而再的,它的最终落定却是来自一刹那的惊异。三年前秋天某日上午,大雾锁江,延伸段亦一片茫然。10时,江风缓缓扬起,雾渐渐去,一幅山水画卷徐徐展开:秋水、岸柳、衰荷、栈道、照壁、廊桥、远山……对一个日新月异的城市而言,哪怕在一个角落有如此的点缀,也足以让人怦然心动,更何况于我而言,这里是故乡,当年的旧痕遗梦几无寄存,总不能久而久之地倚着镇海桥(老大桥)的栏杆发思古之幽情;或在老街的同德仁药店里,闻着弥久不变的缕缕药香,想着那个童颜鹤发的抓药老翁(已仙逝)。五十年为度,除却这两处,哪里还能寻觅到昨夜的星辰昨夜的风?告老还乡是人之常情,临水而居则是坚定不移的选择。

这种选择源于极深厚的亲水情结。我家就在岸上住,距今天的延伸段溯水西上10里,屯溪老城区的长干塝。那时哪个孩子不玩水,盼望夏天愈热愈长愈好。江面上竹排木排经常成群结队地衔成长龙,大摇大摆地顺流而下。放排工披星戴月,风餐露宿,在我们眼里却是威风凛凛:立在排头,挥着丈八大篙,像个大将军。我们湿漉漉地从水里爬上去,拨去头上身上的一缕缕水草,张开双臂,在排上与水流作逆方向奔跑。水走排走我走,夏天的风轻抚着身体的诸多部位,很爽的。于是快活地大喊大叫,得意忘形,目空一切。一不小心,会跌进水里。呛了一口水,待你探出头来,排已逶迤着离你远去了。你可以游到岸边的水埠头,在被江水长年冲刷开的石头缝里,掏掏螺蛳、小螃蟹什么的;或者用稻草结成长长的拖子,几个人在相对平坦的浅河,去拖捉寸把长的鱼虾。

江里还经常泊着许多两头尖尖的乌篷船。我们一帮小孩喜欢在水里扒着船帮,窥见船家的私生活。我们纯属好奇:一大家人,在那么狭小局促的地方,如何吃喝拉撒?男人都黑黝黝的,很健壮,头发一律像瓦片一样盖在头上,脸大多是方方正正的国字脸,脚板底很平整。男孩喜欢在颈脖上戴一个亮晶晶的铜项圈。有一次正好看到了船娘很端正地坐在红漆马桶响亮地小便。船老大见状,怒不可遏地挥舞着大竹篙扫将过来。我们吃了一惊,像青蛙一样扑通扑通掉进水里,一个猛子扎出20米开外,然后在水里露出头,齐声大喊:你老婆的屁股又大又白!

今天的新安江,由于有了下游的翻水闸,已不复当年的湍急、狭促,非常宽阔、从容,没了那份"我从山中来"的乡野秉性;入夜后两岸璀璨的灯饰,更使其雍华无比。显然,诸如"林廊清影""屯浦归帆""照壁怀古""摩崖石刻""山阁远眺"景点的营造,意在传递徽风古韵,多少也满足了我们一些微婉迷茫的追忆,萦绕梦牵的乡土情思。有的已成绝响:艄公的号子、船上的白帆……倒是有一面"屯浦归帆"在我家楼下隔路临水高高地张扬,再大的江风拂过,它也是纹丝不动。

我所居的这栋楼有点特行独立。高矗岸边,无遮无拦,真正的眼观四面,耳听八方。对面即是孙王阁,耸立山头,登之,可俯瞰屯溪,一览无余。夜里,光芒四射,犹如玉皇大帝住的灵霄宝殿。遥望,亦飘飘欲仙。最美当

文字是一种纪念

属春天,放眼望去,对岸尤溪留村一带,桃红柳绿,油菜花开,绚丽金黄,铺陈出大片大片的流光溢彩。村里皆是粉墙黛瓦的徽派屋舍,掩掩映映,错落有致。遗憾的是过于簇新,无沧桑感。好在现在村口还有老树数株兜底,遮天蔽日,愈久弥坚。相信经过若干年的风吹雨打,那些房子也会斑驳陆离起来,古意自然有了。

新安江延伸带名副其实,从屯溪中心城区至花山迷窟,沿江岸蜿蜒10公里,无疑是健行的最佳路线。其实,清晨或傍晚,无所事事的漫步亦是一种惬意的享受。有一段尚存水埠头,青石,平整如砥。晨雾里,见浣衣者一字排开,棒槌声此起彼落,闻之,竟有隔世之感。晚霞满天时,夕阳渐沉江中,一叶捉鱼的扁舟慢慢划着,已然剪影;那"半江瑟瑟半江红"的意境,非把你醉痴不可!

我家门口的这一段江面水浅平缓,可嬉水。时常有孩子们三五成群,携花花绿绿的救生圈在水里玩耍,家长则在岸上不时地招呼。我当然不会在光天化日下去重温儿时的快乐。而是待月出东山时下去小游一回。事毕且慢回家,裹着毛巾去湖边村的酒吧坐定,慢呷一杯冰啤消遣。

●何素平

赤阑桥边的声音 LOGO

　　追根溯源,戏曲声腔与都市一直都是相伴相生的。自勾栏瓦肆时代起,直至现代文明普及,每个城市都产生和发展出了种种与之相对应的事物。其间,那些千差万别、勾魂摄魄的戏曲声腔,作为一种长久流传的非物质文化遗产,往往就是一座城市的声音 logo——比如代表江南水乡旖旎风情的绵软越剧、代表黄土高原旷远空阔的高亢秦腔。

　　戏曲声腔中深埋着往昔都市的纷扰——每一部戏文,演绎的不过是悲欢离合的人生故事;每一声拖腔,倾诉的大多为红男绿女的情意心声。而那些戏文、声腔,无不打上了各个地域的深刻烙印,在不同的城市上空飘荡萦绕。

　　戏曲声腔是漫长历史中都市繁华的一种特征鲜明的文化存在。

　　在这种定义下,合肥的声音 logo 理应非庐剧莫属了。

　　记得 20 世纪 80 年代,合肥市中心曾经有一个专门唱庐剧的小戏院,天天有庐剧当红的名角在里面领衔演戏,戏中的欢声悲语透过韵味醇厚的唱腔让本地的戏迷沉迷其中。

　　那么今天的合肥城还有人稀罕听庐剧吗? 一打听,嗨,人气旺着呢。

　　从年头到年尾,每逢周末,只要没有狂风、烈日或雨雪,你去市中心的城隍庙,里面维护完好的花戏楼里,每周都有人在那儿唱庐剧、听庐剧。

　　在台上唱的,除了庐剧院团的专业班底之外,更多的是业余剧团的准专业演员,或常年聚会的资深票友,他们中的很多人早已俨然成了名角儿。

台下聚拢来听的,有附近热心忠厚的大叔大妈,有合肥周边雷打不散的铁杆戏迷,也有从四面八方专门赶来捧心仪角儿的"粉丝"。

大戏、小戏、折子戏,一年唱到头,戏码离不开《讨学钱》《梁祝》《休丁香》《小辞店》《雪梅观画》……"二凉""三七""寒腔""点大麦""端公调"之类的传统声腔,只有这些戏里,才会不走样地保留着庐剧特有的原腔原味,真正的老戏迷永远听不厌,他们在每个名角的演唱中细细咂摸品赏着不同的韵味。

也有新戏上演。代表当今最高庐剧创作与表演水准的专业庐剧院团,近年排了不少新剧目,可是那些剧往往适合在设备先进的大剧场里演。好是好,却要买票;且进了剧场,还要正襟危坐地听。相比之下,庐剧的戏迷似乎更乐意结伴而来,围在老戏台下,仰着头,聊着天,听戏腔中的老调调,评日子里的旧人新事,说一说家里家外的情长意短。有时无意间,还能碰上丁玉兰老人台上台下忙碌指点的身影——啧,这才是听庐剧的享受。

每年里,这里还会有几次集中的庐剧演出周,那更是草根戏迷们的节日。演出周期间,平时难得一见的庐剧名家荟萃一堂,轮番登台。每逢这样的日子,神采飞扬的戏迷们总是忙个不停地在城隍庙的院里院外进进出出,呼朋唤友,送花合影,喜形于色。

然而,合肥毕竟又从来都是一个以融合南北文化见长的地方,尤其在向着大都市方向迈进、文化越来越多元的今天,一个剧种怎能概括得了它的全部内涵和万种风情!所以,这座城市的人们,在戏曲方面,除了庐剧,亦不乏钟情于京昆、徽剧、梆子、拉魂腔的戏迷,形形色色,不一而足。当然,人们最钟情也最熟悉的戏腔还要数黄梅戏。夜幕降临时,老城一角的茶戏楼会定时响起热呼呼的锣鼓点子,红红的灯笼闪烁处,不时飘出甜润的男女对唱声:"东也是灯,西也是灯,南也是灯来北也是灯……"

这时如果你正立于车水马龙的赤阑桥边,或行走于人流匆匆的老环城路上,耳朵不经意间捕捉到了那几句忽隐忽现的唱腔,心神也许进入到某种虚幻的境地，瞬间会陡生几分恍惚吧？或者一定睛，歌声又没入了近处远处的重楼叠影之中，都市又清晰地回到了眼前。

文字是一种纪念

●张建春

村庄不言（外二篇）

每次回故乡总有一种锥心的痛，面对一地的高楼大厦和波光闪现的风景，反而找不到一丝丝的快慰。曾经的阡陌小路，季节间交错生长的庄稼，疏疏淡淡的炊烟，鸡犬相闻的繁杂，鸟语花香的静谧，都不见了，就连生我养我的村庄，都如同抹平了般，一夜间无踪无影，似小时机灵的小伙伴藏猫猫，藏得了无痕迹。村庄从此失去言语，即便喊破嗓子，再也没有应答。

就故乡而言，特别是黄土流连、田连地埂、丘陵纵横的农村，没有地标，甚至连历史的传说也没有，生于斯、养于斯的村庄，就是脑海里唯一的依存。作难的日子里，有村庄一隅，便可躲进自己的深刻，疗好风雨兼程中的疾创。我总是认为，人生不是一条线，而是由许多点组成的，村庄是人生的起点，更是生命四处游荡的归宿点。有村庄的日子真好，许多年前，悠然于故乡的土地，拾块泥巴，吓走贪嘴的鸟儿；揪上几株大蓟、小蓟之类，清凉止血，理顺心头的疙疙瘩瘩；捧起塘里的水，水清澈，照见脸上斑斑点点的污垢，洗了洗又容光满面；躲进暗黑一团的老屋，天黑得早，一夜睡眠，就让一个世界清明起来。

在故乡的村庄，自己的小名行行走走的人都能喊得出，自可放浪形骸，无须装模作样，活得真真切切、实实在在，所以我一再认定，没有了村庄的故乡，少了的不仅是可以参照的地标，更是直指心之深处的内核，因之而锥心的痛楚理由充足，绝非是一时兴起，并且这种痛怨随时间的推移，越发的强烈。望不见的乡愁,心中的沟壑,会越来越深,沟壑中不再有水声潺潺,流出可抚摸、可捧起的湿润;再有一脸污浊的时候,天下的水汇汇聚聚,仔细去清洗,还是有一块洗不净、抹不去,那是留下给故乡村庄的,留给村庄周边流动的水声和再熟悉不过的野花、野草、小鱼、小虾,以及能叫上小名的那些人。

故乡的村庄本来生长得像模像样,连绵的杂树将村庄笼合起来,田地绕在村子的周边,欢欢喜喜地吐出绿色的庄稼,打野的鸡时常会走失,过了一夜又"咕咕"叫地找到了家门。小学校就在不远处,听到上课的预备铃声,一阵疯跑,气喘吁吁地坐下时,老师才站上讲台。老坟地陷在庄稼地里,比稻麦略略高出几寸,逢清明、春节烧上一些纸钱,许上心愿,心就默默地安定,真的有了不顺心的事,无须择日子,埋进坟地的野草里痛快地哭上一气,气顺了,心也敞亮了。至于三间草屋——前场后院,藏进了外人不知的秘密,捣鼓上一阵,又会找出各种各样的惊喜。日子过得艰难,但在艰难中,却时而闪烁出光亮,让希望永远搁在前方。

村庄在人们深深的体会中,透出特别的魅力。当有一天,启蒙的小学被拆去,祖坟被迁出,老屋被捣毁,小河被填埋……远在异地的我,夜夜不能成眠,偶尔小寐,巨大的响声敲击着我的耳膜,连动着心绞痛。尽管故乡后期的村庄,修建起宽敞的道路,盖起了一幢幢数十层的高楼,但地理上的村庄、我心中的村庄,还是消失了。村庄的土地仍在,可地面上的一切都不复存在了,如同老瓶装新酒,不是那味儿了。

村庄不言,因为莫名的憋屈,不过它又能说些什么?前些日子,我陪同一帮子诗人,走进了我的故乡,在村庄的地面上,我抢过了导游的喇叭,一个劲地说话,我本是一个话少的人,那么多密集的话语,从我的心中撞出,直让我的嗓子嘶哑,不说心堵得慌。事后想想,我是在为村庄代言,不然,我也不会在晚上,拼尽嗓子的余力,朗诵起自己的诗歌:一棵树搬走了,一条路/搬出了视野,一座村庄/搬入了一幢高楼/一句最土的话搬进/一朵花的深处……一把老骨头/流落何处……我用家乡的话,蹦着土掉渣的声息,听者无言,而我已泪满盈眶,随之是一片掌声。

夕照古树

夕阳西斜,古树兀自孑然,如同一方土地上的良心。

一次无意寻访古树,却将不长的行程,拉开,再次地拉开。古树有故事,故事的触角和它们的根须一样,主根深入,须根攀缘不止,顺带出泥土涌动波浪。

我拜见的第一棵古树是银杏,三百多年的树龄,安静地坐落在淮军圩堡——周老圩的一隅。圩堡多古树,这棵银杏数第一。银杏的历史比圩堡长,足足长了有一百多年。不用说周家建圩时,古银杏已在原地根深叶茂地长了许多年了,或许它就在等待,等待有缘人,将它捧进心窝里。古银杏临近壕沟,水滞涩,浅浅的一层锈色,时而被小鱼啜破,冬天的斜阳明澄,银杏落在水中,树影摇晃,多出了些情怀。曾听说,周老圩鱼上树梢,树枝跑马,估计说的就是银杏树影投水的事。在此作一观照,不失为拾掇来的古意。

冬已深入,落叶被风赶走,古银杏落寞而孤寂,独自地,让裸枝奔向天空。实际上三百多年来,古银杏一直是孤单的。银杏雌雄异株,独树不挂果,三百年开花、落叶,不见果实,而又叶茂根深,不变初心的绿,也是孤独生出的境界。它还将生存下去,做孤独的寓公,看透世间凡尘,选择的无疑是耐下寂寞的事业。

在我心中,最好的古树还是在生养我的村庄里的槐、柳或者棠梨。奶奶九十多岁,回家乡小住,常做的事,就是靠着一棵偌大的棠梨树晒太阳,靠得紧实,喃喃自语:棠梨树比我活得久。棠梨树活了多少年,没有人去考证,乡人从江西移民来时,它就生长在洪荒里,先祖们围着它,埋锅做饭升起饮烟,生发烟火味。比村庄老的棠梨树,活得安然,活得有滋有味。我学着奶奶的模样,将背贴在棠梨的躯干上,树干清凉,却有拱动入骨的力度,树瘤上几只虫子,打闹喧嚷,似乎在责备我侵扰了它们的家园。棠梨花开得正欢,雪白的一层,滴落在奶奶的头上,也滴答在我的眼睛里,柔柔的,竟似岁月。如是幻境。

　　这些年村落的古树正在消失,大树进城或者树庄拆迁,都让古树吃尽了苦头。树是哑了的生灵,不会说话,任凭人去摆弄。进城的树难以存活,即使活了,也仅是一抹不咸不淡的景观,根底里的故事,绿荫垂被的气象,早不是原来那么回事。古树是村庄的器官,它的运作里是生命的流程,是漂浮在村落里的炊烟和尘埃,缺位了,村庄自然就衰败,甚至死亡了。急功近利,已然很少有人考虑这些,大把的票子、城中一景,比散落的村庄,更有吸引力。挂念村中棠梨树,我不止一次找过,家乡多年里已城市化,连参照的碎片也没有。结果可想而知,我还是希望棠梨好好活着,躲在某个角落,让我有个美妙的邂逅,之后紧依它,说奶奶曾喃喃自语的话。

　　和一棵叫垂条桧扑个满怀的古树,令我惊喜。据介绍,这棵垂条桧已超过一百六十年的历史,枝繁叶茂,虽是隆冬,仍绿得惊心动魄,翠柏常青,在此树的枝叶上表现得淋漓尽致。垂条桧呈宝塔状,神奇的是它的枝条昂扬地上挺,又自然地垂下,谦逊低调朝向土地。树干不过大海碗粗细,和一百六十多年的岁月,难以匹配。但细细品味,树干上的艰辛,还是戳人目光,树瘤、疤痕,每一方寸都在诉说。知情的朋友说,垂条桧是晚清周盛波所植,从北京带回,种下了,就把定一方土地,再不寸离。值得记下的,同样古老的垂条桧,全国仅两株,一株在北京颐和园,另一株在冬阳夕照下的罗坝圩,我正在探访的地方。

　　罗坝圩,是周家八个圩堡中最小一个,属发轫之作。周盛传、周盛波官越做越大,圩堡自是越建越恢宏,人挪活,树挪死,垂条桧没随主人走,寂寞地霸定一块土地,一长一生就是百余年。垂条桧下,我百感交集,植树人已灰飞烟灭,树却好好的,它若能言语,该告诉我们的是主人音容笑貌叱咤风云,还是日转星移,我还在想,两棵百岁垂条桧,如若能够行走,一定会见上一面,见面时,是垂叶相触,还是枝干相抱? 一种穿越,让我心稀软,泪涌眼眶。

　　拨动垂条桧枝叶,出现了一个陈旧的标牌:周盛波垂条桧。树龄,一百六十年。认管认领单位：肥西县委宣传部。一惊，这树和我有缘分，我来迟了。

夕阳落驻树梢，罗坝圩古意的三角枫沉浸在醉美里，它的面目随叶片的尽落而模糊，和周边的易杨、乌桕没有两样，只是更沧桑更古朴。恰有农人一边忙活，我找话，问，树美吧？农人答，就那样。轻描淡写，祖祖辈辈守着一棵树，再美也平常。

山岚之气袭击而来，日落月明，我分明听到一些古树低语，银杏、棠梨、麻栎、垂条檎、广玉兰、皂角，它们在不同的地域，发出叹喟、呓语、吐纳，身边或寂然一片，或市声嚣动，时光搅拌，反正我听到了。

掖于心中的鸟

家乡鸟多，和遮天盖地的树有关，岗地旱情重，树却生长得好好的。树多鸟就多，多得泼泼一层，一忽悠飞在空中，吹出一股股风来。

鸟和人贴近，燕子巢建在家里的房梁上，门扉虚掩，总给燕子留门。麻雀住在不高的屋檐下，叽叽喳喳叫不停，如同鸡鸣猪哼，磨得耳朵起茧。众多的鸟，在房前屋后的树上筑巢，飞飞落落，说不上的快乐。鸟不怕乡人，人前人后地转，转着转着，一不小心就飞进堂屋，叼起饭桌上的饭粒，饱饱地吃上一顿。

鸟来自何方，没人细究，只知道燕子是从南方飞来的，麻雀是家雀。春天，鸟声稠密有致，呢喃声从没断过，鸟自己筑芳巢，选最喜欢的草棵树枝，找最中意的树丫。喜鹊爱栖高大的树木，比如皂角树。白头翁在桃李上搭窝，顺带就有虫子吃。斑鸠高低不讲究，有合适的地方，几根草棍，搭成自己的家。还有些鸟叫不上名字，窝建得灵巧，树叶落尽了，才发现勒在目光的当口。

村人护鸟，劝君莫打三春鸟，说得文绉绉的，效果不好。女孩玩鸟，脸上生雀斑，找不到婆家。男孩捣鸟窝，生秃子，寻不上老婆。说得言之凿凿，力气大得很。俗语作用大,口口相传,就把鸟的家固定在了郢子的四周。

小时也玩过鸟,多是从树上鸟巢跌下的雏鸟儿,小鸟让人心疼,黄嘴丫,大张着讨吃食,喂过青虫蚂蚱之类,还不知足,只好把它放在树枝上,等成鸟来救。成鸟把雏儿看得重,来来去去地喂食,直到小鸟羽毛丰满了,才一起飞去。这些天里,我们主要的任务是看猫,怕被这馋嘴的家伙抢走了。

六岁时养过一只斑鸠,拾到时,嗉子被野物咬穿了,先是用黄泥巴把嗉子糊上,捧了把稻子让它吃。过几日,奶奶发现了,找来粗针长线,补衣样连连缀缀。受伤的斑鸠竟活了下来,围着我前后,不离不弃,落在我的肩膀上,随着我疯玩。第二年春天,我上小学,斑鸠跟着我飞来飞去,落在校园的柏树枝头,课间还要和我玩会。有一天,斑鸠突然离我而去,心中失落,不久也就忘个一干二净。没想到,斑鸠在陪我上学期间,找到了伴侣,在家门前的刺槐树上安了家,待到孵化的小鸟羽丰能飞,竟一家子飞进我的家门,咕咕地围着我亲热。

村中的鸟向善而生,瞎眼三奶可怜,一人过日子,每天吃饭,总要把碗底剩饭撒在门前,一群鸟扑来,抢吃抢食,叽叽喳喳地闹上一气,三奶高兴,像有一群孩子陪着。我不止一次看到,瞎眼三奶倚墙根晒太阳,一群鸟围拢她的身边,有些鸟竟落在她的头上捣鼓不停,三奶惬意,说:"鸟在帮她捉虱子呢。"让人心酸,又让人温暖。三奶去世,草草下葬,一群鸟绕棺三匝,不愿离开,最后落在她的坟头,如一地的花朵。我细数了一下,有喜鹊、白头翁、绣眼、麻雀、铜嘴等十几种。坟头不高,鸟飞得高,三奶眼瞎无路,鸟领着走。

离开家乡,是鸟开始稀落的时候。家乡的田施上了化肥,用上了农药,鸟一阵阵地远去,洒落的目光黏糊,一地的虫子得意地哼哼叽叽,似在欢呼。房檐升高了,麻雀却不愿来了,房梁也空落了下来,门敞开,燕子的身影难得地一闪而过。故乡的目光,无可挽回地滞涩起来,空中无花朵开放,忽然低沉了许多。随后的日子,鸟走人也走,村庄荒芜了,无鸟无人的家乡,死死的

文字是一种纪念

寂寞。

　　掖于心中的鸟终又活络了。早晨上班,几只斑鸠在我前面走,不慌不忙,兀自幻化成了上小学一年级时的情景:土土的田埂,我救助过的斑鸠,飞飞停停,总怕我丢下它或走失了……实际上,人往往把自己丢失,鸟永远不会。

●姚　云

中秋在西湖边发呆

　　时光荏苒，不知不觉，季节已走到了一年之中的秋天。中秋假期来到杭州，安顿下来后，迫不及待最想去的地方还是西湖，这个来了多少遍还想再来的地方。

　　中秋的杭州，因一场不请自来的台风，变得时雨时阴。看来，这个中秋夜是无月可赏了。

　　可能因为下雨，西湖边的游人比我想象得要少许多。择湖畔居茶楼一临湖位置，闲坐。要了一壶龙井，沏上。来杭州，自然是要喝龙井茶的。店小二告诉我，沏茶的水，很讲究，用的是虎跑泉的泉水，我将信将疑。

　　轻轻晃动茶杯，看绿色的叶，忽上忽下，沉沉浮浮。呷一小口茶，咂咂味道，任清清浅浅的苦涩在舌尖荡漾开来，充溢齿喉。

　　此时，天，呈青灰色，飘着细雨；湖面上有风，水波荡漾，山色空蒙。

　　近处，荷叶未枯，姿容不减，叶片高低错落，簇拥着，在湖水里随风摇曳，有三两朵晚荷刚开，粉粉嫩嫩地煞是招眼。湖上不时有游船划过，是那种像梭子一样的小木船，贴着水面划，可坐四五人，落雨时，小船里撑出各色油纸伞来，点缀得湖面很生动。我随手拍了一张，微信传给十分痴迷油画的女友，看看能否成为她画画的素材。

　　远处，青山连绵，近山能见绿色森森，远山烟雨濛濛，只可见轮廓了。从前喜欢冰心的文字，她写过"雨后的青山，好像泪洗过的良心。"用抽象的良心，来比拟具象的青山，这比喻实在清新鲜活。西湖周围的山都不算高，错落有致，呈环形怀抱着西湖，像母亲怀中呵护的婴儿。这千百年来被无数文人无数诗篇吟诵过的西湖啊，看来我这只秃笔是无法描绘出她的仙姿，也许只能在山水画里才能尽其意了。

杭州一直以来是我喜欢的一座城市，女儿曾在这里读了四年书，这期间我来来回回穿行在这个城市的大街小巷，每次总是来去匆匆，今日才有幸有闲在西湖边虚度光阴——把岁月浪费在美好的事物上，这句话出自财经作家吴晓波的一本书，被我的文友们在微信朋友圈内广为传诵。同题的这篇文章是吴晓波写给他十八岁女儿的成人礼纪念，他说，今日中国的90后，是这个国家近百年来，第一批和平年代的中产阶级家庭子女，他们第一次有权利也有能力选择自己喜欢的生活方式和工作，他们甚至可以只与兴趣和美好有关，而无关乎物质与报酬，更甚至，他们还与前途、成就、名利没有太大的干系，只要是正当的，只要喜欢。喜欢，是一切付出的前提。

吴晓波的女儿学习一向很优秀，本来他希望女儿能考进全球前一百的大学继续深造，结果他女儿却选择了要去当一名流行歌手，他虽惊愕竟也是支持的。他对女儿说，既然生命从头到尾都是一场浪费，你需要判断的仅仅在于，这次浪费是否是"美好"的。反思自己对女儿的教育，从小到大，一直都在"关心"她的人生——工作、爱情、生活，直至有一天她对我大叫，你就让我自己选择一次吧，终于惊醒自鸣得意的我。现在的她就坐在我对面，泡了杯杭菊，刷着她的朋友圈，现在的年轻人已经没有时间抬头看景了。

买来两个莲蓬，五元一个，剥开来吃，小小莲子粒粒饱满，碧绿新鲜，有青青嫩嫩甜甜的味道，莲子清火去毒，我生来体质易上火，平日莲子菊花常备，每年夏天都会去菜市场四处寻觅芳踪，却哪有眼前的来得新鲜可口。

一杯茶，一份静。茶不同于酒，喝酒易激越，喝茶易放松。闲坐湖边，头顶古树如盖，眼前荷叶田田。端起茶杯，一口一口地啜，任光阴一寸寸在身上游移，抬眼是万顷碧波，转头是杨柳依依，人生幸福莫过于此。平时喝的多是毛峰瓜片猴魁，喝习惯了，一日不喝茶便觉浑身不自在，出门途中再疲乏，只要能喝上几口茶，顿觉神清气爽，各种不适都烟消云散。读书方能明事理，喝茶自然玩砂壶。喝茶讲究茶具，几次与友去宜兴买紫砂壶，各种茶都有专属的一把小小紫砂壶，紫砂吸味，这样便可防串味。我最夸张的一次，是把茶和小壶一路小心翼翼带到美国加勒比海的大邮轮上，跟着我天上、地上、洋上漂泊大半月，老外见了皆惊喜抚之、爱不释手，这把小壶也算见了一下世面。

鲁迅先生说过："有好茶喝，会喝好茶，是一种清福。"眼下的我正享受这种清福。没有公务缠身、没有电话烦心、没有急着要去做的事，就这样坐着、闲着，傻傻地望着湖面发呆，蛮好。

茶在手中轻嘘，漾起一旋一旋茶涡，看茶叶浮浮沉沉、聚聚散散，无奈分离。想起母亲，想起这是第一个没有母亲的中秋，内心感伤又失落。母亲已远去，这是心头永远温暖和忧伤的记忆。杯中茶由浓变淡，于苦涩清香中慢慢领悟，人生亦如茶。茶要沸水后才有浓香，人生也要历经苦难才能坦然。无论是谁，如果没有走过悲欢离合，怕是也不会品到人生浓香。

湖边的风吹在身上，凉爽宜人，即使飘着小雨也不躲闪，这不热不凉的天气，一切刚刚好。身边的游人开始多了，今夜是没有西湖月可赏了，不过，那又何妨，赏月本来要的就是一份心境，有了这份心境，月，其实已经在心中了。

文字是一种纪念

● 王维红

徽州归来（外一篇）

屋外下起了小雨。傍晚的天空灰蒙蒙的。合上书，起身，伸伸腰，揉揉干涩的眼睛。撑起一把雨伞，走向家对面的庐州森林公园。

入口处，几个保安小声地议论：雨下着呢，还有人散步。笑笑，继续走。

按照一直的习惯，先从北边的环道一路前行。路边的杜鹃花丛，越发挨挤，叶子被洗得鲜亮。想着，它们该是蓄足了劲，只等花神的召唤就哗哗地满坡怒放。记得去年，刚踏进公园，我被那逶迤一地的杜鹃花惊呆了。今年会有更好的旺势吧。

每年春天，花一开，人总会痴了些。鲜花也有力量？前天在徽州，车行至原野，那田野阡陌间的金黄油菜花一波波袭来，让人就透不过气了。虽不再如早些年那般大呼小叫，但依旧在心里起着激荡的波澜。春天里，语言是多么的苍白无力。

再往前走，穿过竹林小道，就见一树树的看桃花间杂在那些新绿的树间，火火地开着。看桃花是繁密的，不像桃花轻薄。经过雨的洗礼，看桃花和竹叶则如刚着色的画般，鲜亮美好。一路边走边看，别有一番情致。一直喜竹，却从不敢画竹，"一生兰花半生竹"。竹的安详和气韵，初习画者如我是难以企及的。无端地，又想着那句"宁可食无肉，不可居无竹"。如今，天天有肉也不敢吃了，除了家中有几根晾晒衣服的竹竿，那种渴望有竹院的生活愿景，只能闷在心里妄想吧。

继续走。那些大小树木,在雨中越发精神。以前自己很少去关注那些枝枝丫丫的树,现在每见一些特别的树,免不了的,就多看几眼,想着该怎么描绘。观察,是为了记住它的"心象"。所谓师古人不若师造化,山水为师。自然的千奇和生机,总给人精神的浸润,让人久看不厌,进而使得心灵在笔下浮动。

穿过竹林,就到了木栈道。很享受脚踏木板摩擦时的欢愉。到这个年龄,开始对一切木质的东西产生兴趣。行走在徽州古村落,那些木格窗、长木凳、太岁椅、美人靠,更有那雕梁画栋的木屋及冬瓜梁等徽州元素,总能满足我的喜好,轻易地俘虏我的目光和心灵。坐在八仙桌边,抚摩那经久而光亮的桌面,身心自在地,沉湎,玩痴,流连。

一直走。经过木栈道两边的沼泽地。那一簇簇芦草又拔高了,绿凄凄的。一路见过豆绿、嫩绿、翠绿、碧绿……眼,被洗亮了。又想起前天在去呈村看油菜花途中,蓦然发现溪水对岸那一丛映山红时的情形,真是惊艳!那开在峭岩上的山花,如火如荼。那些红,倒影在一泓碧绿碧绿的溪水里,是真正的"临水夕照花"。花的背面是一山青翠的风竹,溪水的这端有葱茏的大树,更有白的萝卜花和金灿灿的油菜花。花树扶疏,蓊蓊郁郁,用"员外"的话来说就是美得一塌糊涂!连一向沉静内敛的阿兰都欣喜得不能自已,再也招架不住此等诱惑,失了文静,车刚停稳,就见她提起相机,从路边的坎埂上跳下去,扑向那溪边。此刻想起,我不禁兀自就笑出了声。

我们的眼睛和心灵总在沿途的风景中洗净。想出这句话,又想着一个命题——几个文友结伴去徽州之前,组织者"许员外"要求大家为此行取一个名字,回来后各自成文。写什么呢?

就为去看油菜花,只为去看油菜花。春天的繁盛,就在那些黄得耀眼的花里,它扰人心智,让我无能为力。每年,脚步总被春天呼唤,一次次地踏进那一片土地。我承认,我是有徽州情结的人,或许前世里和徽州有缘。徽式建筑,徽菜,徽州的田野风光,逃不开的柳绿桃红。于是,去赏一挂绿一藤花,去吃一条地道的臭鳜鱼、一碗地道的刀板香,在油菜花地里撒一把野,这

文字是一种纪念

春天就算没有白过,心才能平静下来,回家后才能安心地在春天里做事。

再往前,木栈道的尽头,是南淝河的支流。河边的林子里,鸟鸣不绝。此刻,鸟鸣声如小提琴般优美,若有所思,婉转随和,各种鸟声交汇在一起,像合唱中的多声部的和鸣,一个乐章一个乐章地此起彼伏,这些鸟儿非常注意着高低音的和谐,没有谁突兀地发出如云雀般的尖叫。我在这样一部交响乐中,静心凝听,许久不曾挪动脚步。

一路有微微的青草和花儿的馨香,这些香味在微寒湿润的风中若隐若现。

都说雨后的花最美。海棠花下,已纷落了一地的花泥。前几日,还见它们在枝头妖娆,再看那花枝上,有一些花还在挣扎地开着,一些裸露的花蕊正落寞地等待着新叶的萌发。又见梨花,想起白居易《长恨歌》中的那句:"玉容寂寞泪阑干,梨花一枝春带雨。"梨花带雨原是形容杨贵妃哭泣时的形态,此刻,见路边的梨花树在淅沥的雨中别样地娇媚,就想起如花的女人。有人说,春天是女性的,是生育的。这些"女主角",真正"你方唱罢我登场",可想见,不几日,又该是另一种花的天下。

不到园林,怎知春色如许?静寂的公园,除了远处有两把花伞在缓缓移动,只我独自踱步慢行。所有的芬芳都为我散发,真是一种美好。

想着昨日,还在徽州踏春。徽州归来,我似乎还躺在一个黛青色的旧梦里,不曾醒来。梦里,紫云英在艳阳里欢笑,满山的红杜鹃正迎风歌唱;梦里,油菜花已孕育菜籽,以一种饱满的方式馈赠;梦里,那个身着青花布衫的徽州女人,在村前溪水里浣衣,在爬满青藤的院落里,晾晒红彤彤的辣椒和甜丝丝的笋干,晾晒着阳光和空气。

一路走,我的思绪在时光里交织和切换着。当绚烂归于平淡,独自行走在这偌大的公园里,青草,鲜花,雨露……整个大自然仿佛都装在我的心里。我似乎养成了习惯,只要在家,每天都会抽时间来这里走走。来的次数越多,越感觉自己成了它的主人,而它则培养了我美的趣味。它也给我们活力,给我们灵感,给我们安宁。

走出公园的那一刻,怀想着几天后这满坡的杜鹃会开得和徽州的那一簇簇映山红一样美,一样艳,我的内心充满了宁静而柔和的喜悦。

回不到从前

姐姐曾约我:一起去老家小庄去看看吧。

我摇摇头:不想去。

国庆期间,去老家含山。当车子经过那个村,鼓足勇气,凭借着存在于脑中的记忆,将车开往小庄村方向,在快临近村口时,想了想,掉转车头,离开了。

实在是不愿意破坏记忆里的村庄。记得有报道台湾的李敖先生曾一直不愿意回北京,他的观点是:"重温旧梦,就是破坏旧梦。"我也有同感。我深知,当我一脚踏进现在的小庄,记忆里的小庄村的原貌,那些生活过的场景,就不复存在了。

五岁那年,我们姐妹四人随母亲下放(现在的年轻人估计不懂得这个词的意思)到那个叫小庄的村子。这个村是我母亲的娘家。说是娘家,也只有一些姨表舅亲戚。这个村全是一门黄姓。母亲原姓孙,两岁的时候,外婆早逝,她被抱养到黄氏外婆家。我们到小庄落户时,黄氏外婆外公早已作古多年。那唯一的小舅住在不远的小镇铜庙,母亲一直资助他到娶妻生子后,才算了了一大心愿。而我们就在离舅舅家不远的小庄村,一住就是十年。

乡下清苦而快乐的生活,填满了我童年和少年的记忆。

才去那个村的时候,我对那里的生活很不习惯。我拒绝和村里的小伙伴玩耍。那时父亲在外地的学校教书,母亲常外出上工做"裁缝"。很长一段时间,我每天缠着两个姐姐,她们去生产队干活,我就一直跟着,她们到很远的圩田里,我也跟着,硬是坐在田埂上,等着她们收工才回家。倔强的我,为此没少挨妈妈的痛打。后来的一次跟路,被妈妈撵回家,可我挣脱后,继续往外跑着,脾气暴躁的妈妈抱起我,一下子就将我扔到村口的秧田里。打

文字是一种纪念

那之后，我的胆子小了，再不跟路了。渐渐地，才和村里的小朋友融在一起。

我父亲是教师，家里没有强劳力，只两个姐姐做农活。所以在挣工分、年终分粮以及后来分自留地等方面，我家都不占巧。有几年，每到年底，家中的口粮都不够，需向亲戚家借一石米，才能接上来年的收成。不过妈妈还是很会安排生活，我家的饭菜比起村里的人家，要好得多，我们姐妹兄弟六人的穿着在村里也算是光鲜的。

父亲原本在县城附近的学校教书，为了照顾一家大小，调回小庄小学。村里人称父亲为先生，他写得一手好字，常帮人写信，写对联。我读小学时，正值"文革"后期，学校的教学不正常了，经常组织学生参加各类劳动或文艺会演。那时我常扮演《红灯记》中的小铁梅，唱《我家的表叔数不清》，也常走出校外，去热火朝天的劳动现场，给那些正在"改造山河"——挑河埂的人们表演，还常扛起红缨枪在各种批斗会上表演节目。现在想想，那些活动也真是锻炼了自己。

记忆里的村子有二十多户人家，前后有四五排房子。每家每户都有前墙后院，出场很大。村前的几块大水田连接着东堡村。村东头有一个大水塘，稍大点后，我每天会帮妈妈淘米、洗菜、捣衣。村西边通往小舅舅住的铜庙镇。那个小镇每逢农历初三、初八逢节。小时候，最盼望的事就是跟着妈妈或姐姐去镇里赶集看热闹，有时还会得到一块糖果或是去亲戚家吃上一顿，那是很快乐的。临近过年，妈妈会从集市上给我们姐妹扯上花布做新衣，在我们反复央求下，妈妈还会给我们买些绒绒的头花和丝绸带，那可是女孩们的最爱。我会小心翼翼地把这些花饰用手帕包藏收起，没事时会拿出来看看。一直盼到大年初一，才穿上新衣，戴上头花，然后就满村里奔跑炫耀。

村东头通往圩区，有一条大河，那长长的圩埂坡道是小姐姐和同伴放牛的地方。而我在家里一直负责放鹅。放鹅于我是最开心的事，几个小伙伴把鹅赶到村北端生产大队后的大马路边，就不管了。鹅低头吃草，我们就席地而坐，玩各种游戏。那些鹅混在一起，我们也能分得清的，因为各家都会在鹅脚或鹅毛上做上记号或染上颜色,或是在鹅雏时,剪鹅掌,用火烧成各种记号。如什么左外丫、右内丫、双脚外丫、双脚内丫啥啥的。放鹅结束,我们会用长竹竿将各家的鹅拨划着一只只分开,然后披着夕阳,各自赶回家。

夏天,小伙伴们会下塘洗澡,打水仗。有时我们也会将鹅鸭赶到塘里,然后就自在地玩。那时的游戏很丰富,有挖老猫、滚铁环、踢毽子、跳房子、打砖头罚跪等,这些游戏常使我们迷恋不已。几乎每次都玩到天大黑,等到家里人满村呼叫,我们才会败兴地往家跑。

好朋友小红家就住在村前的东堡村。她家是村里为数不多的瓦房,庭院深深,前后有好几进屋子,她母亲是我小学的启蒙老师。我上小学那会儿,我们常偷偷爬到她家后院里玩,院子很大,每次我在读鲁迅《从百草园到三味书屋》时,脑海里就会浮现这个院子:"不必说碧绿的菜畦,光滑的石井栏,高大的皂荚树,紫红的桑葚;也不必说鸣蝉在树叶里长吟,肥胖的黄蜂伏在菜花上……油蛉在这里低唱,蟋蟀们在这里弹琴……"鲁迅的文字是深入骨髓的,而那院落的场景也深深地镌刻于我的脑海中。

记得小红家院子里有一丛开着白棉花般的植物,伙伴们都说叫稻庄药(未曾考证是哪几个字)。这白色的药棉草,有止血的作用。东堡村有几个"坏孩子",常跑到我们村头挑衅,找我们"干仗"。我们会在村口交战,互相扔石块。有一次,我在"战斗"中不幸负伤,后来才知是被本村的小友子用石块误伤(按现在的话说是被乌龙了),当时额头上鲜血直淌,我捂着伤口跑回家向妈妈哭诉。不一会,有同伴自小红家采来稻庄药,妈妈帮我敷上才止了血。后来友子妈端来一大碗红糖水荷包蛋,算是赔礼,我妈的脸色才好看了一些。至于疼痛,后来再不记得,可那热腾腾的美味荷包蛋倒是一直让我忘不掉。如今我的脑壳上依然留有一个凹下去的小印记。童年的伙伴友子现在也是年过五旬的人,早已成为深圳一家会计注册事务所的老总。偶然我们见面,说起童年往事,常会相视一笑。

70年代末,国家落实知识分子政策,我们全家搬回县城。搬家那会正值暑假,初中刚毕业的我,早去了芜湖的姨娘家。两个多月后,我回到小庄村,

文字是一种纪念

家里前后两进的屋子都没有了,那承载我许多记忆的房子,拆了。残垣断壁的土墙里,长满了齐腰深的茅草,我站在墙内,有如《城南旧事》中的英子一般,打量着荒芜的园子而默然无语。临走时经过庭院,看到妈妈种的各色大理菊,还在热烈地开着,只是那一刻,不知它们可曾听懂我那刚开始发芽的青春的心事,时至今日,我都忘不了那一刻的惆怅。

我在小庄村的日子就这样结束了。我童年和少年时代的生活也结束了。

后来村里的几个伙伴,渐渐地都联系不上了。再后来,听说,17岁的大琴子早早地远嫁到江西去了。

倔强的小霞因为抗议为弟弟换亲,投河死了。

小猫当上了村里的民办教师,嫁给了与自己无血缘关系的堂哥。

村里最有出息的小友子,考上了中专,去省城读书了……

自此,我再也没有踏足那个村子,更多的记忆都丢在逝去的风里。只是,每当听到故乡、乡愁、童年、母亲、老屋这些词时,一些片段和画面,会在不经意间跳出来。

那个赶着一群鹅,对着夕阳发呆的女孩;

那个扎着蝴蝶花踢毽子满脸稚气的女孩;

那个穿一身绿军装,戴着五角星帽子,唱小铁梅的女孩;

那个常向父母告状,被姐姐欺负的女孩;

那个坐在课堂里熟练地背诵毛主席诗词的女孩;

那个刚开始发育,穿上妈妈自上海买回的粉色毛衣,美得不行的女孩;

……

那个女孩,如同现今的小村庄,早已变了模样。

而那些成长中的快乐和忧伤,那逝去童年,都留在了过去,从前。

而我,再也回不到从前。

●市 桐

浮槎往来天上人间（外二篇）

"浮槎山"这名字真好。"浮槎"是往来天上人间的木筏子——山峦翠绿如海，浮槎山如一叶小舟，依着白云，飘飘荡荡……人间变仙境。这是怎样的神思遐想和浪漫情怀！

浮槎山这只"小木筏子"比大蜀山高不了多少，与崇山峻岭相比，也只能算是小土包子。上山的路是一条不起眼的土路，车辙两边肆意地长着野草，中间少有车轮碾压的地方，小草也见缝插针地安了家。看着褐黄的路面向山上蜿蜒，让人禁不住哼起那首老歌：一条小路曲曲弯弯细又长，我的小路伸向远方……

一进山，便隔去了闹市的嘈杂。山中的阳光像含了金，亮灿灿的。山外灰蒙蒙的天空不见了，现出难得一见的幽蓝。路旁草木葱茏，有一种小茅草，小时候，我们爱剥茅草芯子吃，甜甜软软的，现在草芯子都长成了一束束白亮漂亮的小绒毛，在风中摇摆。艾草遍地都是，空气中是浓浓的艾草香。这才想起端午快到了。鸟鸣声悠扬起伏，不绝于耳。不时地会有大灰喜鹊"扑拉拉"地飞起来，有时是戴着凤冠的戴胜，还有受惊的野兔"嗖"地从我们面前跑过，没入草丛。

喜欢往浮槎山跑。去年早春的时候山上的金银花开得铺天盖地，山顶的茶园里，茶树窠上密密地铺了一层，清香弥漫。已过了采茶期，不过依然有新叶长出来，就任人采摘了。附近山下就有不少村民在采茶。山下就有制茶的，现摘现炒，自家喝。这茶大概都带了金银花香的。那天，有风有雾，身在茶园，有云雾从身边一缕缕飘过。

秋天的时候我们也来过，犹记得那条下山的小路，一尺来宽，落叶积地，两边林木夹道，成了一条光影斑驳的隧道，如油画一般浓墨重彩。山樱树的果子通红透亮，迎着阳光，就如诗中写的"心里点了一盏灯烛"。小路边开满了明艳的野菊花，浓烈的菊花香气弥漫在空气中，醒脑得很；蜜蜂声"嗡嗡"的，颇有气势，像是要造反，简直不敢相信小小蜜蜂聚起来，竟能发出这么大的声响。

这次去时金银花已凋落，枝头上只有零星的一两朵，像是睡过了头被同伴落下的糊涂虫。不过山上的大蓟花、蓬蓬菊、益母草花、风车茉莉、酢浆草花正开得蓬蓬勃勃。

在山上，我们自在随心，留下的照片里，阳光透过身旁的树枝，将光影映在我们的脸上，我们像一只只花猫。笑容灿烂，眼睛里闪着光，每个人的脸上都现出自然健康的气色。久在城中，人的面色是不是也像室内的花草，再怎么经心呵护，也都萎靡？

除了采茶季节，山上几乎没人。我们每次上山也不过这样，随意走走，看看小花小草，听听鸟鸣，吹吹山风。去欧阳修笔下的"合巢泉"边，捧着水瓢猛喝几口，或是坐在山边的那块大石条上，静静地看山下的田畈，麦子黄熟，池塘如镜。

喜欢浮槎山未经雕琢的朴素本色，迷恋它本真自然的气息。庄子说："朴素，而天下莫能与之争美。"

城市的高架已四通八达，下了山转眼汇入车水马龙，市声鼎沸。山中的时光，恍如梦中。想到那天在山上的茶园里，有云雾从身边一缕缕飘过，心中一惊：莫非"浮槎"起航过？

波罗蜜

热带水果种类多,样子也长得都奇奇怪怪,不似内地的苹果、梨,都是周周正正、老实本分的样子。大概南国阳光热烈,雨水丰沛,水果们也都活得自在安逸,个性张扬。前两天在麦德龙,水果柜台上一颗硕大的波罗蜜,引得好奇的顾客围着它拍照。也难怪,在我们内地,波罗蜜并不多见。

我第一次见到波罗蜜也是疑惑半天。那时,我刚到海南当兵,有一天在连队院子里的一棵树上,发现浓密的绿叶间挂着一个奇怪的东西,青绿的颜色,外形像是拔了毛的鹅。它吊在树干上,我疑惑,是蜂巢吗?不像啊。那是20世纪80年代,没有电脑,没有网络,更不知百度为何物,第一次出远门的我压根没想到树上竟能长出这么大的果子,在我固有的意识里,这么大的个头,总该如冬瓜、南瓜一样乖乖地躺在地上嘛。当然,后来见得多了,也就见怪不怪了。

波罗蜜与榴梿长得有点像。榴梿有"水果之王"之称,波罗蜜也有"热带水果皇后"的美誉。细想想,它们还真像一对水果夫妻呢。

它们都是青绿色的粗糙外皮,疙疙瘩瘩的。只是榴梿以刚硬示人,外皮上的疙瘩大些硬些,像布满了一枚枚三角钉,它的气味更宣示了它"男子汉"的霸道,"冲"得很。而波罗蜜外皮密密匝匝的,并不扎人,柔软随和多了,波罗蜜的个头比榴梿大而圆,像憨头憨脑的冬瓜,真是一个壮硕的"美妇"。切开后,它们的区别就大了,打开榴梿的外壳就是黄油般的果肉,波罗蜜呢,金黄的果肉包着果核紧密地排列着,像一间间精致有序的蜂房。这"皇后"憨拙的外表下,却有着缜密聪慧的内心呢。

榴梿的气味太过浓烈,有人说臭死了,有人说太香了,让人爱让人恨,想不记住它都难。如今,在内地的水果店里都有榴梿出售,宴桌上,酒酣耳热之后,可以上一份菜泡饭,也可以点一份榴梿酥,都稀松平常。而波罗蜜就小众得多,她还藏在深宫人未识,甚至还有人以为波罗蜜就是菠萝呢,一个

文字是一种纪念

木本一个草本,那可完全不是一回事啊。

在广东湛江的时候,常见农民蹲在路边卖波罗蜜,大概是自家树上结的,熟了就拿出来卖。地上随便垫个硬纸片,放着一只剖开的波罗蜜、一把刀,这就是一个临时的水果摊了。一只波罗蜜总有几十斤重呢。

波罗蜜味道虽然没有榴梿那么强烈,但也不像荔枝那么讨喜,人人都能接受。家在本地的同事说,波罗蜜还分干包和湿包,干包的波罗蜜更好吃,得会挑。而且波罗蜜的果肉上有一种黏黏的东西,油性很重,要想把像蜂巢一样的带核的果肉抠下来,也挺费事。到现在我也不清楚那路边的小摊是怎么出售波罗蜜的,是像冬瓜那样一块块切下来卖呢(这样好像不行,会把果肉切断的),还是把中间的果肉一粒粒先抠出来?反正不可能买一整只回来,那得多少人来吃呢?

在广东多年,我当然吃过波罗蜜,也吃过波罗蜜煮熟了的核,那味道有点像菱角,也有些像板栗,还吃过用波罗蜜叶做的一种叫"地盖天"的当地传统吃食——就是两片波罗蜜叶夹上包着芝麻花生馅的糯米团子,堆叠在一起,像一只只蚌,蒸熟。这样大概容易存放,不会粘连,也取了叶子上的特殊香气,类似我们这儿用荷叶包裹食材。

那时,我生活的部队大院里,有成片的波罗蜜树,都长得高大浓绿,树上都结了好多波罗蜜。波罗蜜可不能像桃啊梨的那样满树结,它们大多长在树干的下方,人们伸手可摘——说抱好像更贴切一点。它们挤挤挨挨地,像一窝小猴紧紧趴在母亲身上,形象地说应该是赖在母亲的腿上(这样大的果实如果都高高地挂在枝头,那会让路人心生不安的,要知道波罗蜜可是世界上最重的水果呢)。我们每天从波罗蜜树下来来回回,对这些波罗蜜视而不见,倒是有一天中午,有两个战士坐在树下绿荫里,地上放着一只打开的波罗蜜,两个人吃得津津有味。南国的中午天气炎热,午休时间也长,大院里安静极了。此时想起,那明亮炽热的阳光,那一片浓密的波罗蜜树,那一只只如巨乳般的波罗蜜,都随着我的一段岁月留在了我的记忆里。

葫 芦

春天的时候,李姐给了我一棵小小的葫芦苗。只有四片叶子,顶上两片还没蚕豆大,细细的根须连着一点土。我把它种在单位门口旁边的空地上。葫芦苗一天天长大,藤叶渐渐茂盛。我偶尔地给它拔拔杂草,浇浇水。

我没指望它真的能结出葫芦来。休完半个月的假,回到单位,却在密叶间发现了小葫芦,我惊喜得止不住地"呀!呀!"大叫。我便去再找,一只、两只、三只……它们都只有小拳头大,粉绿粉绿的,长着细细密密的绒毛,像孩童的脸,可爱极了。在我弯腰寻觅的时候,它们好像也对着我腼腆又调皮地眨着眼呢。

葫芦,最具烟火气。

它是夏日里最平常的蔬菜。菜葫芦要挑那种颜色浅绿、带绒毛的,有经验的主妇挑葫芦,还会悄悄地用指甲掐下一点皮来尝尝,一尝就知道这葫芦烧出来是不是甜丝丝的。葫芦切块素烧,放几片火腿提提鲜那就更好。书上说葫芦有一定的药用价值,清热,解暑,止渴,利水。这也没什么稀奇。古人早有"不时不食"的理念,盛夏时蔬,如冬瓜、丝瓜、西瓜等等,也都有消暑的功效。

葫芦老了,风干了,从中锯开,就是两个葫芦瓢,大些的漂在水缸,小些的放在米瓮,各尽其用。葫芦瓢轻,质地硬,用起来称手,还耐用。用得久了,就有了包浆,光滑锃亮,透着古意。也能做成铁拐李腰间的那种宝葫芦,挂在墙上,多用来存放种子。这些东西过去在农家多的是,一点也不金贵。

可平常又带着泥土气的葫芦,竟也与生俱来地带着"艺术"气质。

葫芦生就一副"萌"样。鲁迅先生所说,"所有俨然穿着人的衣冠的鼠类,都尖头尖脑的非常有趣",没有什么道理可讲。葫芦也是一样,这串在一起的一大一小的两个圆总能引发人们的美感和爱意,人们说葫芦就是"福禄",将对它的喜爱上升到精神的层面,想不爱它都不行。

文字是一种纪念

葫芦最可入画，画过葫芦的画家不计其数，齐白石老人就特别爱画葫芦。看白石老人的葫芦，不过是笔粘藤黄，三两笔而就，可拙朴自然的意境跃然纸上。老人画葫芦，常题"依样"二字，其中一幅题有：依样画第三回喜其小有趣。"喜其小有趣"，透出的不仅是生之温暖与快乐，更有情趣上的愉悦与满足。

居家的小院里或是阳台上，若是种上一棵葫芦，搭上架子，等到一只只小葫芦悬在绿叶间，这一片天地就有了别样的风情。有朋友爱书画，她的案头，摆着几只陶罐，还有一只葫芦，显示着主人不俗的审美趣味。照片发到空间，引得朋友们一阵惊呼。

"要在平凡中活出诗意。"小小的葫芦做到了。

我把我的葫芦拍了照片，发到群里，很快，朋友们纷纷跟帖"我要一只哦""要留种子啊。"语气里都有着和我一样的欣喜。

我的这些朋友，爱旅游，爱美，爱生活。照顾家，忙工作，也始终不离读书、写作、画画，日子过得知性而充实。近日，朋友们的书又相继出版，虽然大家都不再年轻，可心中还有梦，步伐依然坚定。他们也是努力要在平凡中活出诗意的人。

这些葫芦就送给她们吧。

●吴 玲

食 笋

　　笋作为蔬菜带有很强的节令性,一般只吃冬春二季。菜场里露面不几日,很快就卸了市。

　　多年前看见某杂志记载一则小故事,清人方苞少年时曾作过一副对联,隐约记得别人出的上联是:稻草捆秧父抱子,方苞给出的下联是:竹篮装笋母怀儿。方苞那年七岁。掩卷,不由得为七岁孩子的机智聪颖点赞。

　　春节前,家里阳台的竹篮内就躺着七八只冬笋,圆润饱满,笋衣外还沾有几抹淡褐色的泥土。有时读了几页书,眼睛累了,到阳台上透透气,看见绿萝架下几株色如殷雪的笋,顿觉山野的气息扑面而来。

　　朋友鸿生性淡泊,事业如日中天时辞了城里令人艳羡的职业,隐居深山,精心侍弄几座山头,忙时莳菊、种茶,植树;闲来品竹,听涛,赏雪。一番甘苦得失,终于过起了逍遥于尘世外的风雅日子,尤得其乐,不悔初衷。孤客芭蕉,山僧对棋,这种长年的清寂简静怕也不是惯常于江湖中的人们可以消受的。

　　去冬,鸿邀约三二茶友同赴黟县美溪。主人殷勤备至,红泥火炉,绿蚁新酒。薄雪的午后,兴致勃勃去掘笋。寒山肃穆,竹林潇潇,忽有几只白腹蓝羽的喜鹊"扑簌簌"地从林间惊起,优美的弧线瞬间掠过眼前。我们没有挖笋的经验,只是好奇并欢喜着,举着的锄头不知要掘向哪里。鸿的儿子机灵,在竹林下瞅瞅看看,或用足底反复试探几下,遂用锄扒开厚厚的一层腐叶,掘向泥土,笋便接二连三地连根挖出,真是喜煞人也。原来挖笋是有小技巧的,竹林四周,观察竹节走向和竹叶方向,顺势而为,准有收获。

笋生南方,吃日方长,北地则视为珍物,是都市人家餐桌上的稀罕物,一年也不过偶尔吃它几回。

清寒季节采出的冬笋,肌理缜密,有内敛之气,剥去绒衣,肤如象牙。切段或丝,滚水焯过,无论是炒、煮、炖、烧还是烤,荤素咸宜,皆滋味奇鲜。雪花纷飞时,菜市几家摊子上有冬笋出售,比猪肉价格更甚,市民问津不多。

苏帮特色菜肴腌笃鲜的主材便是笋和咸鲜肉,熬煮的汤汁白如牛奶,肉入口软滑而不腻,笋入口清香脆嫩,皆回味隽永。此外,笋亦是老鸭煲、鱼头汤里的常用配菜。我曾用冬笋、肋排、咸五花,拿本食谱现烧热卖,虽掌上眼底功夫不到家,但汤汁滋味,亦可勉强列为妙品。

春笋格贱,或如一夜春风来,世间万物向上时,笋却由清贵的士大夫身份降至平民王妃的等阶了。所以春笋要选其新嫩,否则茎多味涩。但偏有人喜欢这微苦的青涩,说堪比鸡鸭鱼鲜。

醉心于中国古代文学艺术的日本汉学家青木正儿,嗜笋成癖,干脆在院子里种了自食,因为青木尤爱其"尊贵的苦味"。这或许与他"性孤峭而幽独"的个性有关。

日本人喜食笋久矣,素常茶食里,便有"盐渍笋"一味,不仅因为国人饮食素来清淡,更取其"禅味",清苦自守,不求人知。

快雪时晴闲翻书。《源氏物语》三十六回,写朱雀院思念削发为尼的三公主,便在"寺旁的竹林里掘竹笋,又在附近山中掘些野芋,喜其有山乡风味,特派人送与三公主,并且附一封详细的信。信的开头写道:"春日山野,烟霞迷路,只因对你思念不已,特地前往采掘,但亦聊表寸心而已。"此时的笋除了具有寻常食物的功能,已包含了主人别样的寓意。

食笋,古已有之。黄庭坚晚年贬谪宜州时,作《宜州家乘》,多处记载别人给他送笋:"(二月)二十四日,癸亥。雨止,气微温。小许送鹍鸠六,王沙监送溪鱼十五,皆班诸邻。得鞭笋二十余,甚美。""三月初二日,己亥。丁酉、戊戌中夜澍雨。德谨砦寄大簟一床,又寄大苦笋数十头,甚珍,与蜀中苦笋相似,江南所无也。"又有:"初四月,辛未。阴,欲雨。是日煨笋作藕葅,姜葅,茄葅。"黄鲁直晚景凄凉,这些日记中的食物温暖了他生命中的最后岁月。

而出生时,便"家素饶,其园亭罗绮甲邑内"的笠翁可谓吃出了笋的至味。他说:"此蔬食中第一品也,肥羊嫩豕,何足比肩。但将笋肉齐烹,合盛一簋,人止食笋而遗肉,则肉为鱼而笋为熊掌可知矣。"

笋可入诗,亦常入画。"杯羹最珍慈竹笋""洛下斑竹笋,花时压鲑菜。一束酬千金,掉头不肯卖。"笋入诗,接了点尘世的烟火气,让人生惜物之心。笋入画,水墨滋味里,清逸横出,看得见谦谦君子之风。

忽忆某年雪夜,有远朋不期而至。蓬门陋屋,别无长物。厨里恰有一株笋,青椒几只,地下雪菜一坛尚未启封,干脆就地取材。于是不消几分钟,一盘姜笋肉丝爆炒雪菜、一碟素炒青菜、一锅热乎乎的花椒羊肉汤,就端上了桌子,客人直呼笋丝甘脆,肉汤清鲜,大饮三杯,宾主尽欢。火炉汤沸,梅影横窗,多年来这一幕犹未难忘。

新春佳节,饕餮多味,腹内狼藉。可巧节气已过立春,"竹笋初生黄犊角",食鲜笋的佳妙时节到了,诸君切勿错过喔。

●叶 纯

远离风口（外一篇）

远离风口。

风口是一种特定的比喻。可以是一件事，也可以是一种现象，或者代表一种价值观也许更合适一些。如今，各种潮流充斥大街，本质都一样，如何能赚更多的钱，最好是不"劳"而获，瞪大眼睛抓住某个"风口"，猪都能飞上天的那种，一夜暴富，坐拥金山，功成名就，多好。

远离风口。

很多人都在寻找或等待某个"风口"，谓之机会或机遇。豪赌一把，要么一飞冲天，要么一地鸡毛，反正不能等，急功近利，要出成绩，不能忍受漫长的煎熬，时间是最不可饶恕的事物，最好上午栽下树苗，下午就能开花结果，晚上采摘销售，一手交钱，一手交果，多爽。

远离风口。

赌注风口要靠"眼光"。赌对了，一马平川；赌错了，一穷二白，风口很多，其实是一种社会现象。股市如此，楼市如此，彩票更是如此。关键是传说太多，传到你耳朵里的永远是事情的一半，另一半永远是听不到的，蛊惑太多，诱惑太多，当你不顾一切扑上去时，只能祈祷了，也许全身而退，也许就没有全身了，好险。

远离风口。

风口其实是人性的体现。面对风口，人性的诸多形态会表现得淋漓尽致,或犹豫,或果断,或观望,或纠结,或患得患失,或心平气和,或喜,或悲,或乐,或愤,或神经兮兮,或仰天长叹,或幡然醒悟,或悔不当初,或山穷水尽,或柳暗花明,凡此种种,一个"利"字了得,好戏。

远离风口。

风口是社会的缩影。世上本没有风口,想发财的人多了,也就有了风口。只是这风口,也是很有讲究的,它来源于社会,必将服务于社会,社会的和谐是有一定的价值取向作为保证的,如果这个风口破坏了这个取向,那就相当于打破了某种平衡,危害极大。当风口带来的赚钱效应所向披靡,当人们不顾一切、不择手段去追寻"货币"本身时,离社会不破不立之时就不远了。

远离风口。

面对风口,选择远离,有时是一种哲学,有时是一种态度,有时是一种策略,有时是一种决定。风口对应的是浪尖,当你没有足够的准备突然被推上浪尖,当你还不具备驾驭浪尖的能力,或许,不让事情发生是最好的结局。

远离风口,或许平淡,但不平庸,一步一脚印,一花一世界,只要心存感激,只要心存感恩,只要有一双发现的眼睛,人生处处是风景。

塔 吊

新搬的地点是一幢仓库改装的建筑,办公室的窗外正对着一个工地。工地的规模挺大,那天伸头数了数,好家伙,足有六个塔吊在那竖着,高高低低的,甚是壮观。万丈高楼平地起,紧贴在形形色色建筑物身旁的,总有这么一个细长细高的家伙如影随形,不管你盖多高,它总是"高"你一头,一根很长的平衡悬臂横在半空,展开"罩"着你,颇有"一切尽在掌控"之势。没错,这种设备名叫"塔吊"。

塔吊是建筑工地上最常用的一种起重设备,又名"塔式起重机",用来起吊施工用的钢筋、木楞、混凝土、钢管等施工的原材料,是工地上一种必不可

文字是一种纪念

少的设备。据说，一些有经验的投资商只要在当地转上一圈，记录下在建工地上塔吊的数量，结合地理和人口等信息，就能大致判断出此地房地产开发的"钱景"如何。

塔吊已经成为城市的一道"风景"。一片片空地上一座座醒目的塔吊矗立着，一天天慢慢升高，直至消失，又转战他处，人们对它似乎都熟视无睹。但总有人与塔吊不离不弃，塔吊司机算是一类，我想，他们应该是不会恐高的，攀上高架，独自顺着窄窄的落脚点走进操作室也是一种对心理的考验；他们应该不敢多喝水，上上下下多么不便；也许就带着简单的中餐在狭小的舱室内解决；他们的视力肯定很好，要胆大心细，操作熟练，肯定不是随便什么人都能胜任这份工作。

雄伟的塔吊，静静地矗立着，塔吊的境遇其实也很像人生的境遇。不论做什么，都要打一个好的基础，塔吊不论高低，它的基础决定它的高度，所希望的成就越大，基础就要越牢靠，准备的时间就会越长，欲速不达。塔吊不是一夜之间就长高的，它总是伴随着建筑一节一节往上升，节与节之间要紧紧地连接，马虎不得，少不得一根螺栓，每一节都是上一节的根，稳稳的，脚踏实地。每升到一定高度，塔吊还要伸出双臂，"抱紧"身边的建筑，增强稳定性和可靠性，为了更好地向上，这一步不可或缺，是谓调整。最重要的是，塔吊不会无缘无故地竖在那里，塔吊总是伴随着目标而生，当目标完成它会适时而退，奔向下一个目标，可是，有多少人只会关注目标完成后的成就，而往往忽视成就背后的过程和付出？塔吊代表着背后那个默默奉献的关键因子，人们却很容易忘记它曾经的存在。

新常态下的中国旧貌换新颜，你不知道每一天究竟有多少塔吊矗立在土地上，你也无法精确统计。电视上，中国被称为"舌尖上的中国"，其实，"塔吊上的中国"何尝不是当下更真实、更贴切的写照？塔吊的低调和务实也许是当下最稀缺的品质。

●黄丹丹

双城记

周一,赶在晨曦之前早早地起身,对镜贴花时,窗外的霞光初现,照亮我的路。我又要回小城了。

驱车出小区时,总习惯从后视镜里恋恋不舍地看两眼小区的大门,还有,那门旁慢慢变小的妈妈的身影。从金寨路上高速,百余公里的距离在耳畔循环演唱的老歌陪伴下,不过一个小时便可抵达。一个小时,不长不短。有时候我什么也不想,有时候想想新写的小说。偶尔,我也会哼哼歌,"昨夜梦里,有个地方,红叶森林的牧场……"下高速,慢慢开进沸腾的小城。早晨的小城,市井最是人声鼎沸。行色匆匆的上班族、笑意盈盈的学生、提着鲜灵灵蔬果的主妇、满面红光的晨练老人……他们把小城挤得跟早集般热闹。很多时候,我的车都被堵在南门外,堪比蜗行。但我一点儿也不焦躁,看着我的城,和我同城的这些人,心里充满了踏实安稳的幸福感。是因为我离开这座城两天三夜的缘故吗?

为了女儿读书,把家安置在合肥,已一年有余。这一年多来,几乎每个周五,我都会踏着暮色,回淝上的家。家,因为有亲人在,而不仅仅只是一套耸在云空的房子,它是一种牵挂,一种温暖,一种可以安放所有情绪和情感的所在。所以,每每有朋友问我如此奔波累不累的时候,我都说,不累。乐此不疲,正是活着的滋味。

我的家,位于小高层的顶楼,当初连夜排队拿号就是为了"抢"到这套可

文字是一种纪念

附赠一个70平米阁楼的房子。最初的打算，是将有着两个晒台的阁楼精心装修成茶室、书房，与朋友对坐聊天和与自己对话谈心的浪漫小天地。但后来，还是按照家人的建议，装成了一套有着厨、卫、厅、室的房子，对外出租了。如今的租客是一位美丽而自立的女孩，安安静静地居住在楼上，偶尔下楼拿了我的书读，让我觉得，这层缘对彼此都算幸事。

我的家，素洁而有书墨氤氲生香。客厅那幅猫哥洪森所作的《五福图》配了邵军叔叔的跋显得既谐趣又雅致。而对面电视上方的那幅在某年雪夜，猫哥在邵叔叔家酒后即兴所挥就的写意梅花则是舒朗而颇具意趣的，我很喜欢，虽然后来猫哥一再嫌那不好，让我换下它，我也还是不舍得。很多画作，不仅仅只是笔墨颜色，在我眼里，那背后的故事和情趣比画作本身更有意义。此外，正对客厅门的夹墙上，谷朝光老师特意为我所作的那幅《书香图》甚是雍容华贵。这幅画采取了虚实结合的手法，牡丹姹然在上，而书卷茶盏静默于下，谷老师送我画时就说，这是按照我的特质所作的画。如此，我自然对这画分外珍爱。在餐厅，还有一幅白框装裱的浅绿色系画作，此乃马丽春老师的《春天里》，此画疏雅静气，装裱时在店里就被很多人欣赏，而一年多来，来我家观过此画之人亦无不啧赞。此外，除了廊上、书房的满壁书画，我的柜屉里还有诸多藏品，那些字画各有姿态，各有故事，我喜欢并珍惜着，遇到同好，便取出共赏一番，实为雅趣。

因为一周七天里，我在家只能待两天，所以，回到家的我便不肯出门了。窝在家里，读书、写字、肆意地赖床，穿旧的棉布裙子披头散发不修边幅，家，以最大的包容性为人提供一种自在，而自在正是人最需要、最享受的活着的乐趣。

有朋友说，你这样跑着，那点工资全奉给高速公路和中石油了，索性回合肥得了。其实，如果去合肥也不是没有我容身的地方。朝我伸橄榄枝的岗位还是有那么一些的，但是，我还是宁愿这样在双城之间奔波着。与薪水的多寡关系不大，更多的是一种稳妥的归属感。这座被淝水匝绕的古城里，深埋着我生长了三十多年盘络交错的根系，一旦真的离开，我便只有委顿。所以，我宁愿开启这样双城生活的模式，因奔走而既能护着根，又能守着家，这点累又算得了什么？

读出来的多种滋味

●许春樵

文人利益的相对性

无论是"达则兼济天下",还是"穷则独善其身",文人的价值往往也是要通过他所获得的利益多少进行认定的。利益的最大化和价值的最大化只是计算方式的不同,性质是一样的。比如说一个商人的价值通过挣钱多少来计量,一个民选总统的价值通过民众支持率来概括……

那么文人究竟应该获得多少利益才是有价值的,在一个机会主义的时代,文人是不是应该像一把小偷专用的"万能钥匙"一样,插在哪个门锁里都能打开门,门开了,利益有了,价值也实现了?

这是一个充满了欲望和诱惑的年代,选择的多种可能性以及铺天盖地的利益驱动往往使当今的文人再也坐不住了,他们撕掉面纱,赤膊上阵,胸前挂着一块"是金子在哪儿都能发光"的广告牌,他们从书桌前出发,寻找更多的利益和更大的价值。

于是,一些文人成了企业家,一些文人成了大款,还有一些文人当上了大官。在学术和专业之外,他们获得了巨大的成功,实现了利益和价值的最大化。然而,更多出门淘金的文人在经营中血本无归,一些文人甚至到了食不果腹、居无定所的悲惨境地,更有一些政治投机文人伤痕累累直到被政治抛弃。人们常常用那极少数文人暴发户的神话故事来掩盖大多数失败者们的遍地血腥。

这是一个浮躁年代里经常重复的一个逻辑错误。错误的往往不是概

文字是一种纪念

念,而是所提供的一个个非本质性的伪叙事和由此而派生出的危险的煽动。

任何一个哪怕是最优秀的文人也不可能像"万能钥匙"一样可以随心所欲地打开任何一扇门,也不可能既是一个文学家,又是一个企业家,还是政治家。你很可能什么都能做,但不可能什么都做得很杰出。比如孔子,他的学问无与伦比,但他到政府里做过一段时间的官,结果很不成功。李白是一个写诗和过日子都很浪漫的人,他以为自己诗做得那么好,当个"宰相"也是没什么问题的,所以他就抱着"济苍生,救黎民"的政治抱负应召到了长安,但他又不愿从小官做起,不想当孙子就想一步当爷爷,混了几年,官没当上。近代如陈独秀,他比李白更具政治头脑,也是有政治抱负的人,但他本质上是一个文人,他当中共总书记除了被政治对手挤对和批判外,毫无政治手腕,最终他以"气节"脱离了政治,还原了作为一个文人的尊严。胡适从美国回来后说过"二十年不谈政治",但他不仅谈了,还跃跃欲试地到官场试了一回,甚至还被蒋介石耍了一回,蒋让他到南京参加竞选总统,当时天真幼稚的胡适问政界朋友,"我当了总统后,还有没有时间做学问?"参选总统当然是贻笑大方的事,因为美国需要一个亲美的人参选,所以留美博士胡适之就当了一回政治筹码被示众了一次。

这样说,似乎又栽进了另一个陷阱中,即以不成功的个案来消解成功者的光辉。其实没有。

有一个结论必须得到尊重,即人的能力是相对的。尽管一个优秀的文人可以做许多事,但不能做许多事。因为最适合你做的工作只有一个,这"一个"是人的天赋与智慧最佳优化的结果,类似于一种定数或天命。比如李白最适合做一个诗人,胡适最适合做一个大学教授,他们的错位正好反证了人不可能是一个全能的人。还有当代的周扬和丁玲,他们投身政治的遭遇和历史上许多文人的遭遇几乎是相同的。即双重人格的自我冲突与外在冲突的无法调和。因此,作为文艺理论家的周扬和作家的丁玲似乎更适合他们的真实角色。

文人历来自信,但自信与自负是有区别的,自信是对自己能力的理性信任,自负是一种自我的盲目信任。文人悲剧的根源大多数在于自负。人认识自己比认识他人要困难得多,不是身在此山中,而是缺少自我审判的勇气。我在北京时曾跟那些走投无路的"京漂"文人接触过,我跟他们说得最多的就是:我们的能力其实是有限的,这个世界属于我们的东西很少,如果我们都想要,也许什么都得不到。如果我们一生能做好一件事并努力做得更好,这就够了。

所以我赞成迂腐的是文人,油滑的不是文人;固执己见的是文人,左右逢源的不是文人;孤心苦诣的是文人,热闹喧哗的不是文人;以身殉道的是文人,投机钻营的不是文人。纯粹的文人只愿意将自己的专业和学术视为神圣,心存敬畏,并具有一种宗教情感,而不愿意作为一种手段和工具。

从职业的意义上说,你所从事的工作必须具备三个要素才能获得最大的价值或利益:我喜欢做的,我能做的,我能做得好的。而符合这三个要素的职业对于每个人来说,只能有一个,但大多数人却寻找不到这一个。找不到这一个准确的定位往往就会不堪总结或一生失败。

人的能力的相对性,决定了利益的相对性。认识到了这一点并做出了最坚决的选择,才能实现人的价值的最大化。对于文人来说,尤其如此。我们必须反对盲目地提倡适应时代和潮流,不切实际地高呼转变所谓的观念。因为事实的结果对于文人来说可能不是适应和转变,而是异化。但没有多少人愿意正视这一点或承认这一点。

那么,许多文人成了企业家、政治家、大款又该如何解释呢?我们只能说,那些文人本来就应该是企业家、政治家、大款,他们先前在学术和专业领域里的文人角色,只不过是因为他们误入歧途而已。

文字是一种纪念

●刘政屏

真不是滋味

媒体的朋友约写图书介绍,要求推荐5本书、不推荐5本书,感觉这样的图书介绍有点意思,有些创意和个性,便答应了,同时夸口争取第二天就把稿子给他。其实我也不算是信口开河,卖了这么些年的书,写这方面的稿子还是有点自信的。

稍微思考权衡一下,5本推荐的书一会儿就写好了,自我感觉还不错。

我推荐的第一本书是《莎士比亚全集》,我的理由是:今年4月23日是莎士比亚逝世四百周年,推荐这套书,一是应时,二是提醒大家和自己,莎士比亚的作品有着其永恒的魅力和价值,四百多年来一直为世界各国的人们所推崇。打开全集,你会时时感受到它的精巧的构思和睿智的语言,开卷有益,读莎士比亚,更是如此。

如果说第一本书推荐"莎翁全集"还有些"主旋律"的话,那么第二本书则是我一己偏爱,加缪的作品《反与正·婚礼集·夏》,我为这本书写的推荐理由是:三本随笔的合集,竟然只有180多页,不免让现在的我们生发出许多感慨。作者的《反与正》再版自序一下子吸引了我,坦诚而充满思想性的文字让我忽然之间明白了应该怎样看待自己的作品,应该怎么写这样的大问题,感谢加缪。

前一段时间,买了一本《思念补读记——走近父亲钱穆》,作者是钱穆先生的次子,早年与父亲聚少离多,之后为台湾海峡所阻隔,1980年才得以再相见。中学教师,近五十岁才开始读父亲的作品,因为带着感情,所以一直用心,一直坚持,近八十岁时出版此书,儿子的角度,自有它的特点与温度,因此我认为这本书"值得一读"。

每年出版一本年度语录,是一个机构一群人做了二十年的一件事,而这语录也是我一直坚持在买的一本书,原因是它不但自成特色,而且也是我记忆的索引。其实这一类图书是不容易做好的。要么故作高深,要么流于肤浅,好与差全在于编纂者的眼力和水平。年初的时候,翻看这本新买的书,忽然之间感受到一种良苦用心,一种鲜明的个性。因此,我推荐的第4本书是《2015 语录》。

我推荐的第 5 本书是一本很小的书:《袖珍字海》,它只有火柴盒那么大,专业术语 256 开本。之所以在出版社出版的 100 多种这样的书里推荐这一本,是因为它的实用性。606 页,1 万多字,目的很明确,帮你识读汉字。随身备上一本,不认得字的尴尬,秀才识字读半边的窘境,基本可以免除。

写完了推荐的 5 本书后,要写"不推荐"的 5 本了,"不推荐"其实就是"不喜欢"。这些年来,我接触过的书很多,不喜欢的自然也有不少,但真的要让我写,因为书不在跟前,感觉还是无从下手。家里的书不少,因为喜欢和需要,它们被我一本一本买回来,所以不喜欢的基本没有。倒是这两年书买的有些多,有些书因为价格低廉被我收了进来,这其中,难免就有看走眼了的。

我"不推荐"的第一本书是《浮生六记》的今译本,在我看来,这是一本典型"做"出来的书,先有创意,然后找一个有些名气、关系不错的人来"翻译"。且不说一般人是否翻译得好,就单看他们把译作放在前面,原文放在后面,就可以了解这帮所谓的出版人是何其的无知与大胆。

了解张国荣,是在他纵身一跳之后,买一本张国荣的传记书,则有一种情结在里面。其实我需要的不是有关他生平的平铺直叙、花边新闻的重复与罗列,而是一些有观点、有新意的东西,而这本书里,恰恰没有。版式太一般、定价过高等,也是问题。因此我把这本最新出版的《张国荣传记》列为我"不推荐"的第二本书。

文字是一种纪念

年初的时候,我以极低的折扣买了一本《狠狠爱自己——别指望男人给你安全感》。我之所以买这本书,是想了解一下这位写过《女人不"狠",地位不稳》并销售超过60万册的作者,究竟是一个怎样的人?其文字到底如何?翻了翻书后,我知道了作者是一位男性,但其作品到底应该归于哪一类,让我有些迷糊。心理咨询?生活励志?都不是很像。不好好说话,不好好写书,原因都是一个"利"字。

写完3条之后,卡住了,因为我实在想不起还有哪一本书是我不喜欢的,稿子结不了尾,自然也就没办法交稿,只好等第二天再想办法了,谁料第二天竟然是那么的忙乱,根本没有时间让我想这件事,晚餐后,正看着电视新闻,编辑发来短信,正在编稿,就差我这篇了。我一边回着"好,马上",一边赶紧开机。

写什么呢,我一下子变得抓狂,是啊,我写什么呢?焦虑不堪的我又在几个房间窜了一遍,依然是两手空空。如此折腾一番之后,我冷静下来,开始回想记忆中那些让我反感的书,然后再借助网络核实一些细节,很快,就确定了有些代表性的两本书《季羡林谈人生》和《推拿》。

季羡林的作品我还是很爱读的,其中《留德十年》《牛棚杂忆》等给我留下了很深的印象。一个偶然的机会,买了这本《季羡林谈人生》,书印制得很好,折扣也很低,但到翻看之后,感觉简直太差了,东拼西凑,粗制滥造,这样的书对于季老先生简直就是亵渎。

《推拿》是毕飞宇的力作,这谁都知道,它被改编成电视连续剧,这也是谁都知道,改编者将剧本出版出来,只要有约在先,也不是问题。但是,你得有所区别——明显的区别,不要让读者糊涂了,弄不清楚到底谁是《推拿》的作者,"比毕飞宇同名小说多出30万字"这样的话更是不应该说。

写完这最后的200多字后,我长长地松了一口气,但很快,我发现,稿子写好了,自己的心情却变得有些复杂,大量粗制滥造的图书与出版业的快速发展如影随形,已经到了很严重的地步,如果任其泛滥下去,浪费是惊人的,贻害是巨大的。想到这,我感觉心里又堵了起来:唉,这稿子写得,真不是滋味。

● 许若齐

赠　　书

贾平凹先生早年有小文,举十余件日常里"笑口常开"之事,第一件就是:著作得以出版,殷切切送某人一册,扉页上恭正题写:"赠×××先生存正。"一月过罢,偶尔去废旧书报收购店见到此册,遂折价买回,于扉页上那条题款下又恭正题写:"再赠×××先生存正。"写毕邮走,踅进一家酒馆坐喝,不禁乐而开笑。

此类事我亦有过。我早先居住的黄山路上有书摊,老板与我熟稔,收来的旧书由着我翻阅。一日,居然见到自己几年前出版的一本散文集,扉页上恭敬书写:某某先生雅正。他可是本省名气很大的文化人啊!此公住这个城市的东北角,书怎么会到西南角的这个书摊呢?一路走来,别来无恙?我拿着它,竟有搂着失散多年的孩子的感觉。我拿回家,又认认真真地在扉页上写道:公元某年某月某日,在某书摊重新购得。然后放置在家中书柜的最佳处。

还有一次上网,偶见本省某市一旧书店发布之信息,我的一本书有售,云:签名本,八成新。某市较僻远,无朋友,书是何以沦落至此呢?理应从网上购回,但终究未遂。想想它孤苦伶仃被弃之角落,难逃被打成碎末,碾成纸浆的命运,悲从心来。

鉴于此,自己立下规矩:不轻易出书,亦不轻易赠书。关于前者,乡贤老N语出骇人:"这年头,出书的人实在太多,是人是鬼通过各种途径都要出一

文字是一种纪念

两本书。有些书让我感到十分恐惧，但我同时也对这些作者的勇气十分地佩服。面对自己糟蹋的这堆文字，跟一个强奸犯被拉出去示众又有什么两样？"

老 N 确实犀利，但我也不能完全苟同。旧时文人有"四好"：戴一顶帽、坐一座轿、娶一个小、刻一部稿。前三者且不说，刻一部稿，能流行于当下，传之于后世，岂不是功德无量？古代为圣人者须三条：立功、立德、立言。这立言，不就是文章传世吗？写了一辈子文章，出本集子，不为过矣。诚如一位朋友调侃：进不了中国文学史，安徽文学史，就争取进县志村史；再不济，列入家史总是铁板钉钉的事情。一位长辈垂垂老矣，20 世纪 50 年代就开始写作，晚年就想出一本自己的文集。一对儿女合资遂了老人的心愿，书印得颇精美。他逢人便拿书夸奖：大孝！大孝！

出书便有赠书。君子之交淡如水，文人赠书两相宜。我赠出不多，所受不少。收支不抵，盖因自己的品质差强人意，拿不出手。家中书柜专辟五格，为收受的赠书所用，满矣。无事时，常立于柜前打量，宛如众人立于我面前。有的常来常往，混得厮熟：由赠书相识相交，吃饭喝酒，游山玩水，聊天打牌，"群"得如同兄弟姐妹一般；有的各有所忙，渐行渐远。好在微信有，大的生活动态还是知道的。一旦新书出版，都要遥祝的；倘若首发或被研讨，只要相邀，抽空也是要去的。少数确实湮没在记忆深处，再也捞打不出。如此，该是本人老年痴呆症之早期症状所致。

赠书一旦进入互赠状态，氛围往往热烈愉悦。一般是一套书或几套书联袂出版，有人择一酒店大间庆贺。各人携书款款而至，笑容满面，互相赞美乃至吹捧不能免。当然，孩子总是自己生的好，自恋正常。好的文字，众人也是由衷喜欢，尽管不是己出。

然后题字，择"送""惠存""雅正"取其一；签名，或端庄周正，或龙飞凤舞；加印盖章者寡，一般是著名作家所为。一招一式起来，当然更有仪式感些。

如同购书，常常束之高阁，对赠书亦不会孜孜不倦读之，想想真对不住所赠之人的心血。这把年纪,出于功利读书愈来愈少,信手拈来,榻上厕上与日俱增。更何况网络发达,快速便捷是不争的事实。其实,赠书中上品精品多多,特别是熟悉朋友所著,更有一种可触可摸的亲切。今夏大热,我在家乡老屋独居。晚上无聊,手头正有×先生书一册,拿起便放不下。还是他二十年所写的文字,皆生活日常、短文小文,真正可以咀嚼,余香满口。几十万字,每晚功课,十天读完。有些篇章,回味至今。

  赠书也有奇葩事发生。老屋门窗皆无防盗栏栅,某年月日,梁上君子光临,无功而返。屯溪的妻妹代看房子,第二天发现未有损失,遂在厅中桌上最醒目处留纸一张,上书:该屋主人系穷作家一个,室内无财物,若再次光顾可拿走此人所写书一本,算他赠你。并在书架上取书一本置桌上。以后却是没有任何贼再来。我回来,闻之笑。想起许辉先生回老家过年时动过的念头,在家里书一条幅,写上:文明行窃。免得翻箱倒柜,弄得一塌糊涂。许先生最终未为,我也觉得不妥,放弃。

  我过去尚有些私房体己,夹在朋友的赠书里,以备急用。奇怪的是,今日翻检再三,就是不知所去。

文字是一种纪念

●程耀恺

向塞尚致敬（外一篇）

一、《向塞尚致敬》是莫里斯·德尼的一幅油画，现藏于巴黎奥赛博物馆。莫里斯·德尼挑选了一帮意气风发的仰慕者，簇拥着塞尚和他的一幅静物画，一如众星捧月。

有人指出，德尼这幅画，表达了世界上最聪明的脑袋、最灵巧的手臂，更表达了对塞尚的关注、研究和顶礼膜拜。那一年是1900年。六年之后的10月15日，塞尚在画《约丹的小屋》之时，遭遇不测风雨，引发肺充血，10月22日，一代宗师以未完成式的姿态，与世长辞。

二、画笔是多彩的，而画布是残酷的。一个人选择画笔与画布，远不是照葫芦画瓢，就能成其事、如其愿。画画，不仅意味着如何在属于视觉的领域内，呈现那种精神性的感觉，更意味着在画布上，寻求诸种秩序的和谐。所谓诸种秩序，无疑是指已经存在的秩序和应该存在的秩序——这就要求你具有把视觉、感觉、思考融为一体的才艺与胆识。古往今来，那些希望成为画家的人中，或多或少是受了"兴趣"的蛊惑，只有极少数人，才是怀着"使命"的自觉，步入"画途"的。

十岁那年，塞尚就读于圣裘歇夫学校，从跟随西班牙神父学习素描之日起，老塞尚就在近郊购置了一处叫"风庐"的别墅，并且同意儿子设立一间简陋的画室。塞尚献身艺术的志向，与父亲对他的人生期待的拉锯战，天平开始向塞尚倾斜了。至1861年，在母亲与妹妹的支持下，父亲终于同意他去巴黎，进入苏维士学院学画，这一年他二十二岁。此后近二十年间，塞尚基本上在巴黎这座艺术大熔炉里，接受技艺与方法的锻炼。

在巴黎期间，塞尚与毕沙罗建立了亦师亦友之情，在毕沙罗的引导之下，塞尚从阴郁的风格中走了出来，与此同时，塞尚还结识了巴齐耶、莫奈、西斯莱、雷诺阿等后来成为印象派中坚的一批新锐画家，当然，与一些收藏家、画商也有过接触。

塞尚在巴黎，没有摆出一副风云际会的架势，而是效法江河，放下身段，把自己摆得很低，不择细流，以成其大。

三、那时候，年轻的塞尚壮怀激烈，发誓要以自己的"苹果"来震撼整个巴黎社会，但他却长期得不到学院派的承认，作品参展，一再落选。年富力强、才华横溢的塞尚，竟然像一串"地下的葡萄"，淡出人们的视线。此间，长达十七年的法兰西第二帝国的巴黎旧城改造，将近尾声了，新巴黎如出水芙蓉一般楚楚动人，成批的有钱、有才之人，拥向这座繁华的交际之都，而沉默寡言、满脸胡须的塞尚，却开始收拾行装，做好返回普罗旺斯的准备了。

孤独与寂寞的浮云，或许一时遮蔽了塞尚的太阳。对此，好在塞尚早就了然于心，他比谁都明白，孤独是创造者的宿命。他非但没有设法摆脱孤独，反而去拥抱孤独。日后的事实表明，孤独反而成了一种滋养，彻底的孤独，彻底地成了伟大作品的催生剂。

四、塞尚四十七岁时失去父亲，五十岁丧妻，从此，塞尚一直在郁郁寡欢中度过。

不亚于失去亲人的沉重打击，各种各样的痛苦接踵而来。左拉是塞尚在上中学时结交的好友，1866年左拉的小说《杰作》发表，小说塑造了一个失意画家，在成功的前夕，自杀身亡。左拉照例给塞尚寄了一本。塞尚一边认为左拉只不过在写小说，一边震怒于老友对自己的伤害，于是，给左拉写了一封言辞冷淡语气生涩的回信：

刚才收到了《杰作》，实在谢谢。你给我在《卢贡·马卡尔》中写下了这种美好的回忆的证据,我一面缅怀过去,一面请求握手。

这是一封怪模怪样的绝交信。又一根纽带断了。友谊画上了句号,但他们并没有反目成仇。1902年,左拉意外去世的噩耗由巴黎传来,塞尚闻讯泣不成声,整个人像被击碎的石块。

就这样,塞尚跟世界的血脉纽带,一根又一根地被割断了。幸亏另一些纽带还完好保存,甚至更加牢固了,比如思考,比如做弥撒,比如沐浴。思考使他的生命获得充实,而"弥撒与沐浴,是使我变得更为年轻之事物"。

五、关于塞尚晚年的隐居生活,文字的记载是零星的,有时甚至是零乱的。

里尔克是少数能接近塞尚的人,他说,他苍茫,穿着皲损的衣服。当他去画室时,孩子成群地在他的背后追跑,丢石头,好像在赶一只丧家之犬。又说,他也时常在早上做完弥撒而去工作室时,将一些金钱施舍给大圣堂门外的乞儿。

这样的文字,有点像一组镜头,或是短小的 CD,但只停留在表象上。塞尚自己,却有一段心灵独白:终我一生都在努力地探讨大自然的奥妙。但我的进步是那样的慢,如今我又老又病,所以我活着的唯一可能与意义,也无非是誓以绘画而亡罢了——我们只有把内外两层统合到一起,对塞尚的孤独的晚年,才能有个清晰的了解和认识。

孤独不仅造就了一个伟大的画家,更造就了一个伟大的人物。

顺便说一点题外话。东西方关于"丧家之犬"的意象,竟是如此不谋而合。孔老夫子也有过"累累若丧家之狗"的记录。是天降大任于斯人?或者精英淘汰的历史痼疾在作祟?不得而知。

六、对于塞尚式的孤独,台湾学者史作柽从人的情感抉择入手,有一段深刻的体认,他写道:

"有人的情感全属于人间,有人的情感来自天上。属意人间者,多似有所得,沾沾然,则永坠于地下;属意天上者,则通过人间,陷身孤独,而仍归之于究极,却又不得其解之天之域。人之属,一天,一地,孰是孰非,无人知之,无人能终而言之,一切只不过是人对其自身之一种抉择罢了。塞尚知道得很清楚,所以他叹息着说:

"唉,算了!你说人生、社会吗?其实我所应得者,唯孤独而已。"

也许塞尚以为,在对自然结构不懈求解与探索中,为思想争夺空间,这是天命。既然天命难违,那么孤独就孤独吧!

七、在孤独中,塞尚的目光,却紧盯着苹果。据说,他有时要把一只充任模特的苹果,盯得羞涩地缩了水,还不肯罢休。

自从亚当与夏娃被逐出伊甸园,苹果就背负了沉重的禁忌十字架。而塞尚的雄心壮志,如前所述,恰恰就寄托在这种禁果身上。在经历了与先入为主及主观性的反复较量之后,塞尚决计把苹果从自己的身边推开,让它在画布上独立生存。换言之,塞尚一心一意,要让苹果在它独立的实体中存在。这样画着画着,他笔下的苹果,渐渐散发出一种叫"苹果性"的灵气来——在画布上,让苹果具有了苹果性,或者说,让苹果更像苹果——人们有理由认为,这是绘画史上一次不大不小的革命。它竟是塞尚一个人的战争成果。

八、塞尚58岁时,在埃克斯的采石场附近,租了一间小画室,开始了为时七年的《大浴女图》的创作。这幅巨制,在他谢世的前一年,在"秋季沙龙"里展出。从某种意义上讲,这是塞尚向生命和历史交出两份答卷之一,另一份,就是他一画再画的《圣维克多山》。众所周知,塞尚以一生的努力,求解艺术与自然、艺术与生命之间的可能性与不可能性,试图建立视觉、感觉、思考等多重内涵的"绘画空间",而他给出的答卷,前者的主语是"可能",后者则是"不可能"。

客观世界是不可尽知亦不可尽表的,而人们的意愿,偏偏既欲尽知又欲尽表,这一矛盾,折磨着无数献身于文学艺术之人,塞尚亦不能例外。但塞尚是个知其不可而为之人。那么,他是如何为之?塞尚以一生心血,总算摸索到了"为之"之路径:以艺术之自由,实现表达之自由。在《大浴女图》

中，塞尚以异乎寻常的宏伟笔触，在淡蓝、淡黄、淡褐色的基调上，展现人树不分、男女同等之既古典又青春的自然结构，从而让这幅巨制，成为历久弥新的经典。塞尚通过《大浴女图》昭示：自由之表达，虽远非尽表，但只要坚守纯然与节制的原则，表达之自由，却是可能的。

我的书房里，有一幅《从洛弗看到的圣维克多山》，是塞尚1902—1904年的作品，画面上充斥黄、绿、蓝三种色块，色块粗犷，有霸气但不盛气凌人，景色在寥廓的天地间神秘地漂移，漂移到宁静里，漂移到大美里——是有真宰，与之浮沉。

塞尚一生中，画《圣维克多山》，达60幅之多，它们不是通常意义上的系列画，在塞尚的心目中，那仅仅是一幅画。前一幅受到后一幅的否定，后一幅是前一幅的新生。如此一连串的否定之否定，永无止境。这种永无止境，体现在画面上，就是一片苍茫，天与地，云与山，树与草，道路与屋舍，浑然一体。虽然浑然难分，但我们却分明感受到了，天地之间，有一种广大而深厚的自在与自由，尽管我们仍然看不清它的真面目，也许那就是中国古圣所谓的"浑沌"吧。

以一笔一画之"有"，逼近高远空旷之"无"，舍塞尚，还有几人？

九、对塞尚的赞誉，多出自艺术家之口、之笔，似乎塞尚的伟大，恰巧在于他居于艺术史上承前启后的位置，若不是他在大自然的结构里，发现了球形、圆锥形、圆柱形，那么，立体派和抽象画派一来到人间，或许会成为先天不足的产儿。他们说得精辟、准确，但作为一个艺术欣赏者，我对英国诗人查尔斯·汤姆林森把塞尚视为"作为画家的诗人"的观点，举双手赞成，我更喜欢他为塞尚写的那首诗：

"在埃克斯的塞尚／和山：每一天／都像果实一样静止。又不像／——因为不能缩减，因为／没有一个部件／因这珍贵而可疑，／也没有（像坐着的人一样）／因自己的姿势而分心，并因此，／受到加倍的怀疑：它的姿势不是／摆好的。它本来如此。自然／不可改变，一个石头的桥头堡／对它是实在的／因为以前没有感觉到。／在它风吹雨打的重量中／在它的寂静中，沉默着一个／没有表现自身的存在。"

　　塞尚不仅属于绘画,也属于自然,属于社会……

　　当一个人用生命的全过程,撞击各种各样的墙,寻找纯粹之美,并节而用之,这意味着他将怀疑、反叛所有的陈法与定式,也因此,这种反叛,注定是画不了休止符的,所以说,创作了伟大作品的塞尚,依然是个未完成式。

　　十、油画《向塞尚致敬》,显然不能视为史料,但画中的场景与人物,艺术史家亦多有考证,多有联想,多有发挥,尤其画中的主要人物,大体有明确标举。但我固执地以为,那场景,并不局限于某个具体的展厅,凡艺术的生长之地、收获之地、收藏之地、鉴赏之地,无不涵盖于其中;至于画中人物,一百年来,从西方到东方,不紧不慢地增加着,这是不言而喻的,乃至人微言轻如我,在撰写拙文之时,朦胧之中,居然也觉得自己叨列末座。

　　是的,对于塞尚的追思与敬重,在艺术、文学抑或哲学范畴内,无论用语言、文字抑或色彩,都可以归结为一句话:向塞尚致敬!

醒来吧,清少纳言

　　某年的文坛,有个不大不小的事件:在中国的西部生长麦子和苞谷的土地上,生长出来一位出类拔萃的言说者,有人誉之为"清少纳言"。这样的赞誉,是不是炒作,先不去理会。由此,却让我蓦然想起真正的清少纳言,她在我的书房里,不知沉睡了多少年。

　　我的书房只有九平方米,却汇集了不少世界级的名家和大师,他(她)们通常以沉睡的姿态存在着。我把清少纳言和她的几位同胞(诸如:紫式部、兼好法师、井原西鹤、芭蕉、樋口一叶、德富芦花、夏目漱石、志贺直哉、川端康成……)排放在一起,寻常日子,不敢轻易惊动他们,可某个夏天,从《阿勒泰的角落》里,吹来一股清新之风,我便鼓起勇气,唤醒这位平安时代的宫廷女官:醒来吧,清少纳言。

　　盥漱之后,格子门轻轻地推开了,清少纳言出现在我的面前。因为以前

文字是一种纪念

仔细研读过《女房三十六歌仙》和《百人一首画帖》中清少纳言的画像,所以一眼就认出她来了。她肯定是少数几位获赐允许着禁色(赤、青、黄丹、栀子、深绯、深紫)的女官,但是,她却穿了郑重的五重套褂,织锦的上装外面,轻松地披一件平纹唐衣。她看上去是个非常乐观的人,"宛如向日葵,只朝阳光方向抬头,散播灿烂笑容"(茂吕美耶语)。

施礼毕,我便直奔主题,就她的身世、宫中生活、绯闻逸事和著作等四个方面,作了跨时空的采访和交谈。她略作沉思,便娓娓道来……

·身世

我大致生于966年,我只能这么说。我的父亲清原元辅,是地方官,却以歌手而称著于世,他既名列三十六歌仙,也是《后撰集》的编撰者之一。清少纳言是我入宫后才有的名字,这个名字中的"清"字,是从父亲那里继承来的,"少纳言"是职务,这和紫式部的"式部"是同一类型。

平安时代的女子,十六岁左右就要择婿完婚,成为人妇,我正是在这样的年龄,嫁给了橘则光,生下一男,孩子五岁时与丈夫离异。993年开始入宫为女官,成为一个天皇皇后定子身边的人,职责相当于家庭教师。定子皇后过世后,我失去了服务对象,按例出宫。前夫橘则光在这之前,已经升任为国首,可能因为儿子的缘故,一直希望与我破镜重圆。我由于坚持"好马不吃回头草"这条底线,没有让这场婚姻死灰复燃,却与藤原栋世再婚,后夫与我的年龄相差太大,与其说是夫妻,不如说是父女。他的官职也是国首,我们住大阪的沿海,我为这位国首生下一个女儿,这场年龄不称的婚姻,也以失败而告终。晚年我虽然选择离群索居,但是内心却很难获得平静,总觉得对不起自己的孩子,让孩子在童年就失去母爱。幸亏儿子长大后,知道自己的母亲写了一部了不起的书,终于变恨为爱,郑重把我的手稿保存了下来。儿子以这种方式表达对我的尊敬和爱,令我不胜欣慰。

·宫中岁月

日本的皇宫,不像中国那样有太监,而是起用女官。一部分女官为皇上和高官服务,另一部分则是侍候皇后与姬妾,后者没有官阶,不可能终身制。

我属于后者。

女官的日常生活,虽然烦琐但有规律。早晨醒来,照例是洗脸、刷牙、化妆、早餐。化妆的程序,跟现代女性差不了多少,画眉之前要拔眉,稍有不同的是用铁浆染牙,所谓铁浆就是把生铁浸在酒精中酸化,装瓶备用,可以防止蛀牙,所以细看浮世绘里的女性的牙齿,总觉得怪怪的,那却是一种时尚。至于洗发,所用的洗发液其实就是淘米水,保持又黑又浓的长发,是一个巨大的工程,无法天天洗发,差不多每月一次吧。用淘米水洗发这一点,倒是很像中国南方某个少数民族女性所擅长的技巧。

如果没有重要活动,女官们上午都要练书法、练筝与琴,背诵《古今集》里的和歌。和歌是贵族男女的基本教养,与他人联络,或与异性谈情说爱,都少不了和歌。到了下午,我们的精力大多放在裁缝与染布上,这类事,往往是大家通力合作,闲暇之时,则以下棋或制作册子打发时间。你若有土佐光吉的《源氏物语画帖》,翻到"空蝉"那一帖,下棋的场景就一目了然。

我是皇后的贴身女官,主要是让皇后过艺术化、有品位的生活,日常生活琐事,另有低等级的女官去操办。

宫中女官,为皇上和高官服务的,通常有700人,为皇后和姬妾服务的约200人,女官一般出身高贵,大多身怀绝艺,这么多女性精英集中在一起,嫉妒和倾轧这类事,就像冬天的寒风,让它停息是不可能的。我不知什么事得罪了紫式部,《紫式部日记》有一节专门评论和泉式部、赤染卫门和我,她写道:"清少纳言是那种脸上露着自满,自以为了不起的人。总是摆出智多才高的样子,到处乱写汉字,可是仔细地一推敲,还是有许多不足之处。像她那样时时想着自己要比别人优秀的人,最终要被人看出破绽,结局也只能是越来越坏。总是故作风雅的人即使在清寂无聊的时候,也要装出感动入微的样子,这样的人就在每每不放过任何一件趣事中自然而然地养成不良的轻浮态度。而性质都变得轻浮了的人,其结局怎么会好呢?"全世界都知道这件事,研究者往往照录不误,然而一千年过去了,人们既喜欢她的书,也喜欢我的书,也就是说,这篇日记,既没有给她加分,也没有给我减分。但它却

文字是一种纪念

像一面镜子,把平安朝宫中生活的另一个侧面,展示给后人。

· 绯闻逸事

相对来说,平安朝的饮食男女,宽松而富有诗意。贵族男性的拿手好戏,就是用情书、和歌来引诱异性。女性于婚外接纳情人,也没有什么大不了的,和泉式部就在自己的《日记》中,坦然披露自己与为尊亲王的恋情。我算是守规矩的人,然而宫中有两宗桃色新闻,还是涉及了我。

定子皇后的父亲,是关白(天皇成人之后,辅助天皇执政的人)藤原道隆,我入宫两年后,道隆去世,由其弟藤原道兼继任,道兼本为右大臣,天有不测风云,他上任一周后骤亡,由其弟藤原道长接任。上述三位,都是藤原兼家的儿子,而藤原兼家的第二夫人,恰恰是《蜻蛉日记》的作者(藤原道纲之母),而我的姐姐,正好是《蜻蛉日记》的作者的嫂子,由于这层关系,我与藤原家算是有点沾亲带故吧。宫中其他女官,不知是出于羡慕还是嫉妒,于是谣言纷起,说我与道长有染。如果是别人,还无关要紧,而这位藤原道长,为了巩固女儿的皇后地位,正千方百计地加害定子皇后一家,双方势若水火(顺便说明一下,天皇通常只有一位皇后,而藤原道长为一条天皇硬立了两位皇后,其中之一,便是藤原道长的女儿彰子。虽然两位皇后都来自藤原家族,然而彰子的父亲却是现任关白,两人的境遇就大不相同了。紫式部正是彰子皇后的女官)。为了回避这种尴尬局面,我毅然决定暂时辞职,回到娘家。辞职让我摆脱了许多干扰,正好静下心来写《枕草子》。

有一天,我随同定子皇后拜访贵族平生昌的宅邸,晚上住在那里。夜深人静之时,房间的纸糊格子门被悄悄拉开,黑暗中有人问:我能进去吗?听声音,可以断定是这家主人平生昌。深夜入室求爱,在那个时代属于时尚,紫式部笔下的光源氏,就常常干这种风流勾当,他甚至敢于潜入政敌右大臣的内室,与政敌女儿胧月夜偷尝禁果。这样的艳遇,像一束光,居然照到我的头上,自然是件愉快的事,然而,身为才华出众的女官,我又不能喜形于色,就在我忐忑不安之际,其他的女官被惊醒,可恨平生昌没有光源氏那么老练与沉着,听到动静,就像惊弓之鸟一般消失了,而把我留在黑暗中,在失望与不安中挨到天明。

・著作

定子的哥哥藤原伊周,某天进宫,为皇上与定子送来上等好纸。皇上说用来抄写《史记》吧,而皇后却与我商量,能不能用这些纸来做点别的事。因为"史记"的读音是"siki",与"鞋底"的"底"同音,当时不知怎么就联想到了"枕头",我就说:"既然皇上是'史记',我们就来个'枕头'吧。定子听了,忍俊不禁,于是,就把这批纸赏赐了我。有了定子赏的纸,我就动了记录身边琐事的念头,后来积累了三百多篇,长短不一,无非是所见所闻、所思所感,当然,书稿是用平假名口语文体写成。那时日本还没有随笔这种文体,我也许算是第一个。

《枕草子》完稿于我离开皇宫之后。有一天,伊势的官员们来访,发现了我放在回廊上的书稿。尽管我竭力反对,他们还是把我的书稿带走了,很久之后才还给我,此间隐约听说,我的书,已经在宫中流传开来。

一般有关日本散文随笔的选集,提到我的书,总是选刊首段的四小节,汉语的译本有好多种,若让我来评判,我最喜欢叶渭渠先生编选的《日本随笔经典》(上海文艺出版社)于雷先生的译文:

春天黎明很美。

逐渐发白的山头,天色微明。紫红色的彩云变得纤细,长拖拖地横卧苍空。

夏季夜色迷人。

皓月当空时自不待言,即使黑夜,还有群萤乱飞,银光闪烁;就连夜雨,也颇有情趣。

秋光最是薄暮。

夕阳发出灿烂的光芒。当落日贴近山巅之时,恰是乌鸦归巢之刻,不禁为之动情。何况雁阵点点,越飞越小,很有意思。太阳下山了。更有风声与虫韵……

文字是一种纪念

　　冬景尽在清晨。
　　大雪纷飞的日子不必说。每当严霜铺地,格外的白。即使不曾落霜,但严寒难耐,也要匆忙笼起炭火。人们捧着火盆,穿过走廊,那情景与季节倒也和谐。一到白昼,阳气逐渐上升,地炉与火盆里的炭火大多化为灰烬。糟糕!

　　稍微停顿了一下,她继续说:已经不是宫中女官了,就叫我"清"好了,"少纳言"就免了吧。
　　当代中国我有不少粉丝,听说而已。在西方,也有一些喜欢《枕草子》的人,他(她)们说我的写作明显倾向是"碎片化",恰好,这个世界已经碎片化了,所以读我的书,不用担心怎样开头,怎样结束。他(们)认为:这是一件多么棒的事啊。其中有个叫阿尔维托·曼古埃尔的加拿大籍作家,他在援引我书中"京都。竹芋。牛蒡。小马驹。冰雹。竹草。圆叶子的紫罗兰。苔藓。燕麦。扁平的河船。鸳鸯。散乱的芦苇。草地。绿色的葡萄藤。梨树。枣树。蜀葵。"这一段之后写道:在上述清单的排列中有着某种神奇的随意性,仿佛正是由于那些事物之间发生了关联,才使某种特别的意义得以生成。他还指出:这一清单本身读上去也像一首诗歌——说实在的,这种独特的理解与认识,令我心生感激。
　　感激之余,我曾抚躬自问:人们莫不是把我当成"碎片化"的先知先觉者了?其实,在平安时代,生活归生活,梦归梦,日常生活支离破碎,至少我的梦,还是相对完整的。

● 王张应

有个女子名叫芸

——读《浮生六记》

认识那个名叫芸的女子，是在一本名叫《浮生六记》的书中。

《浮生六记》，写于清朝嘉庆年间。它的作者是个苏州人，据说，他是一个名不见经传的画家。他姓沈，名复，字三白。用现在的眼光看，这本书应该是一本非虚构性质的自传体文字了。在"六记"当中，写到了很多人，除了沈复自称的"余"之外，"芸"就是一个主要人物了，"芸"是"余"之妻。

读过《浮生六记》，或许记不得书中众多的其他人，但谁都不会不记得芸。八十多年前，民国时代的文学大师林语堂曾经说过："芸，我想，是中国文学史中最可爱的女人。她并非最美丽，因为这本书（《浮生六记》）的作者，她的丈夫，并没有这样推崇。但是，谁能否认她是一个可爱的女人？她只是在我们朋友家中有时遇见有风韵的丽人，因与其夫伉俪情笃，令人尽绝倾慕之念。""也许古今各代都有这种女人，不过在芸身上，我们似乎看见这样贤达的美德特别齐全，一生中不可多得。"我读《浮生六记》，对于林语堂有关芸的这种说法，心中信然。

芸，是一个能让人一见倾心的女子。实际上，芸是沈复同年长月的表姐，是沈复舅舅的女儿。如此近亲结婚，在今天来看不可思议，也不会被允许。但在当时确属习以为常的事了，人们认为这样的姻亲是"亲上加亲"，更牢靠，更放心。至于别的，比如，这样的婚姻对于后代的影响，人们或许还不

文字是一种纪念

知道,也或许不管不顾了。所以,那年头婴儿的成活率不高,天生的残疾人也随处可见。大概,在一定程度上就是这"亲上加亲"惹的祸。

沈复第一次在自己的舅舅家遇见了芸,顿时怦然心动。回家之后,他抛开了一个少年应有的羞涩,十分大胆地向自己的母亲表示,他已经爱上了芸,今生今世非芸不娶了。正如书中所记:"余年十三,随母归宁,两小无嫌,得见所作,虽叹其才思隽秀,窃恐其福泽不深,然心注不能释,告母曰:'若为儿择妇,非淑姊不娶。'母亦爱其柔和,即脱金约指缔姻焉。"书中的淑姊就是沈复的表姐芸了,芸姓陈,字淑珍。十三岁的少年,大多十分的羞怯,沈复能够对母亲如此大胆而直白地提出了自己的请求,可见,芸在当时对这个少年的心理冲击有多强,这个少年心里的勇气和底气该有多足了。幸好,他的母亲也同时看上了芸,觉得芸是个非常懂事的女孩,她很愿意娶芸为儿媳。于是,沈复的母亲立即"脱金"定下了这对娃娃亲,成全了这一对一见钟情的少男少女。

不过,沈复的勇气绝不是空穴来风,出自一个懵懂少年的盲目冲动。这个少年的勇气,自有它的来头。年幼的沈复第一次见到了这位同年的表姐,他就已经惊讶于表姐的聪明伶俐了,同时暗暗心疼表姐的楚楚可怜。三十多年后,在中年沈复的笔下,芸给人留下了这样的形象:"生而颖慧,学语时,口授《琵琶行》,即能成诵。""其形削肩长项,瘦不露骨,眉弯目秀,顾盼神飞。"当然,芸非完美,不是以美人的形象呈现于世,芸有明显缺憾,如芸"两齿微露",就连沈复也曾觉得"似非佳相"。但是,沈复后来转而一想,又觉得芸"一直缠绵之态,令人之意也消"。

芸是一个"下得了厨房"的女子。她是一个居家过日子的普通女人,勤俭朴实,布衣素食,她的身上沾满了人间烟火味。读过《浮生六记》,关于沈复和芸的人生际遇,我有了自己的理解。是不是可以这样说,沈复和芸的婚姻是从一碗粥开始,到最后又是在一碗粥上结束的呢?我是这样认为的。沈复第一次被人称为芸之"婿",那是沈复饥饿难忍时,在芸的闺房里偷吃了芸给他藏的一碗粥,结果被芸的堂兄撞见并由此喊出了一个"婿"字。那天,适逢芸的"堂姊出阁",前来恭贺的沈复,因为客人太多,他迟迟没能吃上晚饭,致使深夜"腹饥索饵",被芸暗牵衣袖,跟随芸来到了她的闺房。芸端出了她暗藏的一碗热乎乎的白米粥,还有一些下饭的小菜。饥饿中的沈复顾不得斯文礼节了,端起碗来就吃。就在沈复狼吞虎咽、大快朵颐的时候,芸的堂兄撞了进来,见状,立刻笑话芸说,刚才我进来找你要粥吃,你说没有了,全吃完了,原来你在骗我,藏在这里专门等着招待你的新婿呀! 一时间,场面十分尴尬,这对少男少女无话可说,只恨地上无缝,要不,他俩都会一头钻进地缝里去。随即,"芸大窘避去,上下哗笑之"。"人小鬼大"的芸,真是一个有心之人,在那样一个宾客满堂、热热闹闹的环境下,她竟然能想起来悄悄地藏了一碗粥,真有先见之明。其实,最重要的还不是先见之明,是那一颗温暖的、细腻的爱心。有了那颗心,她才能记得沈复,她才会想得起来藏一碗粥。在《浮生六记》中读到这个地方,我赞成芸的堂兄所言,虽然这位"老兄"的言语有些刻薄。我还是愿意相信,这碗粥,应该是为"婿"所藏的。

芸与沈复定亲五年后结婚,那一年他俩都是十八岁。人说,春宵一刻值千金。新婚的小夫妻大概没有不恋床的,但是芸例外。"芸作新妇","每见朝暾上窗,即披衣急起,如有人呼促者然"。新郎沈复见此情景,心中当然不乐意,但又说不出芸的不是,就跟芸开了个玩笑说,现在又不是当初"吃粥"时那样偷偷摸摸了,起那么早干吗? 难道还怕被人看见,让人笑话吗? 芸说,当初我藏粥招待你,被人看见,的确落下了笑柄。现在,我可不是怕人笑话了,我只是担心我起晚了会让公公婆婆怪罪的,认为我这个儿媳妇很懒惰呢。芸的这句话,恰巧印证了那句关于新媳妇难做人的老话,起早了会得罪丈夫,起晚了会得罪公婆。芸一定是想过了,她不能得罪她的公婆。至于,要是得罪了她的丈夫,那也是没有办法的事情。其实,从书上看,芸并没有得罪夫君。这两口子真心相爱,情深意笃,这点事儿,夫君对她十分理解。

大约是从婚后十五年开始,芸就贫病交加了,和沈复过着颠沛流离的日子。夫妇俩抛下了一双未成年的儿女,外出谋求生计活路。临行前,"将交五更,暖粥共啜之"。芸强颜笑曰:"昔一粥而聚,今一粥而散,若作传奇,可

文字是一种纪念

名《吃粥记》矣。"真是一语成谶，那一碗粥吃完之后，这个原本恩爱之家果真就散伙了。芸走后，便没能再回到苏州，再未见到她的一双小儿女。在她结婚二十三年、患病八年之后死，葬在异乡扬州，享年才四十一岁。

芸，同时也是一个"上得了厅堂"的女人。应该说，芸还是一个知书达理、蕙质兰心的女子，她与沈复婚后的那几年，曾经琴瑟和鸣，红袖添香，其乐融融。当初，沈复对芸一见钟情的时候，在很大程度上，是看中了芸的才情。芸原本是不识字的，通过口授，她竟然背熟了白居易的《琵琶行》。一日，芸偶然得到一本《琵琶行》抄本，芸"挨字而认，始识字"。而后，"刺绣之暇，渐通吟咏"，她爱上了作诗对联，曾经随口吟出过"秋侵人影瘦，霜染菊花肥"的佳句。

沈复度完新婚蜜月后，受父亲安排，告别新婚妻子芸，来到了会稽府，"受业于武林赵省斋先生门下"。那段时间，沈复"居三月如十年之隔"，"每当风生竹院，月上蕉窗，对景怀人，梦魂颠倒"。赵先生善解人意，知其情后，告之其父，出了十道题，遣其暂归。沈复喜同遇赦。归家后，于六月间携芸外出避暑，居住在苏州沧浪亭爱莲居"我取轩"。芸因当时天气暑热，停止了手中的刺绣，遂有时间"终日伴余课书论古，品月评花而已"。小夫妻二人，除了读书作文、观月赏花之外，也常常饮酒作乐。虽"芸不善饮"，但"强之可三杯"。沧浪亭的那个夏天，当是芸和夫君沈复一起度过的最快乐的时光了。

在读书习文的过程中，沈复和芸有过轻松活泼、开心愉快的交流。有次，沈复曾经问芸，对于唐代的李白杜甫两位大诗人，你更推崇哪一位？芸曰："杜诗锤炼精纯，李诗激洒落拓。与其学杜诗之森严，不如学李诗之活泼。"芸生性活泼，活泼之人自然选择活泼之诗。芸的夫君沈复借机开了她的一个玩笑说，"异哉！李太白是知己，白乐天是启蒙师，余适字三白为卿婿，卿与'白'字何其有缘耶？"芸乐了，扑哧一笑说："白字有缘，将来恐白字连篇耳（吴音呼别字为白字）。"芸对沈复的回答，由"白"字偷换概念成"白字"，自然而然，了无踪迹，足见芸的机智巧妙、活泼顽皮了，而且，芸的自谑之语，还有一股自谦的味道在里面，让人听了非常舒服。这大概就叫作会说话吧，会说让人一笑，不会说让人一跳。

芸，也是一个脑筋灵活、有情趣、有情调的女子。生活中，她的看似不经意的一个小点子，往往恰到好处，会给夫君制造一个惊喜。多少年后，沈复一直还记得那样一壶香飘四溢、沁人心脾的荷叶茶。"夏月荷花初开时，晚含而晓放。芸用小沙囊撮茶叶少许，置花心。明早取出，烹天泉水泡之，香韵尤绝。"实事求是地说，今日的女子比起两百多年前的清朝女子来，该是聪明多了，生活中她们也常常会有惊人之举。但是，我还没有听说身边的哪个女子，为了夫君的一壶茶，竟然想出了这样一个奇妙的鬼主意。我猜想，沈复难忘的远不是那样一股茶香，难忘的是一种情趣，一种情调。

芸，甚至还可以说，是一个能够让男人当作挚友或者兄弟的女人。用现在的眼光看，芸对夫君沈复，应该不光是夫妻之情了，还会有些朋友、兄弟之谊。拿现在的话来说，或许有不少男人愿意视这样的女人为"知己"了，而且，还会在"知己"的前面加上"红颜"二字。

芸在外面结识了一位"一泓秋水照人寒"妙龄女子，她的名字叫憨园。芸一回到家里就对沈复说："今日得见美而韵者，顷已约憨园，明日过我，当为子图之。"芸见到了憨园以后，内心很激动，她直感叹，总算遇上了一位美丽又有韵味的女子了。可见，芸的用心良苦，她已经为此努力好久了。芸当即约了憨园第二天到家里来玩耍，她将想办法为夫君图谋，让夫君纳憨园为妾。第二天，憨园果真上门来了，芸热情款待，且与憨园结拜为姊妹了。之后一段时间，芸和夫君无日不谈憨园，似乎憨园已经成为这个家庭中的一员了。可是，世事难料，年轻美貌的憨园最终被一个有钱又有势力的人夺走了。憨园背弃了她与芸的约定，这让芸很伤心，芸为夫君纳妾的计划就此成了泡影。而后，正是因为这件事，芸竟抑郁成疾，一病不起，以至香消玉殒，带着无限的幽怨和遗憾离开了人世。

替别人穿针引线，帮忙纳妾，这事若是发生在朋友、兄弟之间，倒是情有可原。发生在夫妻之间，而且还是妻子主动，就很奇怪了，甚至让人不解。

文字是一种纪念

难免让人发问，难道芸不是一个女子？若是女子，芸又该有一副怎样的胸怀？

妻主动为夫纳妾，不成，竟因此而病，而死。如今，这样的事想想都觉荒唐，除了荒唐，剩下的就只有悲哀了。现在人听了这样的故事，难免不会感叹，多么糊涂的女子，头脑里除了贤惠，装的大概就是愚昧了。可是，这个故事在当时还偏偏就是事实，它不仅感动了沈复本人，还曾经，并且一直感动着许许多多的后来人。

所以，读过《浮生六记》，便不能忘记芸是怎样一个女子了。相信，未读《浮生六记》者，后来去读《浮生六记》，多半该是因芸而起了。实际上，几百年来，芸，可能已不再是阡陌红尘里那个满身烟火味的女子，她俨然成为如梦浮生当中许多男人心目中的女神了。

《浮生六记》因为芸，得以流传至今。后人以为它能与《红楼梦》相媲美。在许多人眼里，《浮生六记》就是一部浓缩的、微型的《红楼梦》了。

喜欢《浮生六记》的人，莫不喜欢芸。

●李学军

符离之恋

一、"两心之外无人知"

"不得哭,潜别离。不得语,暗相思。两心之外无人知。深笼夜锁独栖鸟,利剑春断连理枝。河水虽浊有清日,乌头虽黑有白时。惟有潜离与暗别,彼此甘心无后期。"(《潜别离》)

这首《潜别离》是唐代大诗人白居易因告别一个名叫湘灵的符离女子而作。因时局动荡,白居易当时被家人安排到南方远游投亲。担忧此去难归,诗人万般无奈。

显然,这是一场凄美的恋情,爱得死去活来,又似乎注定有始无终。无情的现实,无助的怅茫,无语的告别,无尽的离愁,字字含泪,句句断肠。

白居易的父亲白季庚曾在徐州为官,为躲避藩镇割据之乱,白季庚把家室从郑州的新郑县(今河南新郑)迁置到所辖境内的符离县(今属安徽宿州)定居。符离古镇因北有离山、地产符草而得名,在其东北处的濉水南畔,有一片高台宅基地,人称"白堆",此处就是白居易的故居——东林草堂遗址。

唐德宗建中三年(782年),十一岁的白居易跟随母亲一路颠簸来到了符离。从此,他与江淮大地结下了不解之缘,也留下了一段感人至深的初恋之情。

文字是一种纪念

身处动荡不安的年代，小小年纪就经受颠沛流离之苦，因而，对于寓居符离小城那段相对安定的岁月，白居易印象十分深刻。家在符离的二十多年，是白居易人生中刻苦攻读、考取功名、步入仕途的关键时期，他断断续续地往来其间。

在符离，白居易刻苦攻读，"昼课赋、夜课书、间又课诗"，以致"口舌成疮，手肘成胝"（《与元九书》）。与并称为"符离五子"的刘翕习、张仲素、张美退、贾握中、贾沅犀交往频繁，相互切磋，"秋灯夜写联句诗，春雪朝倾暖寒酒""偶语闲攀芳树立，相扶醉踏落花归"（《醉后走笔酬刘五主簿长句之赠兼简张大贾二十四先辈昆季》）白居易把符离称为自己的故乡家园，在十五岁游历越中期间，他非常想念家人，含泪写道："故园望断欲何如？楚水吴山万里余。今日因君访兄弟，数行乡泪一封书。"（《江南送北客因凭寄徐州兄弟书》）

正是在符离，随处可见的符草触发了白居易的创作灵感，年方十六岁的他写下了自己的成名之作：

离离原上草，一岁一枯荣。野火烧不尽，春风吹又生。野芳侵古道，晴翠接荒城。又送王孙去，萋萋满别情。（《赋得古原草送别》）

相传白居易旅居游学京城之时，当时极负盛名的诗人、著作郎顾况见到此诗赞不绝口，由先前借其名调侃"长安米贵，居大不易"转而改口为"有句如此，居亦何难"，白居易由此诗名大振。

值得一提的是，白居易是从江淮大地走出去的"高考生"。贞元十五年（799年），二十八岁的白居易在宣州（今安徽宣城）参加"州试"，取得了到长安参加进士考试的"乡贡"资格。第二年，白居易被录取为当时最年轻的进士："慈恩塔下题名处，十七人中最少年。"随后一路过关斩将，六七年间"三登科第"，进入仕途。白居易的《叙德书情四十韵上宣歙崔中丞》诗云："身忝乡人荐，名因国士推。"由此可见，诗人把皖南的宣州视为自己的人生发迹之地。

在符离的日子里，情窦初开的白居易遇到了令他毕生难忘的初恋情人——小他四岁的邻家女子湘灵：

娉婷十五胜天仙，白日嫦娥旱地莲。何处闲教鹦鹉语，碧纱窗下绣床前。(《邻女》)

曾经两小无猜，青梅竹马，如今两情相悦，意深情痴。然而，一个出身于官宦之家，一个则是平民之后，碍于门第观念和礼教习俗，这段恋情只能瞒着双方家人，处于"地下"状态。

他们偷偷见面，暗自相思："思君秋夜长，一夜魂九升""思君春日迟，一日肠九回""愿作远方兽，步步比肩行。愿作深山木，枝枝连理生。"(《长相思》)在《寄湘灵》中，白居易写道："泪眼凌寒冻不流，每经高处即回头。遥知别后西楼上，应凭栏干独自愁。"白居易还有一首《花非花》，是记叙与情人幽会的诗："花非花，雾非雾。夜半来，天明去。来如春梦几多时，去似朝云无觅处。"由此可见，二人之间的交往已非常亲密。

贞元二十年(804年)，已在长安做了校书郎的白居易，到符离搬家，迁至长安。此时，白居易已经三十出头，尚未成家；湘灵二十七岁，还未出嫁。这在当时，都已属于超级"大龄青年"。两个有情之人，为何不能终成眷属呢？有人认为，这是因为白居易的母亲坚决阻挠和强烈反对这门亲事。或许，真实情况未必如此。

白居易称颂母亲为慈母，"亲执诗书，昼夜教导。循循善诱，未尝以一呵一杖加之。"(《襄州别驾府君事状》)在符离期间，白居易与母亲生活在一起。他与湘灵交往多年，甚至达到枕席之亲，其母应该是知情的，甚至是默许的。因此，有人推断，两人没有成婚，一种可能是白居易在外做官的父亲或家族不认可这门亲事，他们要求子弟婚姻门当户对。另一种可能是女方原因，或许女方家长对当时家境清贫的白家不甚中意；女方在不能为妻的情况下，不能接受为妾的安排。无奈之下，最终两人被迫分手。

苦恋无果，令人心碎："生离别，生离别，忧从中来无断绝。忧积心劳血气衰，未年三十生白发。"(《生别离》)

无论是"潜别离"，还是"生离别"，这一转身，就是劳燕分飞，各奔东西。

也许,就此永不相见,杳无音信,留下的唯有离愁别恨,只有不绝如缕的相思之情。

二、"唯不忘相思"

或许,年少的心灵因为稚嫩,初恋的炽热烙下了太多太深的印痕;或许,内心的渴求因为强烈,催生出太长太久的怀念。于是,那份刻骨铭心的纯真情爱,那种难以化解的缠绵相思,不知不觉地,也自然而然地渗透在那些传世的诗句中。

在寂静的雨夜,白居易牵挂着湘灵:"我有所念人,隔在远远乡。我有所感事,结在深深肠。"(《夜雨》)在寒冷的冬夜,白居易想念着湘灵:"艳质无由见,寒衾不可亲。何堪最长夜,俱作独眠人。"(《冬至夜怀湘灵》)漫漫长夜,辗转反侧,难以入眠;情到深处,朝思暮想,孤独痛苦。

即使人在仕途,白居易还是力图冲破压抑人性的封建道统观念的束缚,追求属于自己的爱情。可是,在世俗面前,在亲情面前,在前程面前,在现实面前,因为各种压力和很多方面的顾忌,我们往往缺乏放下一切、不管不顾的果敢,太多的时候,只能被迫妥协和认输。

封建时代,婚姻大事讲究"父母之命,媒妁之言",其实,白居易心里也很清楚,出身低微的湘灵与他并不般配,他的诗句"有如女萝草,生在松之侧。蔓短枝苦高,萦回上不得"就以蔓草与松树比作二人之间身份和地位的悬殊。

只是,情爱的任性与现实的残酷,时常冰火相对,势不两立,导致的结局往往令人揪心:

惆怅时节晚,两情千里同。离忧不散处,庭树正秋风。燕影动归翼,蕙香销故丛。佳期与芳岁,牢落两成空。(《感秋寄远》)

功名不能放弃,亲人不敢得罪,对湘灵又不忍放手,处于矛盾的焦点,白居易无法逃避,找不到出路。愁肠百结,无比苦闷。其实,在当时的环境里,受到伤害最多最深的还是湘灵姑娘。逝水流年,韶华不再,棒打鸳鸯,佳期无觅。

因为苦恋湘灵,白居易一直不娶。在亲友的劝说和撮合下,直到三十七岁才和名门闺秀杨氏小姐结为夫妇。尽管夫人端庄、贤淑,婚后的家庭生活比较美满,但是白居易对湘灵的思念依然不减。

元和十年(815年),白居易因得罪权贵被贬到江州担任司马之闲差。谪迁途中,偶遇正在漂泊的湘灵父女。白居易与湘灵泪眼相对,唏嘘不已:"我梳白发添新恨,君扫青蛾减旧容。应被傍人怪惆怅,少年离别老相逢。"(《逢旧》之一)其中,一个"恨"字五味杂陈,百感交集。这时白居易已经四十四岁,湘灵也四十岁了,仍未嫁人。然而,久别重逢之后,或许是担心白居易为难吧,湘灵自行悄然离去。

两年之后的元和十二年(817年),人在江州的白居易在诗中写道:

"中庭晒服玩,忽见故乡履。昔赠我者谁,东邻婵娟子。因思赠时语,特用结终始。永愿如履綦,双行复双止。自吾谪江郡,漂荡三千里。为感长情人,提携同到此。今朝一惆怅,反覆看未已。人只履犹双,何曾得相似。可嗟复可惜,锦表绣为里。况经梅雨来,色黯花草死。"(《感情》)

湘灵精心制作的布鞋,想必是定情的信物吧,白居易一直珍藏着并携带在身边。那一针针、一线线,凝聚着湘灵的纯真情意。晾晒服饰物品时,看到这双鞋,白居易睹物思人,感慨万千。鞋子犹在,成双成对,两个有情人却是影只形单、天各一方。

秋去冬来,年复一年。长庆元年(821年),白居易五十岁。这一年,他先是购买了新昌里宅第,随后由尚书主客郎中、知制诰加朝散大夫,着绯(红色官服,《唐会要》卷三一《章服品第》称:"四品五品以上服绯。"),又转视正二品的勋阶上柱国,十月转中书舍人。其妻杨氏授弘农郡君,其弟白行简入朝为左拾遗拜中书舍人。虽然加官晋级,好事连连,却难以冲去白居易内心的悲苦和惆怅:

"欲忘忘不得,欲去去无由。两腋不生翅,二毛空白头。坐看新落叶,行

上最高楼。暝色无边际,茫茫尽眼愁。"(《寄远》)

有人说,"得不到"和"已失去"是人世间最珍贵的。如此所云,"生离别"与"忘不了"似乎就是凡尘中最难割舍的情感。

与"生死两茫茫"的绝然无望不同,那种身不由己、难舍难分的诀别,犹如撕心裂肺,让人痛不欲生。只因情有独钟,只为心有所属,从此往后的岁月里,纵然与百媚千娇相遇,内心深处也是波澜不惊。浮云过眼,不再留恋;更多情意,无处安放。

白居易的深切相思之情,多少还有一些对于湘灵的愧疚吧。这种无法消弭、难以释怀的苦闷和牵挂始终伴随着白居易,一直到老:"身与心俱病,容将力共衰。老来多健忘,唯不忘相思。"(《偶作寄朗之》)

三、"此恨绵绵无绝期"

作为唐代三大诗人之一,白居易一生留下近三千篇诗作,在我国诗歌史上占有极其重要的地位。而生活在符离的那些日子,势必对白居易的创作和人生产生了一定程度的影响。

因为接近下层民众、体察民间疾苦,白居易悯恤民生,痛贬时弊。从"可怜身上衣正单,心忧炭贱愿天寒"(《卖炭翁》)、"夺我身上暖,买尔眼前恩"(《重赋》)、"念此私有愧,尽日不能忘"(《观刈麦》)、"回看归路傍,禾黍尽枯焦。独善诚有计,将何救旱苗"(《月夜登阁避暑》)、"虐人害物即豺狼,何必钩爪锯牙食人肉"(《杜陵叟》)等诗句中,我们可以感受到诗人"但伤民病痛,不识时忌讳"(《伤唐衢二首》之二)的刚肠直气。

在白居易的笔下,还表现出对妇女命运的关注和同情。其《后宫词》云:"三千宫女胭脂面,几个春来无泪痕。"在《上阳白发人》中,诗人道出了一个白头宫女的悲惨遭遇和怨旷之苦:"上阳人,苦最多。少亦苦,老亦苦,少苦老苦两如何!"《妇人苦》一诗则委婉地揭露了男女之间社会地位的不平等,最后发出感叹:"须知妇人苦,从此莫相轻!"在《井底引银瓶》中,诗人用凝练的语句表现了一个私奔女子的不幸遭遇,最后劝诫道:"寄言痴小人家女,慎勿将身轻许人。"

长篇叙事诗《琵琶行》是一首脍炙人口的传世佳作。诗人听了琵琶女高超的弹奏,并得知琵琶女的飘零身世,联想到自己"忠而被谤"、蒙冤被贬的遭遇,叹息不已,泪湿青衫,在情感上引发了强烈共鸣:"同是天涯沦落人,相逢何必曾相识。"

白居易能够描绘出琵琶女的感人形象,关键在于他对生活在社会底层的妇女倾注了深切的同情。难能可贵的是,虽然"身为本郡上佐",可是白居易不拘于封建礼法,与平民百姓平等相待,甚至对"似诉平生不得意"的琵琶女产生了同病相怜之感,体现出真挚的人性关爱。由此,我们不难理解白居易与平民女子湘灵的相恋情深以及白居易对于湘灵的长久相思。

《长恨歌》与《琵琶行》都是白居易杰出的代表作,作为姊妹篇,二者都属于我国古典诗歌中抒情诗与叙事诗密切结合的典范,同样被誉为"千古绝作"。

《长恨歌》作于元和元年冬十二月,即公元807年1月,白居易时任盩厔(今陕西周至)县尉。当时的白居易三十六岁,依然孑然一身,颇感孤寂:"少府无妻春寂寞,花开将尔作夫人。"(《戏题新栽蔷薇》)

因为"深于诗,多于情"(陈鸿《长恨歌传》),以唐玄宗李隆基和贵妃杨玉环的爱情故事作为创作题材的契机,诗人的内心情感得到了一次绝好的宣泄机会,就此成就了一首蕴含深永、雅俗共赏的千古绝唱:

……临别殷勤重寄词,词中有誓两心知。七月七日长生殿,夜半无人私语时。在天愿作比翼鸟,在地愿为连理枝。天长地久有时尽,此恨绵绵无绝期。(《长恨歌》)

关于《长恨歌》的主题,学术界有"爱情说"、"讽喻说"和"时代感伤说"等不同观点。该诗以写实的手法对唐玄宗"重色思倾国""君王不早朝"的荒淫误国以及杨贵妃"姊妹弟兄皆列土"的恃宠骄奢予以谴责和讽刺,更用浪漫的笔调和较大的篇幅刻画了男女主人公一往情深、生死不渝的爱情故事,对他们不能"地久天长"的可悲命运寄予了深切的惋惜和同情。

尽管如此,白居易在对自己诗作所分的讽喻、闲适、感伤、杂律四类中,却将《长恨歌》归入感伤类。用作者的话说,感伤诗是"事物牵于外,情理动于内,随感遇而形于咏叹者。"(《与元九书》)

这首诗作之所以凄婉动人,传唱不衰,除了独特的主题,一以贯之平易浅近的诗风,更是因为诗人在字里行间移花接木、倾注了他和湘灵之间的真挚情感。看似叙事咏史,实为感伤抒情:那种难舍难分的爱恋、那种缠绵悱恻的相思、那种生离死别的悲痛、那种无法排解的永久遗恨,分明是诗人在感叹自己啊!不难发现,诗意里映现的正是诗人与其恋人的影子。当"枝枝连理"的愿望无法实现,相伴终生的只能是"此恨绵绵"。正是如此感同身受的抒怀,《长恨歌》以特有的艺术魅力成为感人至深的不朽杰作。

一出君王贪欢的历史悲剧,从而演变为凄美的爱情童话;一场情感失意的爱恋传奇,随之转化成诗坛上的神来之笔。虚实交融,亦真亦幻,"一篇《长恨》有风情"。或许,正是因为相爱而不能相守的人生缺憾,让我们更加感知爱情的美好,也更加懂得情缘的珍贵。

漫步在符离的濉水之滨,轻轻吟诵着那些世代相传的经典诗句,沉湎其间,时光倒流,白居易与湘灵姑娘依依惜别的场景依稀浮现在眼前……

●市桐

笔下人物贵在真

——读《耕堂文录十种》

从《晚华集》到《曲终集》，孙犁在1982年至1995年间出版的"十本小书"，汇编而成《耕堂文录十种》。这是孙犁晚年创作的全部作品（除少量旧作外），也是孙犁辍笔二十年之后的另一个创作高峰。

"文录"中有孙犁写下的大量人物回忆，乡邻、战友、同事、学生、亲人，他们都鲜活地留在了孙犁的作品里。即使是"芸斋小说"部分，虽有小说之名，也都带有很大的自传性质，孙犁也自言："虚构的不太多，主要都是事实。"这也是我最喜爱的部分，我反复阅读，总是意犹未尽。平淡的文字、不长的篇幅，却有让人欲罢不能的魅力。

真实，是孙犁写人的部分给我的最强烈的感受。

孙犁是坚定的现实主义作家，他强调要有实事求是的写作精神，"实事，就是现实；求是，就是粉饰不得。"《罗汉松》中精通人情世故的老张；有着家长制作风、对工作严谨负责的总编老邵；在延安住过同一孔窑洞、爱好夸夸其谈的邵子南；官级不高，派头很大，"文革"入狱的时达；在政治运动中随波逐流的冯前……孙犁忠实地记录他们，记下与他们相处的往事，记录他们命运的沉浮。他坚信他写的只是平凡的人，普通的战士，并不是什么高大的形象，绝对化了的人，"我谈到他们的一些优点，也提到他们的一些缺点"。即使是作者最真挚深情的老友，他们的离去令孙犁的眼中饱含泪水、彻夜难

文字是一种纪念

眠,作者也是尊重事实,拒绝对他们进行吹捧和美化。

爱听美言几乎是人的一种本能,坦诚真实的人物描写,常常被人按图索骥,进而得罪朋友。但孙犁深知"(人物)不从生活中提炼,而从作家头脑中产生,像上帝造人一样神奇。不久就倒下了。""文革"过去不久,人们似乎还习惯于文学作品中的"高大全"的形象,但正所谓"金无足赤,人无完人",真实,才使得孙犁笔下的人物更可信、更有力量。

孙犁晚年沉迷于古籍,他劝告写作者也要多读古籍,从中汲取营养,因为它们经过了时间的考验,经历了岁月的沉淀。在《读〈旧唐书〉记》中,孙犁写道:"要把一个(历史)人物写活,缺少具体的事件,即细节,是做不到的。"而孙犁所写人物,无不是以细节打动人心,让人难以忘记。《记老邵》中,孙犁既写了老邵在任主编期间有威风、讲派头的工作作风:"宿舍与大楼,步行不过五分钟。他上下班,总是坐卧车。那时卧车很少,不管车停在哪里,都很引人注目。""老邵的办公室,铺着大红地毯。墙上挂着名人字画。"也写了老邵性格刚烈、立场坚定,在"文革"的一次批斗会上,"我和一些人,低头弯腰在前面站着",而老邵"像在自由讲坛上,那么理直气壮。有些话,不只是针锋相对,而且是以牙还牙的"。

《朋友的彩笔》一文让人有啼笑皆非之感,这是孙犁用客观现实的写作手法对伪现实写作的一次现场解剖。它阐明了这样一个道理:"无细节之真实,即无整体之真实。"

孙犁说:"我的作品从同情和怜悯开始。"或喜或悲或叹或恨,作者都赋予了笔下人物最真诚的情感,"无真情,所反映即非真相,虽然虚情假意地在那里大哭、大笑、大喊叫,只能使路人有滑稽之感和莫明其妙的心情。"情感的真实是写作的根本。《木匠的女儿》中依附于男人、早早坠落风尘又早早离世的小杏;《干巴》中的干巴和他的小变儿;《觅哲生》中的哲生;《童年漫忆》中的老四……读者无不从中体会到孙犁对他们的深沉的悲悯的情感。

真实,还包括用最真实朴素的语言说出最想说的话,说出最本真的道理。孙犁晚年文字更加凝练老道,平凡朴素之下,却有一语中的的力量,胜过千言万语,读来常有心如鼓击的震撼之感,让人久久沉思。孙犁说:"每逢我看到拐弯抹角、装模作样的语言时,总感到很不舒服,这像江湖卖药的广告。明明是狐臭药水,却起了个刁钻的名儿:贵妃腋下香露。"

"文直、事核、不虚美、不隐恶"这是孙犁读《史记》时认为可以奉为座右铭的一段话,他更直言"凡创作之前,先存'造美'之念者,其结果多弄巧成拙,益增其丑",每读到这里,不知为何我就会感到脸上发热,仿佛上课时被老师在众目睽睽之下点了名。而那些以美示人、以所谓的格调自以为意的文字再也唬不住我了。

孙犁笔下的人物是丰富的,他写人,更是通过人物透视出他们所处时代社会的特点,《干巴》《雨根叔》反映的是苦难时代百姓的苦难生活;《三马》《小D》让人看到了"文化大革命"的荒唐残酷;《一个朋友》《杨墨》《女相士》刻画了芸芸众生中的千姿百态……

在《老荒集》中,附有一张孙犁20世纪80年代的照片,老人站在位于天津多伦道的家门口,一身布衣,蓝袄黑裤,一双布鞋,一根拐杖。脚边有垒起的旧砖,窗台上一盆冬季枯败的花。老人面容清瘦,表情严肃。凝视这张照片,我常百感交集:这就是一代文宗孙犁啊。我还固执地认为这张照片最能代表晚年的孙犁,与"文录十种"的文字也最相契合。那就是朴素、冷峻、真实。

掩卷沉思,我从"文录"中领会到了一点什么吗?我们似乎总是不由自主地在我们的文字里加入我们个人的企图,修饰我们的现实生活,修饰我们笔下的文物,就如一到镜头前便忍不住地摆起千篇一律的POSE——因为我们都太爱"美"了。我又想起《朋友的彩笔》,我们会不会也和文中的老季一样,对于真实写作的理解,只知皮毛,未得真意?我们的语言是不是也有"贵妃腋下香露"之嫌?我心惶惶。

文字是一种纪念

●刘学升

对老北京城难以消弭的怀念

因工作需要,我经常出差异地。每到一个地方,为了能够多了解当地的风土人情和历史变迁,我往往会在第一时间搜集有关这个地方的书籍进行阅读。最近,我被借调到北京工作,由于时间不算短,我计划利用工作之余,尽量多学习和掌握一些北京的文化。于是,《城:我与北京的八十年》(东方出版社2016年5月第1版)便成为我这次到京城来阅读的第一本书。

《城:我与北京的八十年》是一本词句严谨且不枯燥乏味的回忆录。该书作者孔庆普先生出生于1928年,如今已是八十八岁高龄的老人了。孔庆普先生1945年至1948年就读于北京大学工程院土木系,1950年被分配到北京市建设局工作,1952年年初被公派到清华大学结构系插班学习,1953年毕业,1997年(六十九岁)退休,担任过北京市政工程处总工程师、市政处顾问等职务。北京的古城墙、城门修建工程,明、清两朝都是由工部侍郎直接主持或指挥,是古代杰出工匠和劳动人民勤劳、智慧的结晶。孔庆普先生从事北京市政设施养护事业四十八年,参加、负责和主持过老北京大部分城墙、城门、箭楼、牌楼、门楼等维护、修缮和拆除工作。身为年近九旬高龄的古建筑专家,孔庆普先生具有对历史负责的高度责任感,通过查阅史料、自身亲力亲为的经历以及向资深专家请教,将北京城从1937年以来的状况在《城:我与北京的八十年》一书中进行了较为翔实的记录,其中记载的一些鲜为人知的细节,使读者阅后拓宽了知识面。

根据北平(北京的旧称)市工务局档案记载,1937年之前北京的城墙内城、外城的城墙和城门全部存在,基本完整。新中国成立后,孔庆普先生在1950年秋季初步调查,北京内城的城墙、城楼基本完整,增加了建国门和复兴门。外城缺少了广渠门的城楼和箭楼,其余城楼和箭楼均存在,城墙、城楼总体基本完整。

1951年4月,政务院(国务院前身)遵照周恩来总理的指示,拨出专款对北京东直门、安定门、阜成门、德胜门、东便门城楼及箭楼进行修缮,孔庆普先生亲自参与、主持修缮工程,1952年6月全部竣工。

然而,时隔不久,北京城墙、城楼和城门便遭到了从未有过的厄运。当时国家有关领导要把北京建设成为一个新型城市,要求清除一些影响建设的障碍物,包括城门和跨于街道上的牌楼和门楼等。从1953年9月拆除西便门开始,到1958年9月拆除永定门,其间,孔庆普先生按照上级指示,先后主持拆除瓮城9座、城楼11座、城台12座、城门箭楼9座、箭台12座、城门闸楼1座、城角箭楼3座。共拆除城墙23.3公里,占全部城墙34.4公里的67.7%。此外,在"文化大革命"期间北京的社会秩序大乱,拆除城墙和城楼的任务全部由基建工程部队实施……

纵观1368年到1969年,历经明、清两朝,北京的城墙基本上成型,民国时期亦保留了北京城清代时的布局;1949年新中国成立以来,已有六百年历史的北京城墙,除了正阳门城楼及箭楼、德胜门箭楼和东南城角箭楼及其以北和以西各一小段城墙外,其余被拆除得干干净净,荡然无存!

孔庆普先生在《城:我与北京的八十年》一书中还多次写到建筑历史专家梁思成先生(1901—1972)。如,在1950年"城门交通改善工程"中,梁思成先生提出"城墙不能开辟豁口,那样会破坏城墙的完整性。而且城门交通改善工程也还是不改的好"。在审议道路规划草案时,梁思成先生的意见是,"如果中央机关和北京机关都设在城外,城区保持原有人口,自然就不需要开辟城墙豁口了"。见此意见没有被大家接受,梁思成先生便"不再说什么了"。在移动天安门金水桥华表和石狮子之前的座谈会上,梁思成先生首

文字是一种纪念

先发言:"华表和石狮子都是文物,文物不能移位,移位后则不属于文物。"见此意见没有被大家接受,梁思成先生只得说:"好吧,我同意华表和石狮子移位,但是要绝对保证文物不受丝毫损坏。"在1952年讨论拆除长安左门和长安右门提案的时候,梁思成先生发言的声音很大:"长安左门和长安右门如同我的两臂,拆除长安左右门,就如同砍掉我的两臂,既然大家都同意拆,那就拆吧!"焦急和无奈的心情溢于言表……每当我读到这些,心情都不禁被梁思成先生毕生致力于北京乃至我国古建筑的研究和保护的做法深深感染,尽管他的有些意见建议未被国家和北京市接受,但梁思成先生为保护古建筑所付出的心血有目共睹,非同一般!

然,梁思成先生毕竟没有亲手拆除北京古城,而对于本书作者、同梁思成先生一样对北京城有着深厚情结的孔庆普先生来说,他不仅直接参与了早期对北京城的修复工程,后来又不得不参加接踵而至的持续拆除,情何以堪!用孔庆普先生自己的话说,"……修缮后感情更深,可是又让我去拆,我能不心痛吗?我是含着眼泪安排施工计划的啊!指挥施工的时候,心里更是难受"。

读完《城:我与北京的八十年》,一直对北京无比向往的我,心中亦生出无比的遗憾:老北京城如果能够完整地保存到现在的话,我相信一定会成为世界更大的历史奇迹,并为我们研究明、清时期的历史、军事和建筑等提供不可多得的实物资料。然而,历史是不会倒退的,若想还原或恢复老北京那些城楼或城墙,已经是不可能的了。老北京城墙和城楼的拆除,也许在那个时代有着极其复杂的因素,但老北京城墙和城楼给我们留下的,仍然是难以消弭的怀念。《城:我与北京的八十年》这本书的有些内容,也能给时下某些领导者和决策层带来警示:历史文化需要保护,遇到关乎子孙后代的事情,应有高瞻远瞩的目光,千万不可草率或者固执地作出决定,否则,难免会重蹈"万千高楼大厦不抵一座北京古城"的覆辙。为此,我向孔庆普先生致敬,向一切敢于对历史负责的仁人先贤致敬!

●吴　玲

姓名风雅

　　灯下汲萃，遇见名字带有"庵"字的作者或将自己的书屋、居所称为"某某庵"的，就有好几处，想到《负暄琐话》里张中行老先生曾写过三位字"蘋香"的女史，不妨东施效颦一下。

　　查阅几种字典，"庵"字约略可释义为"圆顶茅屋"，亦说旧时文人多用此字作为号或书斋名的。追根溯源，中国人取名字历来大有讲究，古人云身体发肤受之父母，姓名亦然吧，现代人读书识字以后，除用生养者父母赐予的名姓之外，而另择笔名，多少含有一点风雅或别有一番寓意也未可知。赘话少叙。

一

　　先说止庵。止庵是笔名，2000年以前，我买过他的一本随笔《俯仰集》，记得是和车前子《手艺的黄昏》、鲍尔吉·原野《一脸阳光》等并列为"散文星座"丛书中的一种，由上海文艺于1998年出版。书中内容似乎显得有些繁芜驳杂，驳杂的益处是于字里行间随处可见作者阅读的广度和思考的深度。全书四十九篇文章，大都作于20世纪90年代，有深植于记忆里关于故乡的《我的父亲》《故乡的话题》《我的哥哥》等；有关于形而上的哲学思考的，如《来世与现世》《子在川上曰》《在死与死之间》；有书序跋语如《樗下随

文字是一种纪念

笔序》《〈关于鲁迅〉编后记》等；更多的是议论性文字，如《原壤孺悲》《迂阔之论》等。彼时我对止庵的名字并不熟悉，他有何大著我也知之甚少，但不知为何将此书淘了回家。他的文章有知堂遗风，某些读书随感看似信手拈来，实则纵贯古今，穿透社会人生，抓住哲理闪光的瞬间，形诸笔墨，发人幽思。

忽忽一二十年过去，止庵的名气大了起来，不仅因为他是著名诗人沙鸥的儿子，和学工科的父亲一样"弃医从文"，还在于他"以著撰丰茂，声闻盛播，其编校功德或尤在著作之上"（谷林语）。《庄子·德充符》有云："人莫鉴于流水而鉴于止水，唯止能止众止。"止庵之名即源于此。他说，"止"是时时告诫自己要清醒、不嚣张、悠着点；"庵"是他想象中读书的所在之处，就是荒凉处的一个小草棚而已。迄今为止，止庵已出版《樗下随笔》《周作人传》《插花地册子》《远书》等十多部作品，他所编校的整套知堂"自编文集""废名文集""杨绛作品集"等，已让众多读者熟知止庵，而似乎忘记他原名叫王进文。

二

再说傅月庵。宝岛台湾，初看并不惊艳，但那种内在的教养和书卷气让人迷恋。除了一代代锲而不舍逐梦文学的人，其中有一拨资深访书、淘书、猎书、编书、写书人的功劳，他们爱书成痴，嗜读成狂，傅月庵便是其中的一个。他说这笔名来自英文"who am I"，这满地绿荫、一片清凉的名字让人联想到古刹春意、唐宋诗情。傅月庵本名林皎宏，曾任台湾远流出版社总编辑，人到中年事业顺遂却不假犹豫辞去出版公司总编辑的重要职位，而去经营二手书店，可见爱书成癖并不枉言。

去年冬天，我几乎是一口气读完他的《生涯一蠹鱼》《天上大风》《蠹鱼头的旧书店地图》《我书》等作品。著述不算丰，几乎俱是书话文字。自言"逼稿成篇，非为稻粱谋，都是趣味耳"。展阅《生涯一蠹鱼》，那一怀"浮生梦欺书不欺,情愿生涯一蠹鱼"的读书心情,让人生出诸多羡慕。喜欢傅月庵的文字,是因为淳素中见酣畅,绵邈中见情致,风行草偃,幽默有致。书人书事,一经落笔,便韵味深长,满纸生香。他藏书广,读书博,编书杂,朋友圈内是人所尽知的十足的书痴。书痴尤其痴迷旧书;凡来帝都,都要挤出时间,熟门熟路地直奔北京的琉璃厂、报国寺、潘家园等旧书市场,怕是比老北京还老北京,古书、典籍、珍藏、善本,凡心仪的一本也不会逃出他练就的火眼金睛,从京津沪等地抱回台湾的好书自然不计其数。古人有语"仆仆风尘缘何事,焦头烂额为买书",这样一个痴迷旧书且兼有藏读写编等多种身份的台湾同胞,围炉听雪或者大风起时,我们倒是愿意不时能读到他的诸如《藏书有福》《我的老师和他的书》之类快意恩仇、语淡情深的美文。

三

唐代一位出家后曾给自己的居所取名"绿天庵"的,便是著名大书法家怀素。怀素俗姓钱,少年为僧,酷爱书法,因贫而无纸,故摘蕉叶练字,于是在其寺旁空地遍种蕉树。数年后,蕉叶飒飒,绿波浮动,染绿天空。"绿天庵"之名便由此而来。

喜欢怀素的书法,于是知晓他诸如"盘板皆穿""秃笔成冢"等故事,亦知他一生好酒,每每酒至半酣时,凡衣、被、寺壁、院墙,无不书之,时人遂有"狂僧"之称。杜甫有"李白斗酒诗百篇,天子呼来不上船"傲视贵胄的狷介,而怀素饮酒则更到"忽然绝叫三五声,满壁纵横千万字"的境界。如此看来,这些醉酒而成的传世杰作,其酒神的魅力竟是不可低估了。

于书画鉴赏笔者是门外汉,但偶尔品读怀素的《自叙帖》《千字文》《食鱼帖》《北亭草笔》等各种传世名帖,犹如谒见绿天蕉影里一袭僧衫的素师,酒酣兴发,墨气纸色精彩动人,奥妙绝伦犹有不可形容之势。《苦笋帖》的内容尤为可爱,文字不多,仅十四字,即"苦笋及茗异常佳,乃可径来。怀素上"。焕然积雪雨打芭蕉时,观此类书,对王僧虔"书之妙道,神采为上"突然间若有顿悟。

某年,途经古永州,凡"砚泉""笔冢"一片苍茫都不见,仅有一块《千字文》残碑,存永州城内高山寺后的一座五角亭内。千年后,一代草圣算是荣归故里。

这么看来,古人今人还是多喜用"庵"字的:蜀人张岱即号"陶庵",又号"蝶庵居士";明末清初学者、诗人冒襄的书斋名即为"影梅庵",冒辟疆曾撰《影梅庵忆语》;再如,追随孙文多年、曾任大元帅府财政部长的叶恭绰先生便是字誉虎,号"遐庵",著有《遐庵谈艺录》;1946年秋,从战时的重庆应聘到台湾大学的台静农先生也曾将自己的书斋名之为"歇脚庵"。如此等等,不一而足,因篇幅冗长,故略去另谈。

●刘爱克

从威尔斯《时间机器》说起
（人类的分化、异化与进化）

一

赫伯特·乔治·威尔斯，著名的科幻小说作者。《时间机器》，威尔斯创作的著名科幻小说。我第一次在某个合集上看到《时间机器》这个故事，想来已经是距今十五年左右的事了。

当时书上关于这个小说做出了并没有脱离我国那些年的习惯的解释：这故事其实说的正是社会生产中的剥削与压迫，阶级的分化与矛盾。对于这样的解读，有一段时间我觉得很是反感，但是后来又觉得虽然把所有的故事都往压迫、剥削、阶级矛盾这些上套实在是无趣、无聊和无益，但这故事倒确实是反映了这方面的情形：经过漫长的发展（按照小说里的情节，是八十万余年），人类最终分化成了两个种族。一个是住在地上的埃洛伊，他们是原有的统治阶层，曾经创造发展出了灿烂的文明与绚丽的文化，享有着美好的生活。另一个则是居于地下的莫洛克，他们本是被统治、压迫和剥削的对象，他们在地上没有了自己的立锥之地，于是只好归于地下，继续过着低下的生活。

威尔斯大概不是大无畏的斗争者和渴望改天换地的革命者，但他似乎

文字是一种纪念

有着改良社会的愿望,他似乎想通过小说告诫社会的上层,阶级的分化矛盾对立有着怎样潜在的危险。

在故事里,埃洛伊保留了纤细白嫩、优雅美丽的外表,但是却退化成了小孩的心智,也丧失了统治的力量——不论是对自然的统治力还是对莫洛克。而莫洛克,则在地下的环境中最终进化成了狡猾残忍的强大的兽类,还掌握着残存的生产机器。至于昔日的主子埃洛伊,则成了他们食物中的一种。

当然,关于这部小说的解读还可以有其他一些角度,比如若是不喜欢阶级的理论,用非阶级化的语言解释就是这部作品其实写了作者对于机器化工业大生产的担忧:物质的丰富不足以解决反倒是凸显了精神上的不足与空虚,人类整体的进步却并未带来个体的普遍受益,反而会从物质上吞噬人类的个体,而从精神上吞噬着人类的整体,并最终导致了人类整体的退化。而以上的两种解释又可以相互映照,毕竟,机器化的工业生产和阶级的分化本就是有着联系的。

总而言之,《时间机器》确实是个简单的却又发人深省、有着不小分析解读空间的作品。但本篇文章并不是其读后感或者评价啊解读啊之类的东西,因为这个作品如此著名,在科幻史上又占了那么讨巧的地位,不缺乏解读与鉴赏,我并不觉得自己能写出在这一类作品里出类拔萃的玩意。所以呢,也不会去摘选原作里的语句来进一步分析或者证明什么了。本文想做的,是从有那么点科幻意味的角度,来分析人类的分化、异化与进化。

二

在最初看《时间机器》这样的作品时,会觉得,哎呀,这作者真是有着丰富和夸张的想象,人类阶层的分化导致人最终变成两种生物,这真是不可思议、让人震撼的情节。但现在重读时,我觉得,作者并不是想多了,也并不是夸张了,搞不好反而是想得还不够,还远远没有认识到我们所处的现实的夸张之处。

　　为了方便，笔者在本文中准备引入社会形态的概念。这个概念对于我国的人而言应该不算陌生，因为在课本里会多次提到，而且还是在不同的科目里。这个概念是由某知名德国人于 1859 年在《〈政治经济学批判〉序言》中开始发展的观点。一般把社会形态分为五个，也即是原始社会、奴隶社会、封建社会、资本主义社会、共产主义社会。但是，这个概念一直有着某些争议，首先因为这两个德国人的思想终其一生一直是在发展变化当中的，所以连他们俩是不是一直坚持此社会形态的划分都是有可争议之处的。而且，在他们的作品里，这种划分本身似乎并不是具有普遍性质的，而是对于欧洲式的文明发展的总结。因为这两个德国人实在是太出名了，影响力也太大太广泛了，著述也太多太广泛了，而后世因为不同的出发点、不同的角度、不同的理解又分出了无数的诠释的派系，所以一旦出现关于他们的观点争议，基本上是不争个几百年不会有个结果的状况。所以本文也就单纯借用这样一种概念，大体上说，即是人类由社会化的动物，而开始变得与其他社会化的动物有着某些不同之处，发展出更广泛的合作和更复杂的社会，并且在发展历程中展现出了某种转变与更替。

　　如前述，关于社会形态的一大争议就是其有没有普遍的意义。就拿最近的来说，比如中国到底有没有经历过奴隶制社会就有很大的疑问。夏商周三代到底是不是奴隶制社会？似乎并没有过硬的证据来证明。当时的生产者里有多少是奴隶？并没有文献或者出土文物能很好地表明。而如果考虑观念和语言的变化，这个问题就更复杂了，搞不好还要考虑奴隶概念的准确定义和划线，而一旦一个问题和精准划线联系上，那这个问题基本上就快要沦落到瞎扯的地步了。

　　当然，像商朝那么开放的王朝，豁免周围其他邦国的逃亡奴隶，还会擢拔奴隶为大臣官员的，确实不像是奴隶制。但连中兴功臣傅说都被传为奴隶出身，商朝的奴隶也不可能太少吧。又或者，可以从一个更单纯的角度考虑问题：奴隶是什么？奴隶，大部分是生产奴隶，是一种生产工具，和牲畜差不多的，提供劳动力，给予他们的是最低的报酬，也就是保证他们还能出力，而他们也不被认可有根据意愿选择工作与否或者进行什么工作的权利。

从这一点上来说，全世界各地应该是广泛存在着这么一个阶段的，也就是最广大的劳动者被高度地控制，这是绕不开的，当一部分人类相较周边的原始部落发展起来后，他们并不比周边的蛮荒有着太多的优势，他们也不会有与老天爷谈价钱的本钱，那这种强迫性的压榨性质的劳动就成了获取力量与财富的可行选项了。而在这些部族的战争中，将战败方的劳力驯化为奴隶也是一个不错的办法。特别应该注意的是，考虑到时代背景，那时候的奴隶制大概还应该算是进步。因为在更早和更落后的情况下，战败方应该接受的是各种屠戮，因为在主要靠收集与狩猎获取资源的情况下并不需要与自己抢夺资源的人的存在。只有农业手工业的生产，才会产生获取额外劳动力的需求。

三

然而，说到这里，一个问题也就产生了：如果仅从被给予待遇的角度上来看的话，即使在当代也有很多人能被归入奴隶。这里还不是指广泛流传的东南亚矿业、渔业里的奴隶，也不是指南亚那著名的债务奴隶群体，亦不是指非洲特别是毛里塔利亚（最后宣布废除奴隶制的国家）的奴隶，更不是我国的黑煤窑和黑砖窑的奴隶。真实的奴隶远远比我们一般所想象的距我们要来得近。仅仅能从工作中获取刚刚足够吃饭的工资，其他无从满足，这种人还并不算少。而如果放宽一点，搞不好一些能买得起手机、买得起电脑、买得起电影票的人也该被算进其中，虽然传统的理解中奴隶特别是生产奴隶并不应该有这种娱乐，但其实在当代这种有娱乐的人也并不比奴隶好到哪里去。因为他们其实也并没有得到足够的报酬满足他们在丧失劳动力之后的养老、满足他们面临疾病时的医疗甚至是提升自己的技能与工作能力的需求。事实上，很多人在抱怨时都会有"自己过得简直和奴隶一样"这一类的表达。

但当代的奴隶和奴隶制社会的奴隶似乎又是有所不同的。当代的奴隶很多是自愿作为奴隶的，这就是一个很大的不同了。奴隶制社会的奴隶其实也有自愿的，而且还不少，比如在面对要么死要么当奴隶、要么还巨额债务要么当奴隶、要么在饥馑的年景里饿死要么当奴隶的选择时，选择当奴隶的人还是不少的。不过这样的状况一般会被认为是受了外力的强迫的。然而说到外力的强迫，则人的出生也是被迫的。说到底，奴隶制之所以会被废除，表面上看就是道德上这个制度不过关。而之所以道德上不过关，是因为那些各种各样的关于天赋的人权与自由的论述起了很大的作用。不过"天赋"到底是何意思呢？事实上，人们在找不出牢靠强力的支撑自己的主张和要求的现实理由和逻辑却又想要一个神圣的支持与捍卫力量时，就会用"天赋"这样的表达。所以天赋人权和君权神授其实是一样的，如果君权神授是个玩笑，那天赋人权也是个玩笑。如果真有什么上天给予人类的基本普遍的东西，那就是死亡，而最根本的自由也正是死亡。这也就是为何说奴隶制社会有着自愿为奴隶者的理由：他们的自由与其说被剥夺了，还不如说他们不敢面对自由的真正面目。当然也有敢于面对的，有无数不为史料所载的人，还有一些将自己的名字刻印入人类历史的人物，比如斯巴达克斯。而当代的奴隶，他们也是自愿的，当他们意识到自己弱小无力时，却又不能接受自由的死亡，便只能接受奴隶待遇的工作了。社会形态，至少从奴隶制一直到资本主义制度的社会，自由是个主轴，人越来越自由了，能够越发自由地选择自己当不当奴隶了。

自由，在很多人看来绝对是个好东西。没错，对社会经济的发展而言自由绝对是好东西，但对于大部分人而言，自由恐怕不是他们所想的那样。能享受自由的人固然是幸福的，但自由可不是什么温顺可爱的家伙，这世界上到底有多少人真的能享受它呢？觉得自由好的人，恐怕是觉得自由就是自己可以自由地干自己想干的事，自由地做能让自己快乐的事，但他们却没想过，自由也包括自由地干自己不想干的事，自由地让自己痛苦。这乍看起来很可笑，一个人会没事找事干自己不想干的事。或者让自己痛苦？没错，是这样的。资本主义社会的人比奴隶社会和封建社会的人有多不知多少倍的自由，特别是择业的自由，你可以自由选择你的工作，但有几人能真正干着让自己满意的工作？很简单的道理，如果一个人是啥技能都有还都精通的，或者是一个喝西北风都能活得很滋润的人，那他是有这个能力充分享受自由的。但对普通人而言呢？有选择的自由，不代表就能做出让自己满意的选择。

四

人生来即是不自由的，就目前所知，没有人决定过自己的出生或是怎么样出生，所以出生就是最大的不自由。之后绝大部分人都是有自由的，各种各样的选择的自由。但是这些自由中大部分是让人不快的，只会让人意识到自己的无力与世界的冷漠，所以大部分人都会有意无意地自我说服那些并不是自由，那些并不是自己自由的选择。而人们更不会也更不敢面对的是，最大的自由，其实是死亡的自由。

人不能自由地生，但能自由地选择死。一个连自由地死亡都不能的人，恐怕是世界上最可怜的，因为这种人要么是因为病残已经无力自杀了，其性命完全在他人之手，最极端的例子就是人彘，世界上最可怕残虐的刑罚之一。又或者是因为心理上或者精神上的原因，不能去自杀。比如大多数宗教，恐怕是为了自身的信徒发展壮大，也是为了适应社会的剥削需求，会告诉信徒不能自杀，理由无非就是神造人即是对人的恩德，人自杀是违背神这一套说辞。又或者因为感到自己在世上还有某种责任，所以再痛苦也不愿选择自杀。这样的人，即是连自由地摆脱这个世界的权利都没有的人，确实是最不自由的，也是最可怜的。但是，即便如此，也没有几人会为自己有着这种自由而开心或高兴。因为，与死亡相联系的自由，自然不会是什么温顺可爱的家伙，简直就是个怪物。这世上有几人能驾驭这样的怪物呢？有几人能让它对自己俯首帖耳,为自己效力,享受它带来的好处呢?即使意识到这一点,人们大多还是会有意无意地自我说服,将这一切忽视。

这其实也就是社会形态发展的规律:解放奴隶,奴役自由人。让人越来越自由地接受奴役,从奴隶社会的强制劳动,到当代的自由地选择奴隶式的职业与工作,这其实反映了很重要的一点:社会形态不仅是一种历史上时代的划分,也是当代社会中社会阶层的划分。最简单的体力劳动与重复性劳动,最容易面对机器与他人的竞争,从事这样劳动的劳力当然最不值钱,就只能得到奴隶级的工资了。

而有奴隶式的工作,那封建社会的工作也是有的。这样的工资当然比奴隶要好上一些但也不会强太多。封建时代土地是最重要的东西,重要的生产资料、地位与财富的体现。而没有土地者,不论是农奴还是佃户,确实可能没有奴隶制下的强迫劳动,但选择的余地也没多少。至于封建社会的长短工,其报酬也只是对个人的,最多考虑一下养家糊口不易,不可能说还要考虑这薪酬是否够这些人子女过得好、能不能接受好的教育。这样看,大部分人终于不必担忧或愤怒自己被当奴隶一般对待了,因为他们其实得到的是封建社会大部分人的待遇。

至于资本主义社会的工作,却又是有更高的薪酬了。资本主义的生产,特别是较复杂的生产、较复杂的劳动部分,当然要考虑下一代劳动者的培养,考虑技术的传承,考虑劳动者和技术的连续性,从而要考虑劳动者的家庭,考虑劳动者后代的教育。有着足够的技能与能力的劳动者,其重要到要慎重考虑他们的观感,伤病与养老的保障也不能不考虑了。这样看来,在资本主义发展的早期,其实能拿到这样工资的人并不算多。只有当发展得成熟了,主导经济的产业也升级到了要以较为复杂的劳动为主的时候,做资本主义工作、拿资本主义工资的人才会是多数。

五

那么,这种社会形态的分化和《时间机器》里的故事又有什么共通之处呢?不论是这种阶层的分化,还是《时间机器》里人类最终分成两种生物,其实都和技术的进步、机器化的工业生产分不开。机器化的工业夺走了很多人的工作,这早就被人所察觉了,所以才会有卢德的怒砸机器,所以才会有纳粹德国为了保证就业率限制机器的使用的政策。这种生产,首先是标准化、流程化,将复杂的过程分解成一个个步骤,从而将原本的较复杂的劳动分解成了简单的劳动,从而使得从事某些生产工作的人的门槛降低。然后则是规模化,规模化可以扩大产量,降低成本,抢占市场。最后一步,则是定制化。不再是生产方生产什么消费者就接受什么,而是消费者有什么需求生产方就按需定制。这个其实古已有之,只不过古代进行这样消费的都是各种皇族、王室贵族、大官僚、大地主、大商人之类,而随着技术发展,可以进行这样消费的人逐渐增多了,相关消费的范围也增大了。特别是在大数据、3D打印技术迅速发展的背景下,定制化的生产更是可能取代工业化生产之前的特点。

而之所以说《时间机器》没有意识到现实的夸张,其实也正是基于此。在《时间机器》中,上层的人尚且还需要剥削下层的劳动者,而在现实中,已经将要发展到没有什么值得剥削的地步了。

如前所述,简单的劳动因为其简单,对劳动者要求不高,能从事的劳动者多,所以其从事者也就不能得到好的报酬。而相反的,越是复杂的劳动,越有可能得到高的报酬。但这两类劳动并不是泾渭分明的,前文也已提及,工业生产的一大特点或者趋势就是拆解复杂的劳动,直至拆解成一种又一种的简单劳动。流水线的生产便是一个例子,福特将生产汽车从炼金术般复杂甚至透着神秘的事业变成了可以招募一大堆普通工人来干的事,更不用说当代从事代工的鸿海、富士康了,高大上的精密电子产品组装起来所需要的只是上百万没啥技能的普通人。这并不像是人在生产制造机器了,反而人变成了机器,不,连机器都不如,仅仅是大的机器中的零件,只能够扮演这么一个单调乏味的角色。这正是人的异化,这也就是技术进步、生产发展带给人的一个乍看上去不可思议的结果:人,单纯的人,并没有随着技术进步与生产发展获得什么,反而是显得越来越无力、越来越残缺了。甚至同样是奴隶的待遇也会相对地降低,在没有动力机器的古代,强壮的奴隶总还是珍贵的资产,而当代靠出卖力量的奴隶呢?随着动力机器越来越强大,对复杂劳动的分析和拆解越来越深入,自动化的生产越来越普及和进步,越来越多的工作会变成奴隶工作,甚至是彻底消失。而到时候普遍的抱怨可能不是被当成了奴隶对待,而是想当奴隶也不可能了。

让人困惑的是,这乍看起来展现的是个矛盾的景象。一方面人类创造了越来越多的财富,有了越来越丰富的物质和精神上的创造,但另一方面这种财富的生产过程和创造的参与似乎要将越来越多的人排除在外了。

六

在几年前,我还对未来的自动化生产抱有乐观的期待:哪怕这不会带来物质的"极大丰富",至少也是远远比现在丰富,普遍的而且较高程度的福利保障就足够绝大部分人过着吃喝玩乐的生活了。两千年前的斯巴达和一千年前卡尔马特派需要通过大量的奴隶来维持本族或者本教派成员生活的相对富足以及内部的平等与和睦。而在未来,只要自动机器充当奴隶就可以了,不用再奴役谁,大家却可以过上昔日上层的生活。可现在的想法则完全变了:不再是人类不需要生产工作了,而是生产工作不需要人了。这是一个很可怕的事,在我们当代人看来,也许不要太久就会有着足够的财富实现一个轻松与富足的社会,但试想,一个一千年前,或者仅仅只是两百年前的人来到现在,他们一定会被当今财富的丰富所震惊,但同时也会怪异于,为何如此丰富的财富下,还是不能实现对每个人的充分照顾?

文字是一种纪念

　　说到这需要提到一种说法，即是"经济日本化"。日本的经济停滞，一开始被认为是泡沫的破灭导致的。但泡沫破灭也有二十余年了，该清理的坏账也差不多了，该倒闭的企业也差不多了，停滞却依然继续。先是失去的十年，然后是失去的二十年，现在日本开始大规模地经济灌水，不断往自己的经济系统里注入货币，依然不能刺激经济不说，甚至连通货膨胀的预期也没有。无独有偶，整体经济不振的欧洲，即使大量发行通货甚至是负利率的经济政策下，依然是通货紧缩的预期。各种传统的经济刺激方式不能很好奏效不说，而且呈现出了对富裕阶层更有利的结果。于是就变成了不进行经济刺激则经济不振，失业蔓延；刺激了则经济依然不振，但富人却能够得益。其实这很有可能就是经济发展到了某个临界点的标志，毕竟大量发行通货却不通胀并非是所有经济体都烦恼的，更多的经济体的烦恼是稍微印点钱就会通胀。而中国，虽然发展程度远没有到日本和西欧，但恐怕也快了。很多人还在担忧中国通货膨胀高企，我倒是觉得中国要开始漫长的通缩了，而长期的零利率甚至负利率也将降临，时间大概就在未来五年内。理由便是工业的自动化的革命。

　　在大部分产业终将走向无人化的情况下，失业的解决就成了一大问题。最好的情况就是先以工代赈，通过大量不是首要追求效率的公共设施建设和环保建设来减少失业，然后在这些失业者最终退休时他们的后代也已经习惯了新产生的工作，比如各种创新个性化的工作，而且假设社会也有足够的需求能在这些创新领域提供足够的岗位，则这场自动化革命会以美好的喜剧告终：绝大部分人都能过上富有又充实的生活，人不再是工作的奴隶而是工作的主人，劳动不再是为了生存而是为了乐趣，一百年前两个德国人的规划终于实现，这真是很好的结果。

七

　　而比较糟糕的情况就是以工代赈或者新产业的发展也并不能提供足够

的工作,那可能需要考虑能否实现一种普遍性的福利。这种方案要考虑利用一些可能已浪费了的资源,比如现在很多企业淘汰生产设施时并非因为这些设备已经不能用了,而是因为升级换代,或者干脆就是要淘汰这部分产能。假设,在国家或者其他足够强大的力量的主导下,可以实现这样一种情况:国家发行货币,向全民发行无偿的工资,同时在国家组织下,征召被企业淘汰的设备进行生产,用额外的生产与额外发行的货币相对应,搞不好可以实现即使大部分人失业,还是可以保障这些人的生活和社会的稳定。

与此相近的一种情况是,自动化的工业产生了经济生产能力上十倍百倍的进步,虽然没有保证足够的就业,甚至干脆就是大部分人被机器抢了饭碗失业了,但有着足够的能力与技能使得其在自动化机器时代依然能够获得工作并因此得到财富的人,看在失业者也同是人类的分上愿意不惜减少自己的所得来照顾这些同类。当然,其中有着许多的不确定性,比如要照顾到什么样才能让双方都满意?如果财富的创造者愿意建立一个大家共享财富的社会,或者提供一些照顾能够让财富创造者获得成就感和满足,那还好说。但如果因为不能达成一致导致受照顾的人对对方的这种付出并不满意甚至多有怨言,又或者某些资源上必然受着限制,不存在达到让所有人都得到足够的财富享受的可能,那情况就复杂了。类似埃洛伊和莫洛克那样的极端的分化就不可避免了。

在这样最终的分化下,有几种可能,而最主要的有两种。第一种可能,少部分的人在掌握了超级的财富和超级的生产力量后最终脱离了其他的人类。这样的情况并不奇怪,居住在远离城市的庄园或者私人岛屿上的看不见的顶层也有着几百年的历史了。于是人类社会的最后分化就是分裂成了不再需要被剥削者的超级富人和被抛弃了的自生自灭的野生人类。更科幻一点,如果掌握了太空开发星际殖民之类的技术,那这部分人完全可以飞升成仙般离开地球,开拓更新更好的世界。而留下来的野生人类可能将面临《阿特拉斯耸耸肩》里的状况,但更可能再次组织起来,只不过这种组织很可能产生某些"倒退",和产生在大城市里的贫民窟一个道理,被更高档的社区

文字是一种纪念

所拒绝的人最后聚集在一起,建立起了贫民窟,然后接受黑社会帮派的统治。

第二种可能,不再需要被剥削者的超级富人考虑到野生人类的威胁,或者同情野生人类的悲惨遭遇,从而采取措施消灭野生人类。这种可能并不像表面上看起来那样耸人听闻和抽象,类似的状况现在已经出现了:现在我国已经不需要什么计划生育了,因为养育子女的成本越来越高了。而未来因为一些技术,比如互联网教育的进步,可能导致该成本在某些方面有所降低,但因为产业的发展和更替对合格劳动者的要求越来越高,总体来看变得更高的可能更大。而可以确定的是医疗费用还会继续上涨,仅仅是通过疾病的自然淘汰就能消灭大量的人口了。

需要指出的是,不再需要被剥削者的超级富人已经不是往常的富人了,他们完全可以对自身进行种种改造,即使因此获取超人类的智能或者长生不老的能力可能会面临各种潜在的疑难,但代际的基因优化改进之类的应该是能做到的。这样产生的人类与其他人类的区别,最终甚至不会比人类与猿猴间来得小。所以他们在抛弃或者消灭其他人类时,并不一定会受着同种同族的同情的约束,而野生人类这种说法并不完全是玩笑,届时在他们看来其他的人类可能就是野生动物中的一种。说不定因此还会有第三种人类的产生:家养的野生人类,也就是——宠物人类呢。

归根结底,人类在与强大的自然环境的斗争中形成了更复杂的社会,并开始对工具和机器进行研发。于是人类现在已经获得了远远超出一般物种的地位,但人类却要面对自己所建立的强大莫名的社会与机器了。而这可能会带来人类社会的大同,也可能带来的是部分人的优胜,就如同人类当初从千百万个物种中崛起一般。

这个春天，那片湖

● 姚 云

这个春天，那片湖

一

　　这个春天忙忙碌碌，家事、公事乱麻一样纠缠在一起撕扯不掉，是风不静心亦不静的烦。世事纷杂若此，常感困惑无力。在一种喧闹而无奈的环境里窒闷久了，此时多希望有一双手能抓住自己，拔离尘世的苦痛和烦恼，去寻找光、美和梦想。

　　这个春天，因为一个人，去了一个湖。

　　这个人便是我们安徽省作家协会主席许辉先生，他发来邀请，4月28日参加他的祖籍江苏泗洪县"许辉文学馆"落成揭牌典礼，届时活动内容很丰富，除了当天的揭牌仪式外，还有一场精神大餐——王蒙先生的读书讲座、游览泗洪县美丽的洪泽湖湿地，以及一顿顿鱼米之乡的美味饕餮……接到邀请的那一刻，心就放飞了。人，总是需要一个时刻，一隅空间，让心灵那只飞累的小鸟敛翅、休憩。

　　许主席一直以来对我们"合肥姐妹"作家群褒奖有加，非常关注并加以提携，每逢文学活动必提之，这次活动也不例外，"合肥姐妹"七位作家又集体亮相在他的家乡，作为他的铁杆粉丝，我们又岂能错过这样一个学习交流的大好机会？许主席平时也是我的良师益友，作为作协领导，他活动频频、

文字是一种纪念

公务繁忙,自己还一直笔耕不辍,手上有一个个亟待实现的写作目标,但当我的第二本散文集呈现给他并委托他写序时,他竟没有丝毫的敷衍和推托。他为人儒雅谦虚,性格不温不火,没有丝毫的官腔官架;为文又蕴含思想,气象万千,那是淮河流域的地理和文化基因深深植入了他的血液和内心使然。其实文章的魅力说到底是一种人格魅力的直呈,主体的境界决定了文章的境界。他为人为文都深得大伙儿的敬佩和仰慕,这也是一种非凡的能力,我等只能高山仰止,继续写我的"小女人"散文。这次能有机会一起走进他的家乡,了解他的家世根脉和创作源泉,对我们"合肥姐妹"而言是何等荣幸的一件事。

其间还有董静姐令人如沐春风般的温暖笑脸和热情周到的细心安排,她是大伙儿的知心姐姐,有她在我们才能安心、放心、舒心,她和许主席夫唱妇随,是我们文友圈里公认的令人艳羡的一对。董静姐漂亮能干,这些年为了家、为了夫君甘当绿叶,默默奉献,着实替许主席遮挡了不少凡间俗事,才能让他心无旁骛地去"过一种有目标的生活"(许辉语),也让他能够站在不食人间烟火的云端,形象更加高大上。文友马孔多曾画过一幅他们夫妻俩背影的油画,素材取自文友兼摄影达人木桐的作品,那是他们在文友野草地的老家挖荠菜的情景,其时春和景明,情景交融。那场景令所有看到这幅油画的人都有一种莫名的感动,我说它不输给任何一幅名画,因为这是发生在我们身边、真正有生活原型的走心作品。

而此次活动能如愿举办也得益于活动的总策划许卫国先生,他是当地的文化名人,《花庄》《乡魂》《河水东流》等几部长篇小说奠定了他在当地的江湖地位,对家乡那片土地的热爱让他无怨无悔地愿意为家乡踏踏实实地去做好每一件事情。许老师不仅才情笔力了得,头脑还特别好使,接受新事物的能力特别强,有着超前的文学理念和思维。不过,他幽默风趣的语言跟憨厚朴实的外貌差别还挺大的。在他的殷勤张罗、指挥运作和积极推进下,一个很像样的文学馆在洪泽湖的岸边建成了。4月28日这一天,王蒙来了,吴义勤来了,李锦琦来了,徐忠志来了,范小青来了,刘醒龙来了……我们和文学大家们一起,共同见证了"许辉文学馆"的开馆,仪式简单而又隆重。四月暮春里的洪泽湖,春意还透着丝丝薄凉,连日阴雨绵绵,没想到在揭牌那天突然放晴,不能不说是个好兆头。

  这次活动,我初次见到王蒙先生,内心还是很激动的,不仅是他头顶众多闪亮的光环,还因为他的作品闪耀的理想主义光辉,即使流放伊犁,也不放弃理想,他以自己特有的宽容与幽默方式寻找到了平衡点。这是一位睿智的老人、令人敬佩的老人。那天在三孝口新华书店做活动时,我听说泗洪的活动王蒙会去,就赶紧上书店四楼寻了几本王蒙的书,准备带去找他当面签名,后来因书太沉,最后只带了一本《文化的掂量》。见到王蒙,我笑着上前向他说明来意,他看了看我,很乐意地接过书就挥毫签了。在场还有文友木槿姐也喜滋滋地捧着王蒙的一本书跟着我一道签了,其他聚在旁边的姐妹直跺脚后悔没带书来。这是我第一次跟王蒙先生这样近距离地接触,觉得他很有耐心,人也很和蔼。文学馆揭牌结束后,在许主席的特意安排下,我们"合肥姐妹"作家群又跟王蒙先生单独合了影。那天为了近距离一睹大文豪的风采,大伙儿争先恐后地往他身边挤,一会儿签名一会儿合影,那气氛相当热烈。谁说当今社会只有影视歌明星才有这样的"待遇"?谁说文学已经日渐式微?来之前,也听人说过王蒙先生没有笑容、不好亲近,但我观察下来完全不是这样。他曾经为我的好友闫红的《误读红楼》一书洋洋洒洒写了整整一个版面的书评,爱才之心呼之欲出。那天听了他的讲座《永远的阅读》后,更觉得他的不凡,一个八十多岁的老人,思维还是那么敏捷清晰,不得不让人打心底里佩服。中午有幸跟他同桌吃饭,他的诙谐谈吐更是让我们忍俊不禁。一个很有意思的老头儿!

二

  去湖泽湖湿地的时候,天空飘起了雨丝,这让此趟湿地之行更加充满诗意。

文字是一种纪念

车行湖岸,眼睛就被四周的风景吸引住了。目光所到之处,清爽干净、水多草多、树多花多,有着江南水乡的清丽秀美,空气中满是丝丝香甜的草木味道,连那微凉的风吹到身上都似乎比往常来得柔和许多,让人对这个地方充满好感。

途经芍药园,视线里一大片娇艳无比的花朵正呼啦啦绽放,一车文友们惊呼着,围到车窗前抢着拍美景,我亦如此。对一向喜欢花花草草的人来说,这些植物都是我的最爱,真想跳下车不管不问地奔过去醉卧花间爱它个够。无奈,我们是大部队统一行动,必须听从指挥。

远远就看见浅水中一簇簇高大轻盈的芦苇了,这种植物好像从来不会单独存在,总是集群而生、聚众而长,只要你看到有芦苇的地方,就是一簇簇、一片片,蓬蓬勃勃,成林成海。

眼下是暮春季节了,我没想到本该在秋天里看到的芦苇在这里竟是那么浩瀚盛美。湿地的浅滩上,低处是菖蒲,高处是芦苇,看到这些植物,脑海里一闪而过刘禹锡笔下的诗"故垒萧萧芦荻秋",还有那首著名的"蒹葭苍苍,白露为霜"。我是一直比较喜欢这种植物的,每次看到它都会情不自禁地被它迷住,不知怎的,对这种婀娜多姿的植物,总有一种忧伤情怀。

芦苇,临水而生,纤纤照影,有一种说不出的古意和美感。

令我没想到的是,洪泽湖湿地竟会如此之壮观,相比较我曾去过的焦岗湖湿地更显得浩渺无边、自然野趣些。洪泽湖盛产鱼虾蟹蚌等各种水产品,以及菱角、莲藕、水芹、茭白等水生蔬菜,这些东西都是原汁原味,食之唇齿留香。昨天晚上那顿丰盛的大餐吃得太过瘾了,湖里的美味一盘接一盘地端上来,我们也敞开胃口大快朵颐,享用这宝地上的特色佳肴,最后直撑得我那帮文友不得不在酒店的大露台上载歌载舞,大唱大跳过去的老歌舞,一首接一首,欲罢不能,所有能记起的老歌,我们都自编自演了一把。看到她(他)们陶醉的样子,我也是痴了,似乎人生到此已足矣。

细雨纷飞中坐上游船,那种感觉也很美。但见原野广袤、水面辽阔、芦荡深深、百鸟鸣唱,我们宛如驶进一个原始、自然、生态的旖旎画卷里。王蒙夫妇也兴致勃勃地同我们一起登船共游,他的新夫人是一位文雅大方的知识女性,只见她拿出手机不停地拍着四周,这样的景致又有谁会无动于衷呢?

渐渐地,船上的我们离岸远了、远了……清风徐徐时,那远处的芦苇漾成了一片袅娜的轻烟。我们如一片苇叶,飘荡在湖面上。我站在船尾的甲板上,大口呼吸着新鲜湿润的空气,这里才是真正的绿色大氧仓。传说上帝青睐哪个地方,就会在那里滴上一滴泪,造一个湖惠泽那里的百姓。

泛舟湿地,心旷神怡,极目远眺,芦苇连天,蒲草绵延。一只只白鹭在波纹上写着诗行,水面随处可见野生水禽和低飞的鸟类,难怪有人赞誉这里是鸟类的天堂、芦苇的故乡。真想冲下去任性一把,撑一竿竹篙向芦苇更深处划去……

如果季节走到盛夏,等到了荷花盛开的季节,那更会有一场别样的雅趣和盛大。这里除了湖光堤色、芦苇浩荡外,还有千亩荷园可赏。说到荷花,董静姐随许主席回家乡六次了,竟也没赶上见到它盛开的姿容。关于荷花,也是有故事的。曾一度想拜师学画荷,最终一腔热血也因现实的无奈败下阵来。去年从一个熟悉的画家朋友手里买了两幅价格不菲的荷花图,一幅赠友人,一幅挂于家中,既然与之总难相见,那就用这样的方式留住也好。

这一生我也跑了不少地方,见识了一些名川大湖,国内的国外的,都有,但洪泽湖和湿地在我眼中却是那么的与众不同,它苍凉而又灵性、纯净而又丰富。看到这片湖,我真想留下来独自再去感受一下;看到这片湖,我才终于读懂了梭罗为什么会筑屋瓦尔登湖畔,用两年时光,将瓦尔登湖的每一个细微之处收入画卷。"我来到这片湖是因为想过一种省察的生活,去面对人生最本质的问题,看看是否有什么东西是生活会教给我,而我却没有领悟到的。"他以湖的天地大美自怡自乐,一边寂寞地感受着大自然的赐予,一边记录下影响世界的千古绝唱——《瓦尔登湖》。

此趟因为匆匆来去,我见到的只是洪泽湖的冰山一角,还没见到清晨太阳刚出来时带着露珠的洪泽湖;还没有见到坐看夕阳披挂下来的洪泽湖;还

文字是一种纪念

没有见到静姐心心念念、一直不忘的千亩荷花……

其实这趟出游我是带着沉沉心事来的,但在看到这片湖后,它仿佛有一种魔力能让我安静下来,尽管游船内人们兴奋喧哗,船外也有风声雨声鸟鸣声,但,奇怪的是我却感受到了宁静,仿佛一切都给这水色湖光吸走吞没了。我凝视着湖面,不愿用一点声音来弹破这宁静,但在这宁静中却似乎回旋着一支无声的旋律,我不知道它藏在哪里。也许在天空,也许在湖面,也许在那芦苇荡里,也许,在我内心深处……这,不就是我一直寻找和最珍爱的心境吗?

神这一滴温柔的泪,沉寂着多情的生命,成为我心灵的救赎之地。这片湖,我终究还是要再来的。

其实,无论对人还是对景,这世上的情,大抵相同,或浓,或淡,唯心可知,只要你用心爱过了——爱家人、爱这个世界,彼此无亏欠,我想别离也就无憾了,至于那些最后的相见和凝视,不过都是为了圆满、珍惜和爱的成全。

●刘政屏

洪泽湖的记忆

其实我是应该写一篇洪泽湖纪行的文字的,但是耽搁了几个月之后,那几天的经历已然成为我记忆的一部分,所以以"记忆"冠名这篇文字,也是合适的。

应该是很小的时候,我隐隐约约地知道,江苏的泗洪原先是属于安徽的,但是我并不是很清楚为什么会是这样,更不知道洪泽湖的大片水域曾经是安徽的一部分。

去泗洪的路上费了一些周折,也让我们一行人切身感受到泗县与泗洪之间的差距,不免在心里感慨一番。不过由于那份比较狭隘的地域情结已经淡了许多,由衷地欣喜让有些疲惫的身心变得轻快。

直接去了洪泽湖湿地公园。是大风的天气,整个宾馆显得有些清淡,但每个人的心里都有一份激动和期待,一个文学馆,一群文学大家名家的聚集,让这一天、这一个下午变得不同寻常。

许辉文学馆,王蒙、刘醒龙、范小青,还有一批文学的追随者,在这样一个时刻,以文学的名义聚集在一起。尽管有些正式,但那份亲切和谐,很让人难忘。

文学馆不大,却能够给人以触动和启迪,我们为着我们喜爱的东西而孜孜以求,我们为着我们执着的方向而不懈前行,其实都是在书写一本属于我们自己人生的特别的书。在这本书里,我们度过的每一天,经历的每一件

文字是一种纪念

事,都是一个或大或小的点,这些点最终的组合,就是我们人生的故事,我们生命的画卷。

尽管我们就住在洪泽湖边,但是我们感受到的,只有那么有限的一块地方,就如同尽管我们都爱着文学,但我们对于文学的了解和掌握是那么的有限。只有在一个巨大的存在面前我们才能感受到自己的渺小,在洪泽湖的面前,我们的心胸一下子变得特别的放松和柔软。

真是很难得,在一个烟雨朦胧的天气乘坐游艇游览湿地公园。一切都是机缘,当晴朗的天气成为人们首选的时候,飘着细雨的湖面就是一种稀罕。也许是年岁渐大的原因,我感觉现在的自己变得越来越平静,越来越坦然,排除了宿命和消极,"一切都是最好的安排"无疑是一种很好的态度。

在一阵兴奋嚷嚷之后,有人选择继续陶醉于自然美景之中,有人选择围绕于名家周围过一把追星的瘾,还有三五个闺密拢在一起窃窃私语,我们这几位文友则另辟蹊径,寻找一两处绝好的位置,以一种比较文艺的形式,将这样一个难忘的时刻定格。

回来整理手机里照片的时候,家里人都说我那张坐着的照片很好,整个一个淡定哥,背景尤其有味道,有那谁一幅名画的感觉。我笑,自然,不做作,才是最重要的。

有时候的确就是这样,什么季节、什么天气、什么地方并不是最重要的,最重要的是和怎样的人在一起,又是在怎样的一种心情之下,就如同此次泗洪之旅一般,一切的外在的因素都改变不了大家的心情,而一切的细节与心情也都镶嵌在洪泽湖这个大背景下。

于是,有关洪泽湖的记忆,就有了一些特别的东西在里面,在一些特别的时候,它们会浮现出来,给我些许的宽慰和启示。

●董　静

六游洪泽湖

　　江苏泗洪是我家先生的祖籍，故乡情结促使我们一趟又一趟往返于此，记忆中前前后后我去过六次，往返近五百公里的行程，每当思念家乡时，我们会立刻启程，多数都是自己开车前往。

　　记得第一次是2011年3月中旬，参加皖籍女艺术家泗洪采风活动。近30名女文艺家重点考察了泗洪县梅花镇新农村建设示范村、归仁镇农民演艺剧社表演，听到了熟悉的家乡泗州戏。采风团还来到半城镇凭吊在抗日战争中牺牲的新四军将领彭雪枫，祭奠为国捐躯的革命先烈，并游览了苍茫无边的洪泽湖湿地。那时，虽然洪泽湖湿地尚未开春，大家的兴趣还是十分浓厚，感受着大地欲暖将春的萌动。也就是那次，我们听到了许卫国先生对泗洪、对洪泽湖湿地风趣幽默的讲解，他绘声绘色地描绘了洪泽湖湿地千荷园内荷花竞相开放的壮美景色，使我们对荷花美景充满了好奇和期待。可惜三月荷花还没冒芽，只能在荷花园内，在一个个展牌上浏览各种荷花的介绍及漂亮的图片，想象一下1008种姹紫嫣红的荷花相映、如梦如幻的景象。

　　洪泽湖的荷花开放时间一般为7月中旬。后来，我们一月份、三月份、四月份、五月份、十月份、十二月份都去过泗洪，唯独缺少七八月份，所以看荷花的愿望一直没能实现。去年五月女儿从美国回来，我们也特地带她到家乡泗洪寻根问祖，当时洪泽湖里的荷叶长势正旺，绿水碧叶，煞是美丽，只是开花还为时太早，又一次无缘赏荷。

文字是一种纪念

洪泽湖是我国著名的淡水湖,位居全国五大淡水湖之四。全湖水域由成子湖湾、溧河湖湾、淮河湖湾三大湖湾组成,泗洪境内则拥有40%的水域。洪泽湖水质优良,盛产鱼、虾、蟹、蚌等各种水产品及菱角、莲藕、茭白、水芹等水生蔬菜。又一年的金秋时节,我们应邀参加了洪泽湖湿地公园举办的一个全国性活动,全方位体验了淮北江南稻熟蟹肥的浓韵秋趣,品尝了洪泽湖丰富的美食佳味。那嫩嫩的藕茎,无论是凉拌或清炒,都无比青翠爽口;那鲜香的湖蟹,叫人越咂越有滋味;那绵甜的银鱼,入口即化,不存半点残渣。印象最深的,则是餐桌中间供客人自取生食的那盘堆得高高的新鲜莲蓬,莲子入口鲜嫩,有淡淡的甜香,原汁原味,回味无穷,吃了一个,就想再吃下一个。返回时,善解人意的主办方,特意给每人带了些莲蓬回来,放在冰箱里,断断续续可以吃很久。

最近一次走进洪泽湖,是今年的4月末,来自全国各地的文学大咖共百余人,参加坐落于美丽的洪泽湖湿地公园的"许辉文学馆"的揭牌仪式。"许辉文学馆"五个大字是请著名作家王蒙老师题写的。这次活动也有幸邀请到了王蒙老师夫妇、吴义勤先生、李锦琦先生、徐忠志先生、范小青大姐、刘醒龙先生等,共同见证"许辉文学馆"的开馆。四月的洪泽湖,春意中还透着寒凉,连日阴雨,在揭牌那天竟突然放晴,令人惊喜不已。

文学馆内陈列着许辉的部分书稿、不同时期的照片及珍贵的资料,这是家乡人民对许辉的肯定和厚爱。我陪着王蒙老师夫妇,向他们一一讲解,老人家对文学馆给予了高度的赞赏。正如柚子姑娘在她的文章《王蒙站台》中所写:许辉文学道路上的两件大事,第一篇小说发表和文学馆揭牌,都有王蒙的参与、提携。在王蒙来安徽的多次讲学中,许辉也都全程陪同。是的,的确如此,王蒙老师对许辉关爱有加,他们是忘年之交,相互欣赏着对方的才华。

本来安排的半个小时的揭牌仪式,近两个小时大家才依依不舍地离开文学馆。为期三天的活动,参会者入住在洪泽湖景区内的先春湖假日酒店。酒店四周的湿地因为枯水期少了些水的充盈,却显得更加辽阔,可以想象盛水期的浩渺和壮观。正值春天,湿地里百花齐放,绿色盎然,美不胜收。

　　次日下午游园,风大,雨大,道路湿滑,虽然下着雨,但还是有不少游客来到湖岸上拍照,观赏。主办方从舒适、安全方面考虑,决定让大家乘游轮游览洪泽湖湿地。当游轮经过一处芍药园时,不远处艳丽的芍药花无边无际,多彩的花儿与园中的亭桥构成了一幅超美的画卷,引得船上的姐妹们一阵阵夸张地惊叹。王蒙和夫人换了靠窗近湖的座位,他夫人一路上饶有兴趣地拍个不停。本来还安排大家再换乘小船走进芦苇荡的,考虑到风大雨大,存在着安全隐患,临时取消了这项活动,实在有点遗憾,不过留点念想也好。

　　其实坐小船游览湿地非常有趣,记得上次的10月之行,我们是乘机动竹筏在湿地水道蜿蜒穿行的。水道两侧芦苇连天,蒲草绵延。这里的芦苇都长得结实而粗壮,将水道束缚在它们的拥堵之间,竹筏转弯稍陡时,芦苇会扫到筏上游客的身上和脸上,时时惊起夸张开心地尖叫。小小的机动竹筏游弋在九曲十八弯的水道上,水面会荡起不大不小的波浪,筏尾的波浪中不时会有跳跃的鱼儿腾起,又引来大家一阵阵惊讶的欢呼声。湖面烟波浩渺,渔歌悠扬,湿地开阔的地方,绿色的芦荡绿连天际,在秋风的轻拂下柔动不已。白色的牛背鹭或单腿独立于芦稍,或悬停在苇叶上预备降落,有一种格外悠远的野趣。

　　夹杂在水道两侧芦苇中间的青青蒲草引起了我的注意,虽然知道大概是蒲草,但却不能肯定,于是赶紧向坐在前排的家乡朋友请教。朋友告诉我们,那确是蒲草。蒲草多自生在浅水边或沼泽内,冬季遇霜后,蒲草的地上部分完全枯萎,仅留下匍匐茎在泥土中越冬;到了春季,地下的匍匐茎再发芽生长,不断分株,延续不绝。蒲草既是编织蒲包等物品的原料,也是一种野生蔬菜,蒲茎的白嫩部分和地下匍匐茎尖端的幼嫩部分,都可以食用,清热败火,淡爽适口。

　　蒲草的种子聚生,像一个棒槌。10月洪泽湖湿地的蒲草,已经结出了"棒槌",是一种深紫的颜色。泗洪当地有一个歇后语,叫"棒槌敲门,蒲种到

文字是一种纪念

家了!"蒲种的意思,就是没头脑、冲动、愣头青之类。在淮北地区,这话大家都听得懂。从生活中总结出来的语言,是多么的生动、鲜活!

浩广的芦苇荡像迷宫一样,唾手可得的芦苇,折一片苇叶拿在手中,俯身撩水,水声、风声、鸟声、游人的欢呼声从耳边掠过。沿途是许卫国老师精心设计的碉堡、士兵和枪声,还原了新四军芦苇荡里抗击日寇的激烈场景,让人们不要忘记芦苇荡里的那段历史。

据说洪泽湖每年都有众多珍稀鸟类来这里栖息繁衍,随着候鸟的南迁,保护区已成为丹顶鹤、白鹳、黑鹳等珍稀鸟类的最佳"中转站"和栖息繁殖地。可以看到一些鸟儿一直匍匐在宽宽的荷叶上,原来它们是在孵化后代。

大湖湿地,水韵泗洪。六游洪泽湖虽都没能一睹这里的荷花风采,但夹道的芦苇,茂盛的水草,参天的树木,青青的蒲草,金黄色的沙滩浴场,湖上小屋,都具有浓郁的水乡韵味,让人流连忘返。怀念洪泽湖那鲜嫩的莲子,通红鲜美的小龙虾,洪泽湖的冷水蟹,湖水烧制的野生杂鱼,口味纯正的渔家湖鲜等家乡小吃。现在我才能理解三十年多年前先生为什么要徒步行走洪泽湖了,亲情和洪泽湖的美景深深地吸引着他,同时也吸引着我。洪泽湖我还会再来的,期待与千荷园里的荷花来一次亲密接触,圆我的荷花梦。

●王维红

芦花白　芦花美

一

关于洪泽湖,早先的印象来自于中学地理书,那时要求背的知识点不少。我的地理真没学好,不过倒是记住了五大淡水湖,巢湖是我家乡,而洪泽湖比巢湖略大,因而记得很清晰。

前几年开始向往着去一次洪泽湖。

我认识一个文友,他一直说喜欢我的文字,说是我的"粉丝"。

他是江苏泗洪人,他说他们那有特别美的洪泽湖,特别是秋天,芦花开了,很美,很有诗意。年初,他曾热忱地邀请我秋天去游洪泽湖。

没想到,春天,我就踏上了洪泽湖之旅。

这是一个文学的春天。

真巧,安徽省作协主席许辉,祖籍就是江苏泗洪。江苏在很多方面的意识是超前的,为打造文化品牌,充分发挥名人效应,他们捷足先登,在美丽的洪泽湖边,建立了"许辉文学馆"。文学馆的建立,不但为洪泽湖风景区增添了浓厚的文学底蕴,也将成为游客的一大游览点。此番,他们邀请了全国知名的一干文人,前来洪泽湖,参加"许辉文学馆"揭牌仪式。作为许辉主席的"粉丝团"——"合肥姐妹"作家群成员之一的我亦有幸被邀。阳春时节,我

文字是一种纪念

们来到了洪泽湖。

当天下午的揭牌仪式,我见到了知名的文学大咖王蒙、吴义勤、刘醒龙、范小青等。仪式结束,我们随团参观了许辉文学馆。馆内图文并茂,展现了许辉先生完整的创作脉络及创作成果。参观完毕,不由得对许辉主席的为人为文,有了更深层次的了解,内心里对他更多了一份敬仰。

晚间宴席,我们首先从味蕾上感知了洪泽湖的富饶。满桌的鱼宴,各式烹饪,将洪泽湖鱼肉的鲜美一一呈现。

第二日上午又是一顿精神大餐。与会人员聆听了王蒙先生的文学讲座《永远的阅读》。也真是巧合,听完讲座,在会场门前,我见到了泗洪文友马先生,他作为当地的文学爱好者也前来聆听。文学,真是一座桥梁,它让那么多素不相识的人,在文字的天空下彼此遇见。

下午,细雨纷飞。冒着雨,我们前往洪泽湖游览。

二

应该说,洪泽湖之滨的春天是多彩的。途经湿地公园,沿途,路的两边都是槐树。感觉这儿的槐树比我们当地的要低矮许多,花好像也开得晚些。一路槐花的清芬,随风飘荡,一呼一吸间,感觉那空气满是香甜的味道。经过一处芍药园,车上有同行者,忍不住地大呼小叫:"呀,牡丹?好漂亮的牡丹!"我认出这是一大片芍药园。我去过洛阳,知道芍药和牡丹的区别,虽然二者被称为姐妹花,但芍药是草本的,而牡丹是木本。《红楼梦》中史湘云醉卧花丛,写的就是醉酒后的史湘云,美美地睡在芍药园的青石板上,直睡得满头脸、衣襟上皆是红香散乱。现在,看那白的、红的、粉的芍药,大朵大朵地开着,艳丽夺目,人在车上,心就像野了似的,很想去花园里,嗅嗅芬芳,撒一把野,拍几张照。可同行的领队却提醒我们:先去游湖吧。

是啊,游洪泽湖是我此行的愿望之一,我是来看湖的。

都说芦花秋天开,没承想,这个季节,居然——我看到了芦花。

沿湖的路边,有一簇簇高大的芦苇,纵览远眺,一片滔滔怒放的芦花,在春风里飘逸,烂漫如云。

一路行,在旷野,在水湄,随处可见芦苇荡。那些芦秆,坚韧如竹,齐刷刷地直指天宇。而那些苇叶则似柔韧的绸带,于微风细雨中,婆娑起舞,摇曳生姿。

不知怎的,我对这种悠悠扬扬的芦花,一直有种欢喜。喜欢它的纤纤素白,也喜欢它随风飘舞的洒脱。去年回老家含山,特意去了趟水乡运漕。在河边采得一大捧芦花带回家中,插在一个大口的青花瓷瓶中,摆放在家中客厅的一隅,每日可见。

坐在一条可容纳几十人的画舫上,沿着洪泽湖的一条旅行航道,我们开始了水中游。一路风景如画,人似画中游。眼之所及,到处是一汪汪清澈碧绿的水域。难怪乾隆皇帝下江南,赞誉洪泽湖是"水乡泽国,人间仙境"。说实话,对于湿地公园,我的感知还是比较少的,感觉这种介于陆地和水域之间的生态景观,比一望无际的海或湖更清新养眼。第一次游览如此之大的湿地,新鲜、好奇、兴奋,尽管船上有丝丝寒冷袭来,但我仍然拉开船窗,开始眺望。

特喜欢碧波之间的那些苇草和水柳,我心中向往多年的烟波浩渺、水草丛生的画面,具化为眼前的一切。"古岸云山山隐隐,烟州芳草草芊芊",想自己习画两年,虽多次描摹过文人山水,不过触及皮毛。这种山水浩渺的意境,以及人在山水间的凛然与飘逸的气概,一如眼前氤氲的湖中景致一般,怕是终难用笔墨和词汇去表达,也好,我权且用心来欣赏吧。

你看,船边的那些细长的水草,在河底轻漾,真正"春溪水浅碧侵天"。心,柔柔地就起了波澜。不由得又想起徐志摩《再别康桥》中那些美好的句子:"软泥上的青荇,油油的在水底招摇;在康河的柔波里,我甘心做一条水草!"

临窗远眺。沿着长长短短的堤岸,那丛丛芦苇簇拥着洁白的芦花,随风摇曳,放眼望去苍苍茫茫,似空中飘落而下的雪花,又似白鹤羽翼,它们就这

文字是一种纪念

样牵着我的视线,让我心旌摇荡。忍不住地就冒着细雨,走上船尾的夹板。

苇丛摇摇,清波浩渺,一派水韵悠悠的景象又展现在我的面前。静静地看着随风飘摆的芦苇,这一刻,繁华远去,满眼尽是这纤纤素白,思绪随着那飞舞的芦花纷飞。

芦苇荡里不时地就会见到几只野鸭,它们自如地游弋于碧波之上,自如地嬉戏觅食,像是见惯了游船;而那一群白鹭,像是受到了惊扰,扑闪着翅膀,向高空疾飞,辗转盘旋之后,忽地就消失在苍苍的芦苇荡里不见了踪迹。

船行湖中,见湖中央有很多漂浮于水面的芡实和菱角的嫩叶。"芡实"是学名,小时候我们称之为"鸡溜果",也有叫"鸡头米"的,姐姐常从圩里采摘回来,烀熟后,糯糯的,很好吃;菱角,我们称为"大加马",具体啥字也搞不清。每年过端午时,我们用"大加马"玩游戏,比输赢,特开心。据悉洪泽湖盛产这些水生植物,饥荒年代倒有"鸡头菱角半年粮"之说呢。

极目远眺,八方烟雨,尽收眼底。船后,两行白浪翻滚,渐行渐远。我的心却依然被岸边曼舞轻扬的芦花所牵引,水动,芦舞,絮缠绵。这一刻,繁华远去,满眼尽是这一片白蒙蒙的世界。

袅袅的风中,仿若听见谁在船中吟唱:"蒹葭苍苍,白露为霜。所谓伊人,在水一方……"

一路前行,明显地感觉到洪泽湖的生态资源和环境真正得到了合理的开发和改善,万顷碧波之上,船帆点点,百里长堤,绿柳浩荡,青翠的鸟鸣,和煦的春风,让人游目骋怀,洪泽湖,多么美好的名字,多么美好的地方!

不知不觉间,船已上岸;再一次将目光投向烟波浩渺的洪泽湖,心中涌起了一丝绵绵的不舍之情。

心里一遍遍地对自己说,等到秋天,我还会再来的。

回到家中,翻看着一张一张随拍的照片,回味着洪泽湖之行的美好,忍不住地高歌一曲《芦花》:"芦花白,芦花美,花絮满天飞,千丝万缕意绵绵,路上彩云追……"

●杨修文

洪泽湖湿地的对话

　　滟滟随波无际的洪泽湖,她是那么安静,安静得让人屏住呼吸,生怕一不小心惊扰到她。但就是在这种安静中,她孕育出了洪泽湖自身所独具的博大胸怀,深奥的哲理、青春的浪漫和天真的童真童趣。听,它们在对话呢。

一

　　淮河水日夜不停息地、缓缓而静谧地流入湖中,湖水在轻轻地扭动着俏皮的身姿欢快地迎接河水的到来。湖水对着河水说:"欢迎成为洪泽湖的一员。"河水诙谐地说:"你不是一直都在指责我是'巫支祁'(神话传说中的淮河水怪)的始作俑者吗?埋怨说是我带来了巫支祁兴风作浪,是我一手制造了让人们愤恨和恐惧的水患。"湖水羞涩地答道:"小弟不懂事,现在明白了,那是古代治水不利。现在有了二河闸、三河闸,还有那有着深厚文化历史底蕴、蜿蜒曲折一百零八弯,被誉为水上长城的洪泽湖大堤,就再也不会发大水祸及百姓了。"河水长叹一声道:"可十几年前的我生病了,因为被污染了,也殃及湖里的伙伴们,很多鸟儿不再来了,许多鱼儿也不明不白地丢了性命。想起这些我就自责,心里不好受呢。"湖水宽慰它说:"那都是过去的事情了,不要再提了。再说这也不是你的错。我们都深信洪泽湖的明天会越来越好。"河水"哗啦哗啦"开心地笑了,它们相融在一起匆匆地向湖水的深

文字是一种纪念

处流去。

二

站立在湖水中摇曳着婀娜身姿的垂柳,它边幸福快乐地舒展着万千枝条,边和身板挺拔的芦苇们在说着悄悄话。芦苇说:"我就不明白了,你本应是生长在高高的湖岸边,叫湖边柳。可你怎么也和我们一样站在湖水中呢?"垂柳笑答:"你看我们长在湖水中,长得多么结实,柳条飘在水面上更加翠绿,也更加诗意呀。岸边的同伴都在羡慕我们呢。"芦苇说:"我知道你在这里很久了,是老爷爷吧,我们天天相见却不能相拥,我好想在你的怀中,让你抱抱。"说完就使劲向着柳树弯腰,柳树也笑着借着风势向着芦苇伸出枝条。可无论它们怎样努力都还是在自己原来的位置上。柳树说:"其实现在这个距离很适合我们呀,有了距离才有美。你是人们喜爱的芦苇迷宫,那么多的人们不辞路遥地来看望你,喜欢你,多幸福。而且我一年年地看着你在我身边,春天的发芽,夏天的成长,秋天的成熟,还有冬天那一头饱经沧桑而无愧的白发。"芦苇由衷地说道:"有你陪伴着我的生命的轮回,我很幸福也很满足了。"柳树说:"自古垂柳多别离,可我们却永远都在这里,永远都不会别离。"芦苇笑了,笑得那么甜蜜。

三

一群鱼儿正在热闹地游戏嬉戏,大闸蟹来了,它用后爪支撑站立起来掐着腰,威风凛凛地说:"你们这群不出名的小鱼小虾们,我要出道题考考你们,我们洪泽湖的大闸蟹与同是一个祖宗的螃蟹们相比,有什么不同?"鲤鱼抢先说:"你是白肚子。你的肚子白得有玉质般的美感,那是因为你在水草上爬行洗刷白的。"草鱼慢慢地接上说:"你还是青背,你的背呈青泥色,这种色彩灰中带青,平滑而发亮,大方洁净,也称清壳蟹。"一群不敢靠近的小青虾站在远处大声说:"还有呢,你腿上的绒毛是金红色的。"河蚬也来凑热闹:"你还是金爪,因为你在湖底爬行,要踩着水草,爪子要插入砂砾中,所以你就有了坚强有力的金爪子。"大闸蟹大叫道:"大家都说对了。都给我听好了,我是洪泽湖的最大名片,以后你们都要听我指挥。"这时一只几十斤重,年长的鲢鱼说话了:"你背上还有一个字母'H'呢,你自己看不见吧?这里面有一个古老的传说故事。以后讲给你听。我要告诉你的是,你之所以闻名全国,大家都喜欢你,是因为我们洪泽湖是全国唯一的活水湖,水质优良,还因为我们已经形成了良好的生态,有这些植物,有这些鲫鱼、青鱼等等小伙伴们,才成就衬托了你,所以你不要骄傲才对。"大闸蟹听后红了脸,连连说,你批评得对,我今后一定要尊重小伙伴们,和大家搞好团结。鱼虾蟹们就欢快地一同向远处游去。

四

洪泽湖是鸟儿的天堂。晨曦的薄雾中,数以万计的鸟儿就早起开始觅食了。它们好听的叫声组成了一台天籁般的鸟儿交响乐大合唱。它们在欢快地呼唤着,觅食和游乐。妈妈们则在不辞辛苦地,来回折返着把小鱼、小虾和小虫送到嗷嗷待哺的孩子们口中。太阳升起来了,雾散去了。吃饱喝足了的一大群灰雁、杜鹃、喜鹊、啄木鸟、灰喜鹊……都落在枝头休息,叽叽喳喳地说个不停。灰喜鹊大声说:"我们都是土生土长的,大家知道不,今年我们天堂里伙伴们的数量又增加了许多,有大、小天鹅、白额雁、鸳鸯……"它还没有说完,大山雀抢着说:"还有白鹭。"鸿雁是见过大世面的,低沉地说:"你们列举的都是国家二级重点保护的鸟类,我们这里还有很多是国家一级重点保护的鸟类呢,有白鹳、黑鹳、丹顶鹤。"它还没有说完,绿啄木鸟插嘴了:"我好爱白鹳呀,它天生丽质,洁白如雪,身材修长,就是我可爱的白雪公主啊。"鸿雁说:"你听我把话说完呀,大家看那里。"它把大家的目光引到湖水中的几只全身呈淡棕色的有着黑色横斑,腹部灰白的大鸟身上。大家齐声大喊:好大的鸟呀,像小飞机呢。鸿雁说:它叫大鸨,是世界上最大的飞行鸟类之一。雄鸟体长可达一米,重10公斤呢。它是近几年才来的新伙伴。我还要告诉大家一个秘密,我们天堂里还发现了世界濒危鸟类叫作震旦鸦雀。"大家高兴地齐声欢呼起来。

太阳要下山了,彩色的夕阳下,鸟儿们开始归巢了。在茂密的水杉林中,一片白鹭悄然落在树上,犹如撕碎了的白云随意地洒落在枝头。画眉很诗意地说:"不记得是谁说过的,白鹭实在是一首诗,一首韵在骨子里的散文诗。"野鸭听见了说:"睡觉吧,我们大家哪个不是诗呢。"

五

犹抱琵琶半遮面的千荷园,犹如一个谜。当游人登上一座汉白玉小桥,似乎揭开了谜底,大家一片惊呼:多么美的江南水乡呀,一望无际的湖面上,铺满了"无穷碧"的"接天莲叶"。还有那白色、淡黄的、红色、粉红、紫色的……五彩缤纷的荷花,在习习的微风中,一同随风摇曳,甚是壮观震撼,这是上苍赐予人间的至美。它们共同绘制出了一幅世间最美好的荷塘水彩画。下了小桥,一条弯曲的回廊通往荷园的深处。蹲下身就能触到叶的绿花的美,听得到荷叶下的潺潺流水。一叶小舟款款穿梭在荷塘中,红衣绿裤的划桨的女孩儿笑靥胜似荷花,她惊动了水下的鱼儿,它们"哗哗"地向远方游去。

夜幕慢慢地降临了,喧嚣的荷园顿时安静下来。月光泻下,柔和地铺在了荷塘中,荷塘沉浸在一片朦胧的烟水间,平增了几分神秘和温婉。荷叶对荷花说:"你是天仙呢,白日里努力地绽放着生命的妙色,把美好留给大家,累了吧,歇着吧,我来守护着你。"荷花说:"你比我不容易呀,今天竟然有一个胖胖的小男孩坐在你身上和我合影拍照,你累坏了吧?"荷叶笑答:"我是王莲,就是荷叶之王,十几公斤的重物在我身上我都不会沉下去的,荷花妹妹放心吧。"荷花说:"你在我心中永远都是出自污泥而不染的情哥哥,我爱你。"荷叶说："傻妹妹,你没有看出来?我一直都在深深地爱着你,保护着你呀。"荷花满足地笑了,说我要睡去了。荷叶说："睡吧,有我托着你呢。"

荷叶对着明月说："我们的爱情有你作证,好吗?"

月亮笑而不语。

文字是一种纪念

●李海燕

洪泽湖纪行

一、父亲的芦苇荡

无数次在梦中看到父亲笑眯眯地向我走来,他身披军大衣、腰挎盒子枪,身后一会儿是广袤的黄土高原,一会儿又是浩渺的湖水和大片的芦苇荡,既慈祥又威风。父亲不是在平型关打鬼子吗?怎么又跑到芦苇荡了呢?睡梦中我还在思索。

自从父亲在我二十岁的时候离开了我们后,多少年来,我就是以这种方式和我亲爱的父亲相会。

父亲李扬良是陕北延安瓦窑堡人,1934年在家乡参加了红军,抗日战争爆发后,他是八路军115师344旅687团的一名机枪手,参加了震惊中外的平型关战役,是抗日打鬼子的英雄。由于这一仗在抗战史上的重要性,父亲常常给我们提起,出去做报告也是主要说平型关战役。所以,我的记忆中好像父亲一直都是八路军,在西北一带作战。

其实,父亲所在的这支八路军后来跟随黄克诚将军在1941年进驻皖东北,和新四军会合,后来被整编到新四军四师,他们的师长就是大名鼎鼎的彭雪枫将军,活动地点就是洪泽湖一带。在彭雪枫将军的率领下,新四军四师进行了艰苦卓绝的浴血奋战,开辟和巩固了苏北抗日根据地,直至全中国解放。

想起来了,小时候也时常听父亲讲他在洪泽湖打过仗,那儿有芦苇荡,还有鱼虾特别多。小小年纪的我根本不知道战争的残酷性,就想着什么时候能到洪泽湖去看看就好了,那儿有一望无际的芦苇荡,还有好吃的鱼虾。这个念想,一想就是几十年。

所以,当我收到省作协主席许辉先生和他的夫人董静女士的邀请,去参加4月25日在洪泽湖举办的"许辉文学馆"揭牌仪式的时候,真有种说不出的喜悦和激动。

许辉现任安徽省作协主席、中国作协全国委员会委员、茅盾文学奖评委,已出版文学专著近30种,作品获多种文学大奖。许辉被评论界誉为"独树一帜的作家""非经典时代的经典"。其短篇小说《碑》曾入选全国高考试题、上海大学等高校研究生入学考试试题,中篇小说《夏天的公事》等曾入选北京大学等高校教材,收入"中国新文学大系"等权威选本,并被翻译成英、日等文字出版发行。其散文随笔文化意味浓厚,文学意境深远,视野开阔,角度独到,具有较高的文学品位和思想价值。他无比热爱自己生长的淮河流域,并以此为素材创作了许多作品,我手边就有一本许辉散文典藏《走淮河》,他是江淮大地心灵的歌者。在和许辉主席交往的过程中,我能感受到他温和内敛的谦谦君子风度,在他的作品中也能体会到他深刻的思想内涵和创作激情。他所达到的文学高度,我只能仰慕和崇敬。能收到他们夫妇的邀请作为嘉宾前往他的家乡江苏省泗洪县的洪泽湖去参加许辉文学馆的揭牌仪式,深感荣幸,深知机会难得。早早做好准备,安排好姐姐们来帮我带小外孙王开源,无论如何我都要赶赴这一场文学的盛会。

当我们乘坐的大巴行驶在洪泽湖湿地公园里的时候,当我看到层层叠叠、一望无边、如麦浪翻滚的芦苇荡的时候,真是激动得热泪盈眶啊!

记忆的闸门顿时打开。

和当年平型关战役相比,苏北地区的抗战更加惨烈,环境十分残酷。记得当年父亲是区队长,因为是八路军野战部队过来的,富有战斗经验,特别能打仗。多少次带领部队或和鬼子周旋，或突出重围，总是能化险为夷，最后歼灭了鬼子。有一次，父亲路过一个小岛，听到了枪声，原来是县委开会时被鬼子包围了，父亲立刻从容指挥营救，才使得这些开会的同志死里逃生。其中有个叫段金波的，新中国成立后曾任淮南市市长、安徽省人大常委会委员、财经委员会副主任。他每次见到我爸爸都会说，救命恩人！救命恩人！

战斗的故事数也数不清，还是讲一讲洪泽湖人民对父亲的恩情吧。

由于残酷战争的伤害，尤其是扛着机枪长期急行军转战南北，父亲的右肺被压坏了，再加上身上多处的枪伤，到1944年底父亲的身体彻底垮掉了，大口咯血，奄奄一息。组织上就把我父亲安排到洪泽湖淮宝地方上的老乡家休养，接收他的是一名叫陈广武的青年乡长。这个乡长早就知道我父亲作战非常勇敢，会指挥会打仗，十分崇拜这个抗日英雄。他对我父亲照顾得十分周到，父亲的身体也一天天好起来。

1946年，国民党发动内战，对洪泽湖苏区一带进行了大扫荡，形势十分严峻。陈广武就把我父亲和警卫员转移到洪泽湖芦苇荡里的船上躲了起来。后来供给中断，父亲就带着警卫员捕鱼抓虾吃，无油无盐，这一吃就是两三个月（父亲后来就不太喜欢吃鱼虾了），直到形势缓和了，才被接出来，重返大部队。父亲常对我们兄弟姐妹说，那时候他还没有结婚，如果不是洪泽湖的老乡养好了他的身体，如果不是洪泽湖的芦苇荡保护了他，如果不是洪泽湖的鱼虾当作食物，哪儿会有你们兄弟姐妹五人啊！

所以说，洪泽湖对我们全家是有恩泽的湖，难怪我会梦见父亲身后有芦苇荡。

更为有趣的是，新中国成立后，父亲转业到淮南地方工作任治淮总指挥，有一天他一个人走在淮河大坝上，迎面走过来一个人，定睛一看，惊呆了，原来是陈广武。当年在洪泽湖分手后，他们就再也没有了联系。现在迎头相遇真是上苍的安排啊，原来陈广武也被组织上安排到淮南市工作了。后来，他们之间的友谊持续了一生。

我想知道，眼前这浩渺的芦苇荡里哪一处是我父亲当年的藏身之地，我还想尝一尝这湖水里盛产的鱼虾的滋味。我还想说，爸爸，我终于来到了你曾经战斗和疗养过的地方，这里祥和宁静、美丽富饶，是一片乐土。

二、文学的盛会

出发之前就听说王蒙先生为"许辉文学馆"题写了馆名，还要亲自来为文学馆揭牌，可见他对许辉厚爱有加。同时，还有著名作家刘醒龙先生，著名作家范小青女士，以及各路著名记者编辑和文化官员数十人等参加，可以想象这将是一个文学的盛会。

我们合肥姐妹写作团队的成员均收到了邀请，这是许辉主席对我们的厚爱。临行之前大家都进行了精心准备，要打扮得漂漂亮亮的，要展示新时期"文艺女青年"的风采，谁叫俺们还承担了许主席亲友团的重任呢！想想都激动万分。

激动人心的时刻终于来到了，2016年4月25日下午3时整，揭牌仪式在洪泽湖湿地公园古徐水街旅游大厦门前的广场上正式开始。王蒙来了，刘醒龙来了，范小青来了，还有中国作协的官员也来了，各路记者编辑都来了。揭牌仪式热烈庄重、简短简朴，符合许辉主席的个性。风很大，不过这是春风，是洪泽湖湿地上的风，吹在身上舒适而惬意，心情真是和这风一样爽爽的，有着透彻的快乐。

仪式结束后，人群一阵躁动，大家都往王蒙身边靠近，都想一睹他的风采，都想和他留下珍贵的合影。我也一样，顾不了那么多了，快速挤到了王蒙身边，咧开了大嘴傻笑，没有挤上来的几位好姐妹赶快按下快门，记录下了这珍贵的瞬间。然后，我就下来替换她们，为她们留影。王蒙先生可能是常遇到这种情况，很善解人意地站在那儿，任凭大家挤来挤去、换来换去地和他合影，真是一个好老头！最后，应许辉主席的请求和安排，我们"合肥姐妹"有幸单独和王蒙先生合了影，真是意外大惊喜。

文字是一种纪念

王蒙，中国当代最著名的作家，曾任文化部部长，从1953年他十九岁发表小说《青春万岁》开始，笔耕不辍六十多年，迄今发表作品1600多万字，他是一座大山，令我们仰望。作为一位文学爱好者，能够有机会目睹王蒙先生的风采，深感机会难得，何况老人家已经八十二岁了。

为了抓住这机会，我们在临行前专门到书店买了王蒙的书背在包里，想得到他的亲笔签名。机会真是给有准备的人，就在王蒙先生坐在那休息的时候，我和姚云一人捧出一本《文化掂量》请他签名。此前也曾听说，王蒙是不能随便打扰的，何况现在年事已高，所以，我们都很忐忑，是鼓足了勇气的。姚云是我们"合肥姐妹"中最漂亮的一位，那天精心打扮过的姚云更加风采迷人。王蒙看了看姚云，欣然为她签名，还专门多写了日期（平常他只签名），看来，到什么时候，美女都吃香。我趁机也捧上了书，如愿以偿得到了老人家的签名，当然了，也是写上了日期的。心里那个满足啊、那个高兴啊，无以言表。

许辉文学馆占地260余平方米，馆内收藏有丰富的许氏家族文脉史料、许辉部分文学作品等。该馆通过图片、文字等形式，全面展示许辉的人生经历、文学成就以及学者对许辉的研究评价等。

许辉夫妇陪同王蒙夫妇兴致勃勃地参观。这时候，刘醒龙、范小青又成了大家追逐的目标，纷纷要求和他们合影。刘醒龙是中国最著名的作家之一，我非常喜欢他的文字，他的语言非常有特色、有感染力，能和他合影也是机会难得。当一帮花枝招展的女人围着刘醒龙叽叽喳喳要求合影的时候，他笑着说，以后也要把"合肥姐妹"们变成他的粉丝。看来"合肥姐妹"还是很有魅力的，哈哈。范小青女士是现任江苏省作协主席，吴派文化的掌门人，她真漂亮！端庄大方，风采迷人！这样的女人是时间精雕细刻出来的诗意女人。在她身边不断有人上来合影，一时间她都脱不开身了。

这个260平方米的文学馆热闹非凡，欢乐的笑声此起彼伏。一位作家，能够看到家乡为自己建立的文学馆，这是何等的荣耀和骄傲！许辉为我们树立了光辉的榜样，我们"合肥姐妹"亲友团也以许辉为荣！

值得一提的是"许辉文学馆"的馆长,这次活动的总策划许卫国先生,也是许氏家族成员,一位著名作家,他的38万字的长篇小说《小高庄》是一部厚重的小说,注定要留下浓墨重彩的一笔。许辉和董静夫妇的女儿许尔茜的照片资料也赫然贴在墙上,小小年纪的她目前是美国哈佛大学的老师,是跨出国门走向世界的青年学者。许氏家族文脉昌盛。

第二天上午,亲耳聆听了王蒙先生的文学讲座《永远的阅读》,可以说是醍醐灌顶,受益匪浅,对我以后的阅读和文学创作都有着关键性的指导作用。常言道,听君一席话,胜读十年书。王蒙说,读书,要读难啃的书,不要专拣轻松好读的书去看。有的书你能看懂三分之一二,就可以勇敢地去读了,不要怕。比如外文书,比如古文书,比如科学类的书等等。这话好像就是说我的。的确是这样的,我自己古文功底差,每次拿到《诗经》或者其他古文书籍,都有畏难情绪,里面的许多生僻字不认识,意思不明白,看一会儿就不想看了。这样永远都不可能有进步。回来后,我就按照王蒙先生所说,抱着攻碉堡的精神去阅读,仔细看下面的注释注音,慢慢地畏难情绪就消除了许多。当看明白一首诗后,真有说不出的愉悦。

中午,有幸陪同王蒙夫妇共进午餐,近距离感受到了王蒙先生的气场和风采。

其实,我们真的不是追星,也不是一时的狂热。到了这个年龄(我都有外孙了),不会再像小青年那样去冲动追星了。我们都是文学的爱好者,也是笔耕不辍的写作者,在文学的海洋里遨游,让我们感受到了前所未有的愉悦和心灵满足。我们的人生因文学而丰盈。所以,当能有机会和王蒙这样的文学前辈和大师,还有刘醒龙、范小青这样的著名作家亲密接触的时候,我们也会迸发出青春的热情,燃烧着青春的火焰。因为,文学是不分男女老少的!

这是我迄今遇到的最热烈的一场文学盛会,为我们安徽省的作协主席、皖军文学的领军人物许辉先生而自豪。

文字是一种纪念

三、我眷恋着这片土地

就要离开洪泽湖了,心中万般不舍。

那坐在车上惊鸿一瞥的芍药园,还有那水、那草、那木、那芦苇荡,都还没有和它们亲近呢,不能就这样留下遗憾。

临走的那天,清晨6点我一个人悄悄出发了。

大地静谧安详,空气湿润清新,昨晚的一场春雨,让花儿们、草儿们都精神饱满、蓬勃昂扬、无比美艳。

行走在寂静空旷的湿地公园里,望前观后,视野所及,仅我一人。此时,我就是洪泽湖湿地公园里唯一的宠儿,这种感觉幸福极了。我特意走在湖埂边的木制栈道上,这样就能够和湖水更加亲近,更近距离地观望湖中正在拔节生长的芦苇,栈道边的油菜结了好多籽,野蔷薇花开得正盛。想着父亲曾经在这里战斗、养伤,想着父辈们曾经的峥嵘岁月,更是柔肠百转,步履慎重,贪婪呼吸着这里馨香的空气,睁大眼睛欣赏着这里的一草一木。所有这些,对我都意义非凡。

水边有一簇不知道名字的鲜花好看极了,吸引了我的目光,赶紧跑过去近距离观赏,一只大水鸟"扑啦啦"飞出了它栖息的芦苇丛,还没看清模样,就飞远了。可能是我的脚步声惊扰了它,有一点后悔,不该这样,光顾想自己的心思、看自己的花了。

光洁的柏油路上到处都是小蜗牛,它们身背自己的小房子,个个鲜亮干净,不紧不慢,乘着清晨的湿润在惬意散步呢。我小心翼翼,生怕踩到了它们。

我又看到鸢尾花了。昨天,也是在湿地的路边,我们的车停下来等待王蒙先生,恰好我看到了水边一丛丛盛开的白色鸢尾花,就不顾一切冲下车,又急急慌慌地拍照,正在我拍照时,王蒙先生在许辉主席的陪同下从栈道那头走来,就这样,我无意中记录下了这珍贵的画面。鸢尾花最喜欢生长在塘边湿地,这个季节正是鸢尾花开放的时候,紫的、黄的、白的,在水边摇曳生辉、楚楚动人,恰似鸢鸟飞舞。凡·高的油画《鸢尾花》,摇曳的花朵,浓密的花叶,蓝紫色的浓郁,傲然盛放的姿态,给我留下极其深刻的印象。所以,看到了这里白色的鸢尾花也很激动,它们好像乘着春风在舞蹈。

  大槐树上挂满了象牙白质感的槐花,一嘟噜一串串,微风吹过,甜丝丝的清香扑鼻而来。这花儿是可以吃的,或蒸或炒,或晒干了留着慢慢享用,是春天里的美味。大槐树下长满了香蒿,碧绿碧绿的,像绿地毯一样连绵浩荡。这香蒿也是春天的美味,可以做蒿子粑粑。把新鲜的蒿子头摘回家洗净,用蒜窝子捣烂,挤出水分,再兑一些水和糯米粉搅拌在一起,团成一个个小圆饼,上锅用油一煎,美味的有着蒿子特殊香味的绿色蒿子粑粑就做成了。我站在香蒿跟前呆呆地看了很久,口水都快流出来了。最后摘了几个蒿子头装到了口袋里,聊慰对它们的恋恋不舍吧。

  快了,快到了,我看到了芍药园的指示牌,更加来了精神。昨天坐在大巴上,和那芍药园擦肩而过,远远望去,那一大园子盛开的芍药红红的一大片,从来还没有看到过那么多的芍药花一起怒放,把我的魂都勾走了。这也是我清晨一定要出来走一走的重要原因之一。

  我静悄悄地踏进了芍药园——虽然四周是一片寂静,我还是怕惊扰了花仙子们清晨的慵懒。昨天被雨打过的芍药花还没有完全开放,处于半闭合状态,娇羞可人,小雨珠还停留在花瓣上,晶莹剔透,更显花儿的娇美。好大的一个园子啊!红的、粉的、白的、紫的,真是万紫千红!置身在芍药花的花海中,被她们的美丽所震撼,我有些不知所措,这一朵真鲜艳,那三朵真和谐,这一朵粉嘟嘟的太魅惑,那一片色彩太迷人。抬头望望远处,仍然是一个人影也没有,成片的芦苇在沟渠边摇曳,小鸟儿就在我身边飞来飞去,鸣唱声在寂静的清晨的风里飘荡。这不就是属于我一个人的秘密花园吗?!这又是非常幸福的感觉。

  一直傻傻地分不清牡丹和芍药的区别,在我心里,它们都是一样的富贵大方、国色天香。其实,仔细探究还是有一些区别的——第一,花期不同,牡

文字是一种纪念

丹开在暮春三月,芍药开在春末夏初,故有"谷雨三朝看牡丹,立夏三照看芍药"之说。第二,茎秆不同,牡丹的茎为木质,落叶后地上部分不会枯死;芍药的茎为草质,落叶后地上部分会枯死的。正因如此,牡丹又叫"木芍药",芍药又名"没骨花"。第三,花形不同,牡丹的花都是独朵顶生,花形大,芍药的花则是一朵或数朵顶生并腋生,花形亦较牡丹略小。第四,叶片不同,牡丹叶片上表面绿色中略带黄,无毛,下表面有白粉,芍药叶子上下均为浓绿色,且叶子较密。

其实芍药花还是爱情之花,《诗经·郑风·溱洧》中就记录了青年男女相邀出去踏春在河边嬉戏游玩,赠送芍药留作纪念。"溱与洧,方涣涣兮。士与女,方秉蕑兮。女曰观乎?士曰既且。且往观乎?洧之外,洵訏且乐。维士与女,伊其将谑,赠之以勺药。"

芍药花自古也有一个别号,叫作"将离",有互相爱慕,依依不舍的寓意。其实,将离的意思还在于芍药开花的节令,恰在送别春天的时候,芍药花开了,春也将尽了,"牡丹落尽正凄凉,红药开时醉一场"。百花齐放的春天带给人无比的愉悦和快乐,眼见着绿肥红瘦,花事渐了,怎不心生惆怅,恋恋不舍。

此刻,我也是将离的心情啊!我眷恋着洪泽湖这片丰饶美丽的热土,我沉醉于花枝摇曳、芬芳迷人的芍药园,我更难舍对洪泽湖人民的感恩情怀。可是,吃过早饭8点整,我们就要乘坐大巴返回了。看看时间,真的很紧张了,再不往回走就要迟到了。带着将离的心情,尽量多拍些照片,把这美好留住。芍药花儿们像是知道我心思似的,就在我将离之时,齐刷刷张开了笑脸,露出了那花心中丝丝缕缕金黄色的花蕊,在绿叶衬托之下,更加妖娆妩媚。

现在,我坐在自己的书屋里回想着洪泽湖之行,还是难掩惜别之情。我想,到了夏季,当芦苇荡连天接碧,蔚为壮观的时候,当1008种荷花竞相盛开的时候,我还是要再去一次洪泽湖。因为我和洪泽湖有血浓于水的亲情。

●吴　玲

在八月之末想起在洪泽湖夜晚的漫步（组诗）

1. 独自转身

在一月,我爱,祈祷,感恩
在二月,我垂手走路,仰脸看天
在三月,我用凉凉的手势,在街角微笑和独自转身
在四月,我种下蔷薇和欲望
现在,我开始出发,我不知道
要穿越多少春天,才能抵达一湖幽梦的彼岸？

2. 八月

诚如木心所言。清晨,
"一匹奇异的鸟,在叶丛狂吠"。
今日有快递,微信,几片萎谢的落叶
有穿越唐诗宋词的一句平平仄仄的问候
以及尘埃飞散,以及尘埃里些微的喧哗与骚动
而远方,有饥饿,分娩,罪恶的子弹
这冗长,这琐碎,仿佛仍是人间的良辰美景

文字是一种纪念

3. 遇见

太阳在东,我向西
车轮呜呜。逆风飞翔的鸟雀,叽叽喳喳
抬头见喜。野花啊,野花
在乡间,我总是不由自主爱上它们
爱上它们的天真,纯情和一尘不染
它们是草木的,也是大地的
出身卑微,有母亲,有朴素的姓氏和自己的名字
有病痛,有自己的道路,还要经历爱和生死

4. 不思

丙申八月,秋已至
秋天的温暖,一座大湖。秋天无穷尽
秋天的光阴呵,仿佛夜晚的微光、白露
惊悚的花束,摇曳多姿
当我坐在木格窗前,漫不经心地敲下:
湖水蔚蓝;牡丹与芍药
一个人的文学纪念馆;
当我们聆听王蒙
毫无疑问,我已染疾。万物迷离时
只把思绪涌向那片陌生又辽阔的水域

5. 抵达

正午有光,翩跹的紫蝶。正午的芬芳
正午被影子无限拉长
我——途经的村庄,寂静、安详,庄稼迎风生长又不善言辞

曾经，在园林工人修剪樟树的枝干时，央求到几截锯成两寸长的樟树枝干，放在衣橱里。几年后，仍有香。

前不久，去牯牛降游玩时，买了一个用樟木挖成的小凳子，还有一对樟木镇纸。自此，每天下班回到家，一股清香迎面而来。书屋的樟木镇纸散发的清香和墨香、书香调和着，书房的香味越发醇厚绵长了。

香味来自樟木？

显然不全是，因为谷雨之后，一走到樟树下，就会有阵阵香气迎面袭来。

一个阳光明媚的日子里，远远看着株株樟树，每株樟树葱郁的树冠上，有着簇簇浅黄浅绿的小碎花，如果不近前细看，不觉得是花，还以为是樟树的新叶呢！

樟树的花是长在枝头的顶端，花柄呈放射状，就如她香气四射一样，那一朵朵小花，也如凡·高画笔下夜空中的繁星点点。

细细品味花香，是清香里糅了些蜜香，比樟木之香温柔了些。

突然间，我的脑海中产生了一个疑问，樟树叶子是否也有香味呢？

一个跳跃，摘下一片樟树叶子，手指轻轻揉捻，鼻前一嗅，一股浓郁的香味直冲鼻腔。

哇！樟树，原是通体透香。

大自然中，每一个物种的绵延，都有其生命力的根源，樟树的香味，是它取胜于大自然的一种特质。

鲜花以其色彩构成斑斓。

果树以其果实奉献着甘甜。

樟树不以花色，不以果实，它是通体蕴含着香气，不经意间一露风采。

记忆和现实的距离

● 苏　北

慕汪堂随笔（七则）

　　今年黄山书会,可谓大腕云集。有先锋作家马原,茅盾文学奖获得者刘醒龙、李佩甫,著名作家邱华栋,著名作家兼画家王祥夫。我于会间将他们拉出小聚,由本埠一帮文人相陪。席间几位先生端端,唯祥夫兄酒量极好,性格豪爽多情,端起量酒器中的半杯酒,一口倒入口中。如是几次,已七八两下肚,可豪气不减,人更显得可爱憨直。酒后有喜收藏者约祥夫去某画家工作室挥毫,祥夫也不拒绝,被我们拉着就走。可本城已非过去面貌,夜晚灯光璀璨,车水马龙,已初现大都市之繁华,连本地司机也不认路,走错了方向,如是拉着祥夫转悠了一个多小时,也不能找到地方。祥夫酒后安闲,只是荤素相杂,一路说笑。好不容易找到地方,车停于地下车库。出得车库,即又晕了向,车库如巨大迷宫,有多处登楼电梯,不知如何去坐。转悠到子夜时分,才找到朋友住处。一进画室,艺术气息扑鼻,祥夫马上来了精神,展纸挥毫,一幅幅淋漓之作呈于眼前。只见他脸色微酡,胸前挂着玩件,手中也套了一大串什么珠子,通体一个人就是一件艺术品。几幅绘画完毕,他问我要什么,我随口答去,给写幅字,什么都行。他提笔略一沉吟,就见笔在宣纸上,徐徐疾疾,一会儿,三个大字落于纸上:慕汪堂。

　　当时我也酒喝略高,没有觉着有什么特别,可后来一想,越咂摸越有味道。这多年我追随汪曾祺先生,读汪研汪,虽愚钝不堪雕琢,然这颗死心眼亦可彰也,岂不正可用"慕汪"为堂名。是啊,忽忽已二十载,人生有几个二十年？岂不是慕汪又何哉？心想：无意中得了个好堂名。许多事情，冥思苦想也难逢，得来却不费功夫。祥夫兄也许是酒后灵光一闪（只几秒钟），而对我却是千年难求、十分恰当的。好了，从今以后写作，在文尾我会再注上一笔：某月某日写于慕汪堂。

考王蒙

　　王蒙来讲课。老先生围着一条极艳的印花围巾，极有范儿。他讲的题目是《文学的生命力》。他一坐下来便开讲。一口气讲下来，下面鸦雀无声，倒是他自己停下来说，已讲了一个半小时，按例要休息十分钟。下半场开始，依然是鸦雀无声，他将课的节奏掌握得极好。按例也是有一个互动环节的，于是剩下的时间留给提问。

　　为听这堂课，我特意上街一趟，到涵芬楼去买他的书。我是不能逛书店的，一进去就会犯迷糊，本来就想买一本《红楼启示录》，请他给签个字，意思意思。可在书店的一层，一整排都是王蒙的书，有几十种。真是豪华啊！我冲动之下，又买了《老子的帮助》和《中国天机》。当然三联版的《红楼启示录》是必买的。

　　原来不太喜欢王蒙的东西，觉得他写得太聪明了，太急了，不够从容，因此激情有余而韵味不足。去年在北戴河也曾遇到过他，那时《人民文学》刚发了他的短篇小说《杏语》。我见到他说，刚看了《杏语》，文中的"喜大普奔"是什么意思啊？网络术语吗？他说是的，快乐之意吧。我又说，你何时能写一篇节奏极慢的小说，让读者和评论界一愣：这是王蒙写的吗？王蒙居然写出这样的小说？他笑笑，并没言语，径直去食堂吃饭去了。可是他对《红楼梦》的研究，我真的很喜欢。二十年前有过一本《红楼启示录》，搬家丢了。于是得了这一本，又埋头读起来。一口气读了许多篇章，依然是喜欢。他是真正以一个小说家的眼光去写的，贯以他几十年的人情的练达，写起来风摇雨动，有见有识，竹炉汤沸，读之心中快慰。

我也是喜欢《红楼梦》的，于是心生一念，何不找出一个《红楼梦》的小细节，看他如何回答？于是我在一张纸片上写道：

王蒙老师，请教一个问题：为什么金钏儿叫周瑞家的"周大娘"，而薛宝钗则叫她"周姐姐"呢？

我不安好心，想看看他对《红楼梦》究竟熟悉到何种程度。

王蒙将我的纸条念了一遍，说，金钏儿怎么能和薛宝钗比呢？宝钗和金钏儿地位不同，一个是主子一个是奴才；在封建社会，长幼尊卑有序，则是有严格的规定的。之后他说，我其实回答不上来，所以东扯西拉的，只能这样了。

他的回答当然不能尽如人意。因为金钏儿姓白，是家生的奴才。她父亲死了，她的娘还在，她娘和周瑞家的其实是一辈儿。王蒙不晓得，其实我也回答不了。以上想法，也是想当然耳。

设这样刁钻的问题，显然不厚道，但也无伤大雅。因为没有恶意。倒是王蒙先生的"我其实回答不上来，于是东扯西拉，也只有这样了"，真是十分可爱。他很真诚，他不掩饰。通过这次讲座，我忽然非常喜欢王蒙这个人。他太有才华，太有激情，太热爱生活，太热爱文学。他是一个智者，又是一个充满激情而又有无限活力的人。

一张徽菜单

笔记本里夹着一份徽菜单，是几年前在绩溪吃的一顿午饭。菜单如下：

石耳石鸡。臭鳜鱼。毛豆腐。胡适一品锅。红烧石斑鱼。树叶豆腐。青椒米虾。红焖野猪肉。火腿焙笋。

主食有：双味蒸饺，挞粿和麻糍。

我之所以留下这份菜单，是想留住一份记忆——这是一次让人愉快的、难忘的午餐。

在八大菜系中，现如今徽菜应该是最弱的。除食材难得之外，主要是徽

文字是一种纪念

菜重油重色,和以清淡为主的流行风尚相左。不过也不是完全式微,在北京就有好几家徽菜馆,我去过的"徽州人家"和"皖南山水"都不错。"皖南山水"还开了好几家分店呢！年前在北京,几个朋友在皖南山水中关村店小聚,点的菜都甚好。其中红烧土猪肉尤佳,肥而不腻,吃得大家满口流油,还一个劲叫好。

绩溪的那顿午餐,在一个幽静的不出名的小馆子里。馆子外两棵高大的香樟树遮住了堂内半屋子的夏日阳光,香樟树的气味充斥四周。这一顿午餐当然要比北京的好。撇开厨艺不说,主要是在食材的原产地。所有的烹饪技艺,原材料的新鲜,当为第一要义。

比如就"黄山双石"吧。石耳与石鸡,两者清炒可以；清炖当然更佳。这都是难得的原料。石耳在悬崖石壁之上,采摘之难可想而知。石鸡在山涧小溪之中,都藏于阴暗幽静的地方。《舌尖上的中国》说石鸡与蛇共居,这我们在徽州早有所闻。事实如何,没有亲见,也只有姑且听之。但石鸡之难逮也可见一斑。我每次在徽州,只要桌上有石耳炖石鸡,我都当仁不让,先弄一碗；瞅准机会,再来一碗。这样的美食是难得的。石鸡是蛙类,状如牛蛙,可比牛蛙小多了。其味与牛蛙也相去十万八千里。我在外地吃饭,也见有以牛蛙充石鸡的。这蒙外行可以,如我辈,只一眼即可辨出。牛蛙的腿要比石鸡粗多了。

问石耳炖石鸡什么味？两个词即可回答:清凉,鲜。

臭鳜鱼是徽州菜的代表。取新鲜鳜鱼腌制而成,工序之复杂,不去赘述。在一些饭店,也有冒充臭鳜鱼的,以腐卤浇其上,肉质稀松,入口稀烂无味。辨别臭鳜鱼的真假,方法很简单:筷子一翻,叨出蒜瓣肉,肉色白里透红,肉质新鲜,入口有咬劲,必定是臭鳜鱼之上品。

毛豆腐是徽菜的另一代表。可我一直喜欢不起来。不置喙。

胡适一品锅是大菜。有九层的有六层的。主料是五花肉、蛋饺、熟火腿、鹌鹑蛋,辅料是香菇、冬笋、干豆角。胡适一品锅既是大菜又是细菜。几层料叠加,需文火炖出,颇费功夫。我曾在绩溪的紫园住过好几天,每顿必有此君,可仍十分喜欢。

红烧石斑鱼。除在绩溪之外,我在太平和徽州区(岩寺)都吃过。红烧石斑鱼,我以为,以我们单位的干校烧得最好。吃石斑鱼,要在水边,鱼要活,要新鲜。每次去我们干校,都会端上一盆红烧石斑鱼上来。盆下点着酒精炉,热热地烧着。鱼只寸长,淹在红红的汤里咕嘟着。红烧石斑鱼没有辅料,只见鱼。吃一条,再吃一条。足矣!

树叶豆腐。徽州人吃树叶,历史很久。他们什么树叶都吃,花样很多。在徽州,我吃的多为橡籽豆腐和板籽豆腐。烧上一碗,乌黑的,但味道很好,滑,爽口。现在讲究绿色食品,这本来就是绿色的。

双味蒸饺。双味蒸饺有豆腐馅的和南瓜馅的,将豆腐或老南瓜和老黄瓜捣碎入馅。一拎起来,皮薄透明,入口,真是清爽!包的都是素的,能不好吃?

挞粿是徽州的特产,主要在绩溪。挞粿的特色是馅,香椿,干萝卜丝,南瓜,新鲜茶叶,都可以入馅。这些当地的材料做成的馅,特别香,也特别经饱。我的女儿在徽州读书四年,现在一提起挞粿,就流口水。

打麻糍什么地方都有。越打越有咬劲。徽州的麻糍在糯米外面滚上芝麻,猛火大笼,蒸出一屋子香气。

青椒米虾,红焖野猪肉,火腿焙笋。也各有特色,不一一记。

说是一张徽菜单,却去议论了一通徽菜。因我对徽菜太偏爱,又多有了解。所以在此胡嚼。写诗有"出律不改",这里也任其跑题,由他去了。

在旧县镇的一顿午餐

太和县的旧县镇,原为太和县旧址。宋大德年间县城迁至二十里外的细阳,此处便成为一集镇,名曰旧县镇。太和历史文化悠久,仅"太和"二字,就担当得起。前时出差至太和,至旧县镇正是午时,于是便下车吃饭,在一家清真板面馆吃了一顿午餐,心有所感,便要记下来。

文字是一种纪念

菜单如下：

羊蝎子（羊龙骨）、卤羊蹄、牛胸骨、蒸羊肉、蒸山药、炒豆饼、拌凉皮（面皮）、蒸菜、粉羊肉汤。最后一道是板面。

说吃板面，不仅仅是吃一碗面条，主要还是吃羊龙骨，羊的脊梁骨，也因脊梁骨是一节一节，颇似蝎子，亦俗称羊蝎子。羊蝎子一大份上来，其实肉并不多，肉都在骨缝里。骨头缝里的肉要香一些，也更鲜美有味。大家一人一块，用手抓着，不但吃着香，看起来也香。更何况骨缝里还有骨髓，那是人间至味。卤羊蹄和蒸羊肉肉才多呢，吃两块羊蹄，已近半饱，再喝上一碗蒸羊肉汤，也就可以离席了。卤羊蹄是香，而蒸羊肉则是鲜，肉嫩，则鲜美。炒豆饼主要是同青菜同炒，炒豆饼以绿豆饼为妙；而拌面皮关键是芝麻酱，豆芽、青蒜和麻油（香油）在其次。世间的事物，什么都已经搭配好了。就像梅花和漫天雪、长河配落日一样，中国的饮食也是如此。比如韭菜炒豆芽，必须是绿豆芽才行，而且韭菜是主，豆芽是配，绝不能颠倒了。阜阳人还有一好，就是蒸菜，根据季节不同，什么菜都是可以拿来蒸一蒸的。比如苕菷苗子、洋槐花都是可以蒸的，还有一种叫担面条的野菜（因叶子长似面条），也可蒸了吃。蒸菜要裹上面粉，下锅蒸。蒸好凉透才可浇上蒜泥、撒上青蒜，蒜泥要不厌其多。

当然板面还是要吃上一碗的。板面是真的要在板上摔的，这样才有那股劲。吃板面要用大的蓝瓷碗，面条一指多宽，长可近尺。一海碗板面，若挑起来，也就四五根左右，因是高汤（羊肉汤），味道鲜美，面十分有咬劲。配以青菜木耳（菠菜也可），绿的、黑的、白的，加上蓝花瓷碗，还是相当养眼的。可惜面是最后上的，已吃了十二分的饱，再吃面，也就褪了滋味。

顺便说一句，也是几年前，在阜阳喝过一次牛肉汤，汤至清，仿佛白水，可喝在口中，鲜极了。真是人间美味。至于宿县的膑汤之流，我也不恶。喝起来也呼呼两碗，心热肺热，一个上午实实在在，人活活泼泼的。不像我扬州附近的家乡,每天早上两碗稀粥,不到半晌腹中便闹起饥荒。两眼发黑,心悸手潮,四肢绵软无力。太和属淮北平原,隶阜阳,近郑州。中原人的彪悍,由此也可见一斑。

去找一本书
——笔记一种

  北京安静的窗外的雪。早晨 7 点 20 起床,来北京两天,一直是下着雪。今日雪停了。我背上包,要去涵芬楼和三联书店看看,去找一本书。

  从南礼士路坐地铁。这个地方我应该是熟悉的。多年前我曾在离这儿不远的公主坟工作,每每骑自行车从此经过。我踩着雪轻轻地走着,可方向还是有点晕。走了一截,忽然看到中国化工那个"试管瓶"的 LOGO 标志,一下子反应了过来。多年前我每次从这里骑车而过,都会想起我的一个女同学。中学时我曾和她一起补习,上学时总是能遇到她。遇到她我就在她后面走,我并不能知道她发没发现我走在她后面,而我就是要走在她的后面才觉得安全和幸福。我有时在后面踢石子,弄出一点响动,她依然如故地走。她不知道我走在后面吗?她那么敏感的一个女孩。后来她考取了北京化工学院。虽说化工我弄不懂,也不是一个美丽的词汇。一想到化工鼻子里就会有一股怪怪的气味。可是她考上了这个学校,我便对化工充满了好奇。

  再往前走是复兴商业城,这我也是熟悉的。这里都还是老样子。我从门口走过,店里的员工们都在门口铲雪。多年以前,也是在一个大雪的冬天,我曾和朋友在此吃过一顿难忘的晚餐。那回朋友带了一瓶好酒,叫我抱着。我们冒雪在北京城游荡,找这个叫复兴商业城的地方。

  我上了地铁,列车呼啸而过,几个站一会儿便过去了。在灯市口地铁站,我下了车,往外面走。在地铁出口处,一个男孩戴着大口罩把一个女孩紧紧抱在怀里,恨不得把她揉碎。他们并不顾及来往的行人——这算是一种什么行为艺术?

文字是一种纪念

　　我往地铁出口走去。在一处,我问一个地铁员工:涵芬楼或者三联书店怎么走?这个高个子小伙子一无所知。他通过对讲机问,涵芬楼、三联书店谁知道怎么走?对讲机里哇哇了半天。小伙子说,不知道,没人清楚。我出了地铁,又往前走,过了一条小街。在一个超市,进去买了些水果。结账时我问收银员:请问涵芬楼或者三联书店怎么走?收银员是一个好看的小姑娘。她说:"什么楼?是个饭店吧?"我说:"书店。"另一个女孩,同样青春美丽,她抢着说:"噢,书店,这一条街多得很。往前走就是王府井书店,要什么书有什么书。"我无奈,只得出来,往前踏雪而走,只拐了一个弯,就见涵芬楼在眼前。

　　喊,这叫个啥事!

　　我进到书店,打问我所要的书有没有,之后匆匆浏览,便走出书店。我已走出书店好远,踏着雪轻轻往北走。忽然觉得来了一趟,不带走一本书有欠厚道。于是又转回来,匆匆选了一本法国女作家的《花事》,给我结账的小店员,是个小姑娘。她站在那里,不断地用手捶自己的小腹。她正跟另一个店员聊天,是说自己有了小肚子,很忧心。我对她说:"苦恼的是肚子问题,是吧?"她笑。我说:"担心有小肚子?"她笑,非常开心、漂亮地笑着。

　　我继续向前走,踏着吱吱的积雪。去三联书店,找我想找的一本书。

6月19日北京记

　　办完事,还有半天时间。上午便去逛书店。逛书店比逛商场好,逛商场出来心情差,逛书店虽比逛商场出来好不了多少,但总是要好一些。因为书还是要比商场里的东西便宜一些,连青菜都已三块钱一斤了。于是先直奔王府井新华书店。

　　书也是看不完的,满架的书也只是走走看看。在四层古典文学书架前,见到许多叶嘉莹先生的书。之前曾看过一本她的《人间词话六讲》,深入浅出,所谈甚好,特别适合我们这些古典文学基础差的人阅读。于是冲动之下，又拿了《迦陵谈诗》《迦陵谈词》《小词大雅》和《名篇词例选说》。也不管回去看完看不完，对书的态度，就像女性对自己的脸蛋，总是没有一个够。

出来已近中午，于是便在东单三条的"宏状元"解决肚子问题，要了一份荷兰豆炒木耳、一份滑子菇炒山药和一碗米饭，三扒两咽，结束战斗。出来向北再去三联和涵芬楼看看。依然只是个念想，每个书架转转，时间已不多了，便买了一本杨绛的《走到人生边上》，因老太太刚去世，以此为纪念吧。

出了三联书店，心情极差，嘴里叽叽咕咕，便拐进一条胡同。这条叫多福胡同的小胡同，真是极小，又极短。我走在里面，心情似乎便好了些。我见一个老人和一个中年汉子坐在门口石礅子上，老人打着赤膊，一身的肉。因腰弓着，前胸的肉都嘟噜下来，不亚于一个妇人。老人腿边有一只黄狗，安静地趴在那里，老人边讲话边用手抚摸着狗的头。

"不知几年？"

"大约两三年吧。"

问得秃头秃脑，中年人答得也秃头秃脑。不知说些什么。走过这条胡同，拐过去，就是报房胡同了。这条胡同明显大多了，开着许多饭馆，多为面馆和羊肉馆。迎面一个老年妇女骑着一个极小的电动三轮，在她的前面怀里，还坐着一个老人，那个老人看上去至少八十多岁。老人是谁？是她的母亲吗？

之前去三联时，曾路过一个甘雨胡同，也就是干面胡同的对面。在胡同口不远处，我见一个小饭店，匾牌上只三个字：无为菜。我纳闷：是无为而治的"无为"，还是俺的家乡"无为"？于是走进去，在堂内到处看看。这时隔着大玻璃操作间内一个切菜的青年问：

"什么事？"

我说：你们是安徽无为的？

他用浓重的无为腔说："是无为的。"之后又说，"你听我的调听不出口音来啊。"

无为是个县，竟然在北京开了一家饭店，竟然就"无为"二字。可见无为

文字是一种纪念

在北京的名气。

是无为的小保姆带来的名气吗？一个地域因为出了许多保姆，而使它全国有名，也是一个奇迹、一个佳话了。

我临走时问："老板贵姓？"

"丁。"

"我下次带家乡朋友过来吃饭，给你宣传宣传。"

"谢谢谢谢。"

我比较喜欢这样闲逛。这种无所事事的日子是最惬意的。昨晚与汪朗姊妹仨吃饭回来，在东单路口，见一个老人坐在轮椅上。他中风了。在他胸前的腿上，垫着一个大围裙。围裙上坐着一只棕色小狗。

他不断用身体摆动他的轮椅，于是轮椅就两边晃动。

我走过去，问：

"这狗叫什么名字？"

"乖乖。"他嘟哝着说。

"什么品种？"

"博美。"

"有几岁啦？"

"三年。"我并没有听真。

"三岁啦！"

"十年。"

"啊，十岁啦。"

他笑笑，用手摸了摸腿上的狗。

我想，这个老人是寂寞的，像他这样常年坐在轮椅上，家人陪伴他的时间是有限的，而狗，是可以无时无刻陪伴他的，而且还极其忠诚。

狗和一个常年不能行走的人做伴，是人之幸，还是狗之幸呢？

人的内心总体来说，是有着巨大的寂寞的。不管你是何方人士，是富贵还是贫穷，是高贵还是渺小。寂寞，对于一个人，一个生命，它是平等的。谁也不能逃脱。

特色鱼圆

前不久到江苏兴化采风，在沙沟古镇游玩，立于街头，吃了几枚油锅里现捞的鱼圆，鲜，嫩，极有弹性。不能忘也。

一行人都用一根竹棒，穿了鱼圆专心去吃，在街头行人看来，不无滑稽，但亦可说是一道风景。大家边吃边评头论足，说，做鱼圆之鱼，必须是青鲩。鱼肉新鲜，这是第一位的。当然做工的精细也必不可少。首先是要刀工，将新鲜的鱼肉一层一层地片出，这就颇要手段。要均，要薄，之后慢慢剁碎，加少量蛋清。这加蛋清，也全靠眼力（加少了，鱼圆发硬，加多了就散了），盐少许，用葱白水，慢慢去兜，去捞。这兜功和捞功，是有讲究的。好的鱼圆，一定要"活"。下锅之后，在油锅要膨胀，这样才有弹性。

泰兴作家庞余亮似乎颇有经验，他说："你看鱼圆都在跳。"他指着一盆现捞出的鱼圆。鱼肉跳，就表示新鲜，不跳，就"死"得了。他这番见地之言，让我大为惊奇。想想也是，活鱼，现杀，现剁，鱼的细胞都还"活"着呢！肉在跳，也是在理的。

我说，还要加少许淀粉勾一下吧？

"不行，一勾就死了。用蛋清才行。"

我吃了几枚，细心体味，还真是那么回事，仿佛鱼肉真在嘴里跳着。

多年前，我也曾在明光的女山湖吃过一次鱼圆。将一只小船开到湖心，上了一条已在湖心停了的大船。进了船舱坐下，也是现打鱼虾现加工。河水现煮河鱼，河水现焯河虾。也是兜了鱼圆的，记忆中其味也甚美。

在沙沟，还喝了一碗青菜汤。是主人怂恿一定要喝一碗，之后介绍，这是鸡毛菜（意为很瘦），是过去没有改良的菜籽种的。

我喝了一碗，非常清爽，嚼那菜梗，一点渣子也没有。

是不是什么东西都是改良的好呢？不见得。

文字是一种纪念

这没有改良的鸡毛菜,现在就很难见到了。

定浩君的一碗米饭

到泰州参加一个文学活动,小薛陪了我们两天,在车上她拿起话筒,给大家介绍当地景点和风土人情,介绍行程安排。态度从容,说话亲切,加之声音圆润甜美,非常动听。

几天下来,大家都非常熟悉了。

刚来的第一天,我一下车,就听说要去参观梅兰芳纪念馆,放下行李就跟去了。

梅馆在一处高坡上,景色宜人,园林格局,镂窗假山,草木葱郁。有几处楼台,俨然一座大花园。进园正值小雨,一年轻女同志,长得十分清秀,她热情招呼,并为我们拿来雨伞。

我后加入队伍,不知她是何种角色。是梅馆人员,还是随我们同来参观的?

进馆游览,她在导游身后。看来她懂得京剧,随便插评几句,给我们介绍青衣、老旦和刀马旦是怎么回事,对梅兰芳也了解得很多。我是个京剧盲,对京剧一无所知,她看来颇为内行。再看她的行止,端庄大方,身材挺拔,她会不会曾是一个戏剧演员?

我忽然对她肃然起敬,便走上去主动问她:

"贵姓?"

她说:"我姓薛。薛宝钗的薛。"之后我小声问当地的小周:"她在哪工作?"

小周说:"在文联。"又说,"她是主持人。"

噢,难怪她说话标准,字正腔圆(她与当地人说话用方言,婉转清脆)。

我们这一群人,都能写写画画,高学历者居多(只我是打酱油的)。比如西北才女张晓琴,沪上才子张定浩(此君是我安徽老乡),京中大侠刘大先,总之一行二十来人,浩浩荡荡。大家谈笑风生,非常快乐,不一而足。

最后一天,我们到兴化参观,中午在古镇沙沟吃饭,我们一桌已坐满(分几个包厢),小薛走了进来,见人多了,她转身就走。我坐门边,迅速给她搬了一张凳子,一把拽住她,把她按在了椅子上,她也就安静地坐下了。

正在这同时,张定浩君忽然站起来,像有谁给他安了弹簧一样,立即转身去给小薛盛饭(饭盆在身后)——在别人还没有反应过来的一刻。

可是等定浩一转身时,小薛又被刚进来的一个人,一把拽走了。定浩盛好饭,又一转身,见人没了!他端着饭在那站着,一脸的憨笑。大家也笑了起来。定浩端着碗,笑得那么朴素。这是咱安徽人的笑呢!真就是朴素。

其实,我想:大家都感受到了她的美丽。

补记:定浩君是真正的才子,不是随便叫着玩玩的才子。他1976生于安徽和县,毕业于复旦大学中文系。著有诗集《我喜爱一切不彻底的事物》和《既见君子:过去时代的诗与人》。我有他的一册小书《既见君子》,是在北京同一个书痴南宋逛万圣书园时买的。南宋一再怂恿"好书好书,买着买着!"可我买回一看,我根本"hold"不住,他的那些学问,我没有。

文字是一种纪念

●苗秀侠

因为爱情

宿州的朋友告诉我,他见到了一场爱情。这场爱情让他相信,世间的真爱永远存在。

他见到的这场爱情,是发生在乡村里的。两个老人,七老八十了,年轻时就相爱,因种种原因,没能结成夫妻。两人分别嫁娶,开枝散叶、生儿育女,过乡村里独有的安坦日子。进入暮年后,男丧妻,女失夫,两人都算光棍了。可是,乡村的习俗和各自的儿女媳妇们,是不容许这样的光棍再结连理的。那就不结。不结也不影响爱着。在日渐孤寂的乡村,留守的他们耕种着各家的土地,住各自的院落,延续着那份"举头望桑葚,低头种菜园"的恬静之爱。女的病了,男的就去家里看望,帮着找医生;男的有恙,女的就煨汤烧面地照顾。多少年都这样过,老辈少辈人也习惯了。这一天,我这位朋友站在村口,看到八十三岁的男老人,骑着电瓶车,飞快地驰过,焦躁得满头是汗,很快就冲到女老人的院子,把女的驮到电瓶车上,再飞快地驰向镇卫生院。我的朋友被感动了。他说,这就是真爱情,八十多岁的人了,为另一个人着急,浑身冒汗,不是真爱是什么?

我告诉朋友,我也见证了真爱情。不是一个,是两个。

先说第一个。这个爱情,是在灵璧县虞姬文化园紧傍着的唐河边看到的。

那条叫唐河的河,倒映着虞姬文化园里的景观桥、书法碑廊、虞姬故事长廊,当然,还有那座虞姬与霸王骑马并立,深情对视的青铜雕像。唐河西岸,杂树纵横交错,茅草密实柔长,悲壮的夕阳,染得河水晕红如霞;一对耄耋老人,安坐在河畔的桑树下,看着面前悠闲吃草的羊。羊有七八只,是皖北的白山羊。羊儿们调皮地在草丛里钻上跳下,长角的羊就对着一棵树身磨角,再回头咩咩地冲老人撒娇。仿佛电影里的桥段,女老人用手里的木棍轻轻敲击着河坡,男老人先哼起了扬琴戏,女老人便跟着唱和,是典型的皖北对口扬琴小戏《争灯》:"太阳出东落西山,夫妻争灯把脸翻。学生说,一张桌子你趴半个;佳人说,一盏银灯你遮半边。小贱人,你一朵花草作何用?浪强人,你念读诗书为哪般?……我男子好比擎天柱,我女孩好比一朵莲……"唱到此,两位老人笑得琴和弦乐,相看的眼神山河安定。唐河的水波把他们的影子晃得有些迷离,他们便一起望向虞姬园里虞姬和项王的雕像,仿佛,那举世无双的爱情,便是他们的爱情。

　　站在虞姬园的书画碑廊上,我给两位老人拍照,记录这爱情的地老天荒。谁说人间没有真爱呢?这唱和歌乐的老人,他们植花种菜,生男育女,经雨见霜,爱得风清月朗、大地芬芳。

　　我也给虞姬和项王拍照。这是我看到的第二个爱情了。这场爱情在皖北大地上站立了两千余年,被世人传唱、被众生景仰。虞姬,善舞剑的美女子,在项王的《垓下歌》里拔剑自刎。被项羽这样的男子爱,即使短暂,即使过着鞍马劳顿、征战南北、嗅着战场硝烟的动荡人生,醒来梦里都是可心之人的面影,这份劳碌算什么?臣妾为你诗、为你歌、为你舞、为你鞍前马后直至为你死!八年的恩爱在剑光里化作艳红的残阳,一生的真情瞬间被永恒定格。看着这对情侣的雕像,耳边传来马嘶声、战鼓声、士兵的呐喊和项王的悲歌声。

　　再去看唐河边那些游走的白山羊和放羊的老人,心底升起一股暖意。虞姬、项王的爱情被做成园林、被雕画成诗供后人观瞻,现世的爱情也会有一天被传诵,皆因为都是真爱。在皖北大地,我和我的朋友都见到了真爱情,我们踏着泥土的芳香,在高粱、玉米、大豆开花结果的欢唱里,一步一步走到生活的最深处,感受着爱情的真挚、大地的生机昂扬,品味皖北秋日果实的甜香。

文字是一种纪念

●董 静

俺家那口子

早上7点多,老公在朋友圈里发表了短文:《文学给我们温暖、智慧和力量》,并配上去年12月中旬在涂山登高而望时拍摄的一张照片,碧蓝的天空下,蜿蜒曲折的淮河静静地守候着那片寂寞的土地。

看到这篇图文的瞬间我被感动了,毫不犹豫地转发:向挚爱文学的老公致敬! 朋友们纷纷留言。木槿姐姐说:"写得太感人了!"回复木槿:"他太痴迷了,深深地感染着我,学习的榜样啊。没有虚假的。嘿嘿。"蓝叶红:"志同道合! 这种敬仰和挚爱是发自内心的。"回复蓝叶红:"哈谢谢妹子,俺真不是作秀,你懂滴。"bjlt(戴煌老师):"还是小董有眼力,一下子逮到绩优股。"说真的,我没有半点煽情的成分在里面,我目睹了老公几十年来对文学的执着和酷爱,以及他做出的一些常人所不能理解的决定。

要说绩优股,如果他当初不弃政从文,早就是一只名副其实的绩优股了。回想20世纪80年代初,刚大学毕业的他被分配到令人羡慕的政府机关工作,做市长秘书,入了党,就在大家都觉得他仕途无限好的时候,人家主动请调到刚刚成立的文联去上班。市长不同意,他就天天缠着市长,下班到市长家里闹着要调动工作。市长虽不舍,也没有办法,最后只好签字同意。那时的我虽不能完全理解他的"所作所为",但还是给予支持,我最懂他对文学的热爱。

到了文联,从事专业创作,经常徒步走乡串镇,那时的交通很不方便,有时去一个地方要十几天或更长的时间。孩子小，我一个人在家很辛苦，要说没有埋怨那是假话，通讯不发达，没有电话，只能靠书信了解他的踪迹，有时人都回家好些日子，信才收到。信也基本上是地图式的，画一条线要到达的目的地，现在到哪里了，预计多少天后到达哪里。

有一次，他沿濉河步行去洪泽湖，历时一个月。当时是寒冬腊月，我妈妈为他缝制了一件薄薄的小棉袄，穿着舒适便捷。一路风餐露宿，等回到家里棉袄已经不像样子了，这种苦不是常人吃得消的。有一年去广西、云南一个多月，紧接着又去上海领奖，我在家生病发烧，得了肺炎，一时也联系不上他。女儿上学需要照顾，我不能住院，只好每天上午去医院吊水。为了中午早点回家给孩子做饭吃，自己经常偷偷地把吊水滴快。那时已到合肥，亲人们都不在身边，单位领导看我一个人生病无人照顾，派了一位同事陪护。同事看到我把吊水滴快，说这样非常危险，心脏会承受不了的，可我有什么办法呢？现在想起此事心里依然酸酸的，清晰地记得那次，他好不容易到集镇上找到邮局（邮局才可以打长途电话），打了一个电话回家，我接到电话委屈地放声大哭……回来时我带着女儿去火车站接他，女儿看到他直往后躲，生分了。

女儿从小学到高中所有的家长会，老公一次都没参加过。这几年，女儿求学工作在外，家里就我们两个人，我慢慢地尝试着写点文字，书房里女儿的写字台现在归我使用，我们俩经常各自忙着，我写小文，他写大作。老公依然是两耳不闻窗外事，他对书柜里万余册书，哪本书放在哪里摸得门清，但在做家务活上却是甩手掌柜的，每次做好饭请他帮忙，等他过来时，我早已摆好了碗筷，实在是指望不上。老公单纯，心地善良，他会尽自己所能去帮助别人。大姐说："你家那口子的头脑还和大学生差不多，不会迎合，骨子里透着文人的那股傲气。"

现在只要没有活动和事务，他都抓紧时间去另一处书房安心写作，一般我不会打扰他。有时看到他发微信什么的，知道他休息了，我们再联系，这种状态感觉非常好。去年埋头攻读《老子》，完成并出版了他淮河人文系列

文字是一种纪念

丛书的第一部《涡河边的老子》。今年还有几本书也会陆续面世。正如他在《文学给了我们温暖、智慧和力量》一文中所说:"文学给了我们温暖、智慧和力量,文学也必将继续给我们以温暖、智慧和力量。2015年我出版了读《道德经》的感悟随笔集《涡河边的老子》。除了《道德经》以外,许多年以来我也一直断断续续地、不间断地读《论语》,读《庄子》,读《孟子》,读《淮南子》,读《墨子》,读《管子》。说它们是哲学著作,是思想著作,是社会学著作,是科学著作,是经济学著作,是百科全书式的著作,都没错,说它们是文学作品,也完全是有道理的。从中国古人的这些作品里,我们读得到温暖,读得到智慧,也读得到力量。读得到温暖,是读了这些作品,我们有回家的感觉,我们能感觉到回家的温暖和安全,这是我们的文化认同、我们的文化源头、我们的文化标准。"

这就是俺家那口子,他从文学中找到了人生的价值和生命的意义。在他的影响下,我和女儿也写了一些生活类的散文,近日出版了一本家庭合集《咱家三口的三种生活》。通过编辑这本书,我发现我们一家三口的三种生活虽不相同,却各有千秋又相辅相成,相互关照、相互欣赏、共同进步。过一种有目标、积极向上的生活,是需要家庭每一个成员的努力和支持的。

●阿　兰

追风的人（外一篇）

2016年9月，最强台风莫兰蒂侵袭厦门后，老头就有了一个很文艺的称谓：追风的人。

老头是我的先生，是研究植物力学的教授，同时兼着国家数项科研基金的课题负责人。由于研发检测树木所能承受最大风载的设备，需要做实验采集数据，按实验要求风力必须在7级以上，所以这个夏天，他一直在等待一场像模像样的台风。合肥在内地，一场台风到了这里基本颓变成了雨。因此，一直到9月，当央视报道最强台风莫兰蒂即将登陆福建的时候，他立马买了高铁票，带了一个研究生拎着仪器追风而去。我没有阻拦，因为我知道：拦不住！他到了福建，按莫兰蒂台风走向预测，在漳州的云霄县找好了一棵大树，将仪器装在树上，租了一台车，就和学生两人睡在车内，守候台风。结果莫兰蒂很淘气，风向突变改道去了厦门，他们在树下一夜也只是守到了一场雨。虽然没有采集到实验数据，但也侥幸躲过一劫。如果他去了厦门，直接遭遇连根拔起大树的莫兰蒂，那么后果将不堪设想。莫兰蒂过后，他被困在云霄县，两天后才通车，平安回了家，"追风的人"由此而来。

老头是我的再婚先生，在我走出围城十二年之后再遇到缘分，是我始料未及的。走出围城后，我期待的是一场真正的缘分，一种人生成熟后的相知、相惜、相伴。抱着这样的诚心，再加上我不贪不懒不怨不蠢不丑，个性和善，我怎么会遇不到有缘人？缘分如水流淌在我们生命的长河里，期待缘分

文字是一种纪念

将你载来。一直相信缘分的我,曾这样描述缘分。尽管如此,缘分并没有真正眷顾我。

而十二年后第一次见老头的时候,其实也没有很好的印象。他观念古板,不修边幅,少言寡语,几乎很难沟通。虽然是两高(高学历、高职称)人员,但实际上给我的感觉就是现实版的书呆子。客气地分别后,我们便不再见面,但偶尔保持着QQ联系。老头充分发挥了他当教师的职业优势,聊天的话题一般不谈情感,只谈孩子。他一直关心着我女儿在上海的一切,直至保研成功。这点滴的关心却如细雨般滋润了我干涸的心田。再婚的人往往都把对方的孩子当成负担,而十二年中除了亲友他是最关心我孩子的人。

半年后,我们开始约会。早过不惑的我,在十几年的等待缘分落空之后,已不再期待浪漫。观念上返璞归真,回到了20世纪,择偶也就是想找个老实人,踏踏实实过完余生。书呆子其实是很适合这样要求的。第一次相约吃饭,老头给了我第一次感动。当时他正在装修新居,他征询我暖气片做什么颜色。那一刻,我很意外,因为我当时只不过抱着试试看的态度,可人家已经在考虑过日子了。瞬间,有一种温暖感动了我。

第二次感动是我们开始约会不久,我去上海看女儿。回来的火车时间比较晚,夜里10点。那时的他并不会开车,他提出要去车站接我。我说不用,我可以自己打车。结果他硬是坚持一定要接,说不放心那么晚一个女人从车站回家。结果那天晚上,他接到我,打车送我回家,他自己回到家时已经是半夜。

第三次感动是我们俩一起做饭。他掌勺,我打下手,当我拿起菜刀准备用的时候,他紧张地一下拿过去说:"别动别动,别碰到手了。"一个中年女人,有几个能对菜刀陌生?后来说起这件事,他说:"我是把你当闺女来疼的。"当这句话从这个书呆子嘴里说出来的时候,我知道,我已经没有任何可担忧的了。

因为这三次的感动,几个月后,我们结婚了,至今已经四年了。

爱情是美的,日子是淡的。况且是第二次婚姻。说他是书呆子,也是极其适合他的称谓。他比我大几岁,刚刚结婚的时候,我一直称他老师。叫着叫着,他说有点生分,不够亲切,还不如就叫他老头。结果从第一次的不好意思,到如今的"老头,老头",甚至发毛时候的"臭老头""糟老头","老头"便成了他在我面前的专用名字。

我们家跟每个家庭一样,年至半百,生活就是油盐酱醋茶。上有老下有小,生活不可能天天有感动。到了这个年纪彼此都会唠叨。老头更有职业习惯,常常固执己见,好为人师。心情好的时候,我会"虚心"接受,甚至"夸"他几句;心情不好的时候,对他没完没了的"教导"也会置之不理。而我的敏感和脆弱,他常常也是莫名其妙,不予理会。当他固执得难以沟通的时候,我就想,他是书呆子啊,也即释然。

他的思维属于单一专注型。如果专注一件事的时候,甚至可能忘却身边的一切。有一次,我生病发烧,他竟然一整天想不起来问我一下。我曾跟他开玩笑说:"世界上最远的距离是我在你面前发烧,你却看不见我。"其实我也明白,他并不是不在乎我,只是那一刻,他的心思在别处。

老头还是个特立独行的人。在祖国一片低头族的今天,谁还不是"群"众呢?其实老头也是有微信的人,只是偶尔在外地用来跟家人联系。他也算是半个"群"众,虽然被拉进家族群和大学同学群,只不过他是个"潜水艇",从来不露面也不说话。他包里经常会响起陌生的手机铃声。从第一次的诧异到现在,我已经熟视无睹,因为我知道,老头又犯"傻"了。他经常没收不听课玩手机的学生的手机。我以前会说:"你带的都是大学生,已经是成人啦,干吗还要这样去管他们?"他则说:"那怎么行!上我的课绝对不允许玩手机,他们父母出钱就让他们这样上大学,以后怎么办呢!"他的研究生既比一般孩子幸运又比一般孩子"倒霉"。幸运的是他不会对研究生不闻不顾,从平时学习到毕业论文,一点一滴都会教导;倒霉的是,读到研究生了,还少了很多自由。他会每天监督他们是不是在用功,就像对待中学生一样。也因此,他的两个博士生都获得了国家奖学金。

我周围的朋友们都说我好福气。想想是没错,我真的是比老头有福气。

嫁给老头的这几年,我大部分的时间都用在了工作上。老头因为职业关系,时间可自由支配,又是典型的工科男,最大的长处就是动手能力强。自己的事业不用说,小到家里的水电、一般家电及电子产品的修理,甚至做饭、买菜的事情大部分都由他承担了。他的聪明还真是无处不在,这个几十年和厨房不沾边的人,现在做菜常常做得比我做的还好吃。有时难免不服气,结果屡屡败下。望着老头得意扬扬的样子,嘴上不服输,心里却暗自佩服。有时看着眼前这个如风般率性而又任性的人,暗自思忖,觉得这个家老头的付出还真是远远地超过了我,难免歉歉然,好在我们来日方长。

曾经看过一部剧,有句经典台词,说:"第一次婚姻,就像百米冲刺,人往往会不顾一切地冲向终点。第二次婚姻就像百米跨栏,一步一个坎。"好在我们两个遇到的祝福比坎多。我们两个孩子都非常懂事,非常优秀。他的孩子,子承父业,博士毕业去了南方的高校任教。我的女儿硕士毕业去了台湾,即将成为理财杂志的编辑。这几年,两个孩子相继结婚,都有了幸福的家庭,不断送来的是祝福。

二次婚姻,我们遵循的原则是彼此信任,彼此尊重对方的各种人生习惯,同时善待双方的老人和孩子。有时会发现,复杂的婚姻也可以很简单。蓦然回首,我的人生里,缘分还是来了,虽然晚了点。

荠菜花开

二月二过罢,转眼就到了三月三。大地春回,阳光明媚,放眼望去遍地都是菜花黄,春深几许。

中午见到母亲,母亲告诉我,保姆靳大姐的姐姐来看她了,一边说一边就哭了起来:"我怎么就没有姐姐来看我呢?"那一刻我的眼泪涌了出来,瞬间体会母亲成了老小孩。我安慰她说:"你姐姐前几年去世时都九十五岁了啊。"吃完饭推着母亲出去走走,看看花,散散心。看着路边开的一片白的荠菜花,深深惋惜,我说:"荠菜老了,都开花了。"母亲说:"那当然了,三月三,荠菜花开赛牡丹。"这句话我并不陌生,以前每到这个时节,也时常听她说过。母亲没有文化,很多老话都是来自相传,想来她并不能明这其中的含义。

有些老话,让人一目了然,"冬吃萝卜夏吃姜,不用医生开药方"。而这句"荠菜花开赛牡丹",却让人有些纳闷。我不明白,荠菜花如何能够赛牡丹?荠菜是如此普通,不过是无人问津、自生自长的野菜,到了春天漫山遍野都是。也只有到了春天,人们才会想起来。于是多了许多挖荠菜的人,也多了很多关于荠菜的故事。餐桌上也增加了时鲜般的美味荠菜圆子、荠菜汤和荠菜饺子。而仲春的时候,便老了,开出白色的小花,细细的、瘦瘦的、干巴巴的,并没有美感,如何能与那雍容华贵国色天香的牡丹相比?

我好奇地上网查询了一下,还真有这句老话:"三月三,荠菜花赛牡丹,女人不戴无钱用,女人一戴粮满仓。"还特地强调女人戴了能有财运旺家。我想,这多半是因为朴实的荠菜花虽然没有观赏价值,却能在饥饿的年代充饥,富足的时候在餐桌调味。还记得老人们以前常常爱说的一句话,如果说到什么东西好(一般指不实用的东西),老人们会反驳说:"再好能吃吗?"中国人更讲究个民以食为天吧。

六七十年代以前出生的女人,想来都有小时候挖荠菜的故事,我也不例外。到了春天,只要看到荠菜就心动,每年都要吃荠菜饺子,而且这荠菜必定是自己亲自去野地里挖来的。现在农贸市场甚至超市里都有荠菜卖,但我从来没有兴趣。吃荠菜饺子我觉得不仅仅是吃荠菜味儿的饺子,更多的是挖荠菜回味老时光的过程。

八十岁的母亲脑梗落下半身不遂转眼已经五年了,虽然我们悉心照料,老母亲不愁吃穿,不缺人伺候,在别人看来她已经是福气多多,但这些从来都不是母亲想要的,她唯一要的是她自己能站起来走路,回到过去那自由自在的时光……

母亲生病以后非常喜欢吃荠菜饺子,前些日子一个周末,我和嫂子、妹妹还有侄子一起去挖荠菜,挖了很多。第二天早上再买来肉和饺子皮,一大

文字是一种纪念

家人动手包饺子,中午全家十几个人陪着老母亲吃香喷喷的荠菜饺子,那一天老母亲总算幸福地笑着,表现出少有的平和安静。

面对已经没有可能再自理的现实,母亲并没有心平气和地接受,岁月愈久抱怨愈甚,且变得越来越"磨人",常常无理取闹,甚至于胡搅蛮缠。我们深深无奈,深深叹息,也曾气到伤心流泪,也曾生气发火,但更多的时候则是顺着、哄着、捧着、惯着、宠着……因为她也曾含辛茹苦地在我们小时候这样对待我们,更多的是想在将来的某一年某一天,到了荠菜花开的时候,想起母亲,我们不会痛心,不会后悔。

●黄丹丹

致我们终究逝去的村庄（外一篇）

小时候，爷爷喜欢问我，你可知道家在哪？总是不等我回答，他就说，我大孙女家在椿树圩子。

椿树圩子是我爷爷奶奶家所在的村庄，也是溢满了我孩童时欢歌笑语的地方。在我的记忆中，椿树圩子里并没有椿树，倒是长满了柳树、槐树、榆树以及桃、李、枣、梨等果树。此外，在村口，还有三棵苍翠的松柏，如列兵般挺拔。

爷爷家的村庄距我儿时和父母生活的校园也不过10里地，但小时候的我是个娇贵羸弱的孩子，去一趟圩子往往并不是一件容易的事，我总是盼着过节，因为过节就能"回家"了。我最喜欢过春节，爸爸骑着他的"凤凰"车，载着美丽的妈妈和被穿成了棉花包的我颠颠簸簸在乡村的羊肠道上，不过是听一个故事、背几首唐诗的工夫就到了圩子。圩子被一圈盈盈的绿水包绕着，那水叫圩沟，不知是否应该写作围沟。它包绕了整个圩子，沟沿边植满了柳树，那摇曳生姿的细柳条儿将圩子掩得像个与世隔绝的世外桃源。通往圩子的是一条窄窄的道口，我伸头看，那下面是涵洞筒子，让人方便从上面过，让水顺畅地从下面流。只要一穿过这个道口，也就是被圩子里的人称为沟坝口的地方，我就开始大声呼喊起爷爷。爷爷听到我的呼喊就会大跨步跑出院门，用铁钳般的大手一把将我从自行车的前座椅上抱出来，用他那长满胡须的脸狠狠地贴近我的小脸。我被他的胡楂扎得生疼而使劲嚷

文字是一种纪念

嚷,曾祖母就会抬起手里的拐杖边敲他边说:"快把我心肝给我放下来,老太太还没亲,谁敢碰!"我刚依偎到老太太的怀抱里,黑子就蹭上来了。黑子十八岁,对于一条狗而言,它的确是很老了。平日里,它总卧在主屋门口晒太阳,因为老,即便是讨饭的上门,它也懒得起身相吠。但是,爷爷说,只要我们回来,它就一身劲,它像曾祖母一样老迈而亲善,它蹭过来的时候,我就伸出小手,任它粗粝的舌头舔掌心,痒痒的。

农家院里的新年最是喜庆,吃过年夜饭,整个坪子里的人就开始启动了拜年的仪式。爷爷家的年夜饭比别家晚,因为爷爷总要等天黑才肯放年炮,鞭炮噼里啪啦响着的同时,爷爷总会擎一杯酒率着全家对着中堂老祖宗的画像拜上几拜。老祖宗是个老太太,像我小人书里的慈禧太后,不过,爷爷不许我那么说,他说慈禧太后是坏人,不能拿我们老祖宗和她比。拜完祖宗,洒了酒,爷爷就抱着我坐好了。他嗜酒,觉得酒是好东西,便要和他最心爱的大孙女分享。他也不怕老太太的拐杖,拿筷子蘸了酒就往我嘴里塞。我吧嗒吧嗒嘴,他问:"可辣?"我说:"甜!"他就高兴地大笑着亲我,说我是黄家的好苗子。不像我那孙家的爷爷们,都是不能沾酒的厌货。椿树坪子里的居民多是黄、孙二姓,我们黄家和孙家之间有着盘根错节的亲缘。正说着,孙家的三爷爷领着他的孙子大力进了门。我一见大力哥哥就霍地从爷爷腿上挣下来,我口袋里装满了大白兔奶糖,我拉着大力的手,讨好地从口袋里掏出糖给他,我想他带我玩"嗤花"。他也不作声,接过糖就很自觉地拉着我到院子里。他神秘地将一堆散炮仗撕开了,将纸皮堆在一处,然后划了一根火柴往里扔,那一瞬,火花伴着"嗤嗤"的响声,比今天的孩子看到焰火还要兴奋吧。玩好了,他还要糖,我把所有的大白兔都给了他,手里就攥着一根大姨从芜湖给寄过来的果丹皮舍不得给他,他力气大,我不给,他就夺。我趔趄着就要被他推搡跌倒的时候,却听到他大哭起来,大人们忙出来看,原来黑子冲他屁股狠狠咬了一口!三爷爷举起我老太太放在门口的拐杖一拐杖就将黑子打倒在地……我看着爷爷嘴角抽搐着,却一迭声地说,打死好,打死好,它老糊涂了!只有我知道,黑子它根本就不糊涂,它是为了保护小小的我不受欺负。

　　过完年,我终于长大了一岁。这时,我又开始盼望起了端午。端午节在乡村是个忙节,圩子里的人们都忙着割麦、打场和栽秧。就连我爸回去都要换了衣服上阵。但是我喜欢过端午,因为大人们忙得顾不上管束孩子,我们就可以跑到沟沿边玩耍了。沟沿边有跳板,这跳板可不是用来跳水的,是给主妇们淘米、洗菜、洗衣服用的。用石块在沟里撑着,搭了木板架在水面上。平时,这跳板是我的禁区,不仅老太太不许,爷爷奶奶不许,爸爸妈妈不许,就连前后左右的婶婶大娘们只要看见她们家孩子带了我一起玩,隔老远都会喊:"不能带囡囡上跳板!"跳板可好玩了,跳板下面的石缝里能捉到小螃蟹,蹲在跳板上,拿个瓢往沟里随便一舀就有小鱼小虾在里面,多有趣!我终于可以颤颤巍巍地上跳板了。大力让我走在前头,我小心地挪着步,眼看就要到跳板的尽头了,我看着跳板下面绿莹莹的水面有点发慌,赶紧扭头想上岸,大力却不知从哪变出一只大青虫伸到我眼前吓唬我,我往后一退,咳,那跳板真成了"跳板"了!我也不记得在沟里喝了几口水,还好,有个还没过门被接来过节的小婶婶不要下田干活,那一刻她过来淘米正巧看见了我落水的一幕,忙把我给救了上来。我记得很清楚,那天三爷爷又抄着我老太太的拐杖把大力好一顿打,不过,他虽然拐杖扬得高,却落得轻,不像打黑子,狠狠一闷棍……

　　过完了端午盼中秋。中秋节也是个忙节。端午插上的秧,到了中秋就长成了沉甸甸的稻谷。圩子里的人比着、抢着收稻子,稻把子们被一挑挑一车车从田里拉到稻场上。爷爷家有村里唯一的一辆四轮车,我叔叔开着四轮车,得意地把我放在上头,"嘭嘭嘭,嘭嘭嘭",好玩极了!叔叔运好了稻子就把四轮车的车斗给下掉再安上石磙,然后开着拖了石磙的车头在稻子上打着圈儿。我对爷爷说,这是现代化。爷爷听完就大笑着四处跟人转述我的话,炫耀他大孙女多会说话。因为有现代化,爷爷就不用忙活了,他牵着我去挖山芋。我最喜欢吃放在土灶的草木灰里烧熟的山芋了,那个香,那个糯,是城里的烤山芋所无法比的。吃完了山芋,爷爷就开始给我扎火把,他

文字是一种纪念

把麻秸秆和稻草捆绑成一支小巧却经烧的火把。终于等到了晚上,一轮又大又圆的月亮从柳丝缝里露出脸的时候,我就扛着爷爷给我扎的火把飞快地往圩子后面的小树林里跑了。小树林里早就挤满了打火把的小伙伴们,大家都举着火把,你追我赶的,好不热闹。趁着最后一根火把熄灭前,领头的虎子哥一声令下,让大家分头行动。这时,小伙伴们就从后沟坝口往田里鱼贯而去,跑到地里,小的去拔豆子、掰玉米、挖山芋,大的就拿早就准备好的小铁铲子,在空地里挖个老大的坑,然后把玉米棒子、山芋放进坑里,薄薄地盖上一层土,把拔来的豆子连豆秸放在土上,再堆上稻草,拿火把一点,哗,小伙伴们都乐了,围着火堆又蹦又跳。这时,虎子哥严肃地制止道:"小点声,把人招来了,看可剥你皮!"月上中天的时候,豆子炸了,玉米熟了,山芋香了,我们也吃得手脸乌黑的时候,圩子里陆续传来大人们的呼唤,大伙儿撒腿就跑,争先恐后地跑到跳板上洗手洗脸。我可不敢上跳板了,如果谁再把我吓唬到沟里,也没有老太太的拐杖替我做主了。老太太在中秋前安静地走了,她的拐杖也被带着,在另一个世界继续支撑她的小脚。

十八岁那年,爷爷病了,在外求学的我连忙赶回老家。远远看着村口的三棵松,就感觉是到家了。病了的爷爷被叔叔接进了他新盖的楼房,楼房建在老圩子外面了。我说想去圩里看看,婶婶说:"看什么,圩里早没人住了。都有了钱,搬到路边上盖了楼,谁还愿意踩稀泥往圩里跑?"这时候,躺在床上骨瘦如柴的爷爷淌着大颗大颗的眼泪说:"我好了就还回去,老祖宗拼了命才跑到的地方,是家。"那时,我才知道,原来,在一百多年前,老屋里挂着画像的那个老祖宗从洗家劫舍的土匪窝里背着她不满周岁的儿子,一路要饭逃到了寿州城,做了孙家的奶娘。后来,成为状元的孙家鼐不忘奶娘哺育之恩,给了田地和屋舍,让奶娘家的子孙安居在此。听完,我俯下身,贴着爷爷的脸说:"我家在椿树圩子。"

爷爷走了,接着,奶奶也走了。叔叔后来跟着婶婶那做房地产开发的叔叔做了建筑工程的老板。家,成了空巢。

今年清明,我去老家祭祖,在宽敞平整的村村通和路边整齐气派的集体农庄间,我却寻不到家的方向了。三棵松早已不在,绿柳掩映的世外桃源也消逝了,我只好停下来问路。对面过来一辆车,急急地刹在了我面前:"囡囡,你回来了呀!"仔细一看,原来是自从那次因为我而挨了他爷爷打就不再理我的大力。他领我到了圩子,圩子里早已没有了人家,是他,在老圩子里面建了养猪场还有肉狗场。我站在那里,狗们冲我狂吠,我的泪不知不觉覆了满脸。大力说:"哭什么?我又没欺负你,沟都干了,我也没法把你推沟里头了。"是啊,沟干了,柳枯了,人走了,松伐了,我的家,这溢满我欢歌笑语的椿树圩子最终消逝在了匆忙向前迈进的时代之潮里……

忠厚传家久,诗书继世长

  从记事起,每个除夕,父亲都会在家里的大门上贴内容雷同的春联:"忠厚传家久,诗书继世长。"我长成小文青后,突然对那从小就司空见惯的春联不屑起来,好歹也算书香门第,每年门上都贴那两句俗套话,也不怕人家笑话,我嘟囔着。父亲听了,也不语,依旧认真地研墨、裁纸,肃然地书写着那副被我诟病的春联,再端端正正地贴在大门上。

  那一年的年夜饭,喝了两杯酒之后的父亲,敲了敲桌子,一字一顿地念:"忠厚传家远,诗书继世长。这可不是俗套话,这是老祖宗挣来的赞誉,也是老祖宗传下的家规呀。"

  父亲说的老祖宗,乃是从土匪洗劫的断壁残垣间背了不满周岁的儿子一路逃荒到寿州的黄家少奶奶。父亲说,那时吾祖行医积攒了些许家业,被同宗的土匪惦记上,于一月高风黑夜将家门洗劫一空,一门黄氏唯留老祖宗和她襁褓中的娃娃躲过此劫。

  吉人天相,逃到寿州城的老祖宗未承想竟进了寿州孙府大院,当了后来成为帝王之师的孙状元孙家鼐的乳母,她凭着忠厚勤劳得到了孙府上下的认可,孙家后来拨了些田地给这孤儿寡母。黄氏在寿州的土地上忠厚做人、勤勉耕种,亦开枝散叶自成族群了。据说孙状元曾手书"忠厚传家久,诗书

文字是一种纪念

继世长"一联赠予他同庚共乳的黄氏兄弟。这句话从此便成了黄家的家训,被代代相传。

时光轮转,黄氏的血脉延绵到我爷爷这辈,他们那代人,经历了新旧社会的更替,见证过历史,也颠簸在自己跌宕的人生路上。然而无论经历怎样的风雨,爷爷一直忠厚为人,在困难的年代,也不知他悄悄帮过多少凄苦的人。爷爷一生安居乡里,勤劳而热心,他善种植、懂计数、粗识文字、巧于编织,不知他用那双勤劳的手编过多少只柳筐送人,也不知他帮过多少孤老和弱子搭建、修缮房屋,只记得他终老之时,无数乡邻冒雨,且哭且诉,无不称他是乡里德高望重的智者贤人。

说起爷爷的智,不得不提他对子女的教育,哪怕在困难时期,他也要求自己的子女勤勉学习为先。我的姑姑和父亲是那个时代农家少有的读书人,他们都擅文擅墨,儒雅谦逊。爷爷虽未能正式入馆读书,但他深知读书于人的益处,那句"诗书继世长"是他时时刻刻挂在嘴边训导子女的箴言。于是,父亲和姑姑,忍着饥寒读书,耐着寂寞读书。待他们终于跳出了农门后,爷爷又念叨"忠厚传家久",让他们无论何时都不能忘本,做任何事都不能耍奸把滑。姑姑和父亲谨遵爷爷的教导,也是勤勤勉勉、忠厚踏实地在各自岗位上奉献了一生。到吾辈,读书早已成为一种家养和习惯,真诚恳实也早已被注入血统、刻成基因得以传承。

一晃,我也成了一个文艺少女的母亲,我女儿随外公习字数年,终于习得一笔好字,去年冬天,在市里的现场手书春联大赛上,她居然力挫群英斩获了第一。除夕日,我铺好纸,认认真真地对女儿说,今年的春联你来写吧。就写"忠厚传家久,诗书继世长"。

看着女儿书写春联前的一丝犹疑,我告诉她,我也是在世间游走数十载后,方渐渐体会这联的深意的。忠厚体现的是道德修养,诗书则体现的是文化素养。忠厚为做人之根本,诗书则可以令人的品性高远。一个人若无道德为底,文学的修养再高也只是花架子。一个人若只有忠厚而无文化,便成了没有思想和方向的愚者。因此,忠厚与诗书缺一不可。"忠厚传家久,诗书继世长",我希望这是我们家春联永远不变的内容。女儿听罢,若有所思地点了点头。

文字是一种纪念

●袁　平

逼债（外一篇）

2003年12月底的一个上午，C市某工地办公室里，我正在和技术员讨论工程中的一个技术问题，一个时髦的女人带着几个满身匪气的男人闯进办公室里。其中两个手臂上有刺青的人，一屁股坐在我办公桌对面的另一张桌子上，将一把尖刀拍在桌子上。时髦的女人坐到我的办公桌边上，那阵势正好把我包围起来。

嘈杂的建筑工地办公室，本来就闹哄哄的，我办公室来了这样一群特殊的人物，工地上的工人都觉得好奇，不知道这帮人来干什么，甚至有些工人拎着铁锹和铁棍悄悄围到我的办公室门口。

这个上午，漫天雪花飞舞，寒冷、潮湿，我们的工地上却充满着火药味。

我是工地负责人，这帮人是冲着我来的。他们是来工地要挖土方和送黄沙石子款的。那个时髦的女人是C市有名的黑帮老大的老婆，他的手下都叫她"华嫂"，她丈夫因为帮里人持枪打死人被判刑入狱。但是，她丈夫的帮还在，势力还在，手下人仍在C市混世。站在华姐身边叫老黑的人就是她丈夫手下的得力干将。

C市是本省北方的一个小城市。2003年年初，我们承建该市的重点工程准备开工。一天，老黑带着几个人来到我的办公室要求挖土方。我不认识他们，更不了解他们。我告诉他们，我们有挖土方的机械和队伍，没办法满足他们的要求。他说："C市较大的工程土方都是我们做，如果不让我们做,谁也别想做,市长也管不了这事,不相信你们可以去打听打听。"言下之意这土方他们挖定了,不让他们做,我们的工程就不能顺利施工。我看眼前的老黑人虽黑,说话却文质彬彬,但柔中带刚。那天他们并没有在我们工地纠缠多久就走了。但是,他临走时撂下两句话:"大家网开一面都好说,希望你们别给自己找麻烦!"

我们当时感觉这些人来头不小,但并不知道他们是 C 市一霸。

当天晚上我们就开始挖土,一直挖到凌晨,工人才休息。老黑他们并没有来找麻烦,项目部的人都暗自高兴。

第二天晚上,我们开挖掘机的司机发动挖掘机准备干活,可是捣鼓半天,两台挖掘机竟全部都打不着火。

挖掘机司机找来修理工检查很长时间也没找出问题。修理工和两个驾驶员正急得抓耳挠腮、无计可施时,老黑带着两个人不知道什么时候站在挖掘机边上。他慢悠悠地对还在发动挖掘机的驾驶员说:"你再发动,这台挖掘机就该报废了,你们每台挖掘机油箱里大概放了两斤白糖。"

听老黑这样说,我们项目部在场的人全部面面相觑,张口结舌。我当时心里想这黑子真黑,怎么能把白糖放在挖掘机油箱里面,用上这样的阴招、损招?工地上的人大都知道挖掘机放白糖后会造成油路受阻,不仅不能用,而且会毁了发动机。

事已至此,我让大家都撤回办公室。我向公司汇报了工地发生的事情,并提出我的看法,那就是土方工程如果价格合适就让老黑他们干算了,毕竟我们来到这里人生地不熟,虽然我们也认识该市的某些领导,但强龙压不住地头蛇,他们真要干这活,我们是斗不过他们的,他们可能有更狠的招数。更何况我们工程工期急,没有时间这样折腾。

于是,老黑他们就进驻我们工地开始挖土方工程施工。因为是老黑他们挖土、运土,该市的城管、渣土办全部由他们搞定,我们项目部也少了很多麻烦事情,合作得还算顺利。

后来,他们要求送一部分黄沙和石子给我们用。我们觉得价格差不多,也同意和他们做了一部分黄沙石子生意。

他们在工地上并没有给我们带来什么麻烦,工程他们也能按规矩干,平时大家客客气气,有时还经常邀请我们项目部的人去他们开的歌厅和饭店唱歌、跳舞、吃饭。但是,在要钱这件事情上总是凶神恶煞的样子。他们要求工程款、材料款必须按合同兑现。可是,有时建设单位没有按合同给我们工程款,我们拿什么和他们兑现呢?

没有钱他们就出各种招数要钱,在这之前已经用过几招了。

其中,9月份有一天中午,老黑开一辆当时算豪华的车子来接我,说华姐请我吃饭。平时老黑经常进出工地和我讨论工程上的事情,彼此比较熟悉,华姐也来过工地几次,见面都很客气。我没有多想就随他去了酒店,到酒店后,菜已经上好,华姐和几个手下已经在座,老黑让我坐在华姐的身边。我不知他们为什么要叫我吃饭,而且只叫我一个人,以前他们邀请我们吃饭,都是项目部的人一起去。

因为我不能喝酒,华姐也没有勉强我喝酒,她自己却和我边闲聊边一小杯一小杯喝了许多酒。她喝到快醉的时候对我说:"袁经理,今天叫你来,是找你要工程款的,老黑去你们那里几次都没要到款。今天,你一定要叫你们项目部的人汇款给我们,如果不汇款你就别回去了,我开个房间我们俩在一起住,等什么时候款汇到我们公司账上你再回去。"

听她这么说,我想,这分明是在逼债啊。而且,这是要软禁我。

我接过她的话茬说:"最近项目部真的没有钱,这个月的进度款报到建设单位申请已经半个月了,他们都没给钱,真的没办法。"

"没办法也不行啊,华哥在牢里,那个持枪杀人的兄弟可能会判死刑,我这里需要很多钱用。华哥不在,我带着兄弟也很不容易啊,这几天没有钱,有个坎没法子过。袁姐啊,你帮帮我吧,无论如何也要想法给我搞点钱。"华姐带着哭腔拉着我的手和我说。

看着华姐无奈的样子,可能是遇到难处了。这时老黑黑着脸也开始帮腔:"袁经理,我们真的急着要钱用,今天搞不到钱我们很麻烦,我们也不会让你们轻松的,你今天就别回项目部了。"

我当时想,不给他们搞到钱他们今天一定不会放我回去的。现在是我们欠他们钱没按合同和他们兑现,再难也得想办法给他们搞点钱。现在他们是不是真的有难处我不知道,也许他们是在耍花招。可是,我要让自己尽快从这不祥之地脱身。他们这帮人,都敢持枪杀人,谁知道翻了脸会做出什么事情来?

于是,我和他们商量,上月欠的工程材料款先解决一半,剩下的款等建设单位款到全部付清。他们勉强同意了。

接着我立即打电话向总公司求援,公司领导答应帮助解决,但款要到第二天才能汇出。他们听说款第二天到,老黑就电话预约了当地最好的酒店房间。我和华姐一帮人又转移到那个酒店,一直到第二天下午款到他们账户,他们才让我脱身。

开工以来,他们每个月都变着花样来项目部要钱。在我们这里,我并不担心他们真的会动刀动枪。因为我和他们打了将近一年的交道,我了解他们,知道他们是逐利而来。他们在我们这做工程、做生意还是有利可图的,他们不会轻易和我们闹翻,影响他们发财。但是,我也不想和他们正面交锋,毕竟他们是一些不正常的人。

此时此刻,面对来势汹汹的他们,我不想处理不当,惹是生非,只能妥协忍让。我把会计叫到办公室,当着他们的面告诉会计,明天建设单位款可能会到,到了就转给他们。

华姐听我这样说,起身叫她的手下一起回去,并撂下一句话:"明天如果没钱我就不来了,他们会来的。"言下之意是,没有钱她的手下会来闹事的。其实,我知道那款没有半个月根本不会到我们账上,我是想把他们糊弄走,我立刻就回合肥,等有钱了再和这些"大爷"见面。我烦透了这帮"强人"!

在施工现场工作,每天要面对建设单位、监理、政府多个职能部门的领导,工程施工过程中的工程质量、施工安全、资金往来等等,哪一件事情都要操心。工地还有几百号人要管理,真的很烦很累。还常常遇到像今天一样不正常的工作,有一段时间我天天都有逃离项目部的想法。他们走后,我当天下午就回到了合肥,一直到建设单位把款汇到了项目部,我遥控会计,把欠他们的款汇给他们我才又回到工地。

C市这个工程干到第二年九月份圆满竣工。从此,我告别了建筑单位,再也没有干过土建工程了。

宿 舍

1981年夏天,我学校毕业后被分配到省建一公司安庆分公司。报到那天,我坐在公司一辆从合肥到安庆满载货物的敞篷货车上,和货物混在一起,一路颠簸到安庆市。当车到分公司办公室门口广场上停下来时,我双腿麻木,半天才站起来,然后慢慢地从车厢里爬下来。当时,我头发纷乱,灰头土脸,疲惫不堪。面对候在广场上等我的一群管理人员,我有点晕,分不清东南西北。

到分公司是下午四五点钟,和分公司接我的领导寒暄几句后,他们就领我到离公司七八百米远的一栋平房的最西边一间小房子里,说那就是我的宿舍。

我打量了一下房间,12平方米左右,平整的水泥砂浆地面,刚用石灰水刷过的墙面。房子西边拐角放着一张工人床,床边有一张简易的办公桌和一个方凳子,没有厨房,也没有卫生间,干净、整洁。我放下简单的行李,和来我房间看热闹的师傅及他们的家属们打了个招呼,就开始整理我的床铺和行李。

刚刚从学校毕业,因为家境也不是很好,我的行李极其简单。就一个装书的柳条方筐和几件夏天的换洗衣服以及简单的床上用品。大约半个小时就整理好了床铺和行李。我看着这单门独户简洁的屋子,比在学校里六七个人挤在一个房间里好很多。我心里暗暗窃喜,有生以来终于有了自己独立的房间。

行李整理结束后,地下有一些垃圾,我去隔壁工人的房间借扫帚清扫垃圾。一进隔壁的门,只见房间有七八个工人和工人家属在神神秘秘地议论着什么,他们看我进去议论声戛然而止。大家全都不说话,用一种我说不清的眼光齐刷刷地看着我。他们怪异的眼光让我心里有些发慌,有点不知所措。我怯怯地说想借扫把用用。一个瘦瘦矮矮的工人连忙拿一把扫帚给我,顺手还递给我一把斧头,说要让我带到房间放在墙角辟邪。我当时有点丈二和尚摸不着头脑,但还是无意识地接过了那把闪着寒光的斧头。

回到我的宿舍,我将那把斧头放在进门的墙角,心里充满了疑惑,边扫地边思忖:为什么他们要给我一把斧头放在房间辟邪,难不成我的这间房子或者这排房子闹过鬼,或者是有其他原因?想着心里有点发毛。

去还扫帚的时候我向隔壁的两位师傅做了自我介绍后,然后询问两位师傅贵姓。那位胖胖的师傅告诉我他姓吴,是木工二班的班长,另一位师傅姓李,他们是一个班的。我看两位师傅淳朴、和善,我就和他们聊了一会闲话。我终究还是忍不住问两个师傅,为什么要给我斧头让我放在房间里。两位师傅互相看了一下,吴班长闪烁其词,支支吾吾地说:"没事、没事,你一个姑娘一个人住一个房间,有一把斧头放在房间里可以壮胆。"

从刚刚大伙在房间里的议论和两位师傅神神道道的神情以及遮遮掩掩的话语,让我无法打消心中的疑虑。说给我一把斧头是为了让我壮胆,我实在不能相信,我当时认定这排房子或者我住的房子一定发生过什么。好歹我的胆子比较大,加上来这里的长途跋涉,路途劳顿,又疲劳,吃过晚饭洗漱后上床,一觉睡到天明,心中的疑虑完全被抛到脑后。

第二天一天忙着到分公司报到,领导带我熟悉以后的工作环境,白天在紧张和兴奋中很快度过。

傍晚,在食堂吃过晚饭后回到宿舍。炎热的夏天,我那小屋里没有电扇,那个年代更没有空调。简易的宿舍,后面没有窗子,低矮的瓦屋顶,而且西晒,房间里非常闷热,还有很多蚊子,坐在房间里倍受煎熬。

当时,省建一公司在安庆建设安庆石油化工厂工程,工程刚刚开始施

文字是一种纪念

工,空旷的工地的宿舍门口有大片庄稼地,不远处有个很大的水库,晚风吹过,让人感觉非常舒服和凉爽。我们一排房子,七八户人家,晚上大多数人都在吴班长他们门口纳凉,侃大山,我也端个凳子悄悄地坐在他们边上听他们神侃。

他们看我过去,叽叽喳喳声又停了下来,门口瞬间安静得只听到大家的喘息声。大约两分钟,一个壮实的工人家属可能实在憋不住了,站起来粗声粗气地问我:"你昨晚睡得怎么样,房间里有没有什么动静?"吴班长听他这么问我,马上制止那女人,让她不要胡说。

他俩的对话,让我觉得我的房间一定有什么问题。我当时想,一定要搞清楚这个房间有什么问题,不然我晚上怎么能安心睡在这个房间里。于是我站起来告诉吴班长:"我胆子比较大,房间里有什么问题尽管告诉我,我不怕,何况隔壁还有你们住着呢,不要这样遮遮掩掩,让我心里不安。"

吴班长见我这样说,就问我是不是真的不怕,我告诉他我真的不怕。

吴班长开始绘声绘色地讲起了原来住在这个房间里的姑娘小谢的故事。

他说一个多月前,这个房间住着一位姓谢的女孩子,是油漆工,漂亮、文静,大家都叫她小谢。她原先有一个男朋友和她在一个班组,两个人热恋的时候整天形影不离,这个房间总是充满着欢声笑语。后来她的男朋友调到合肥去了,并且慢慢疏远小谢。很长一段时间小谢整天都闷闷不乐,很少和大家说话,下班后就一个人闷在房间里。有一天大家见小谢一整天没去上班,傍晚了又不在房间里,就分头去找,结果发现她漂在离宿舍不远处的水库里。当人们把她从水里捞起来时,她身体已经僵硬。领导叫一个工人把她扛回宿舍,换一身衣服,等她家人来后处理、出殡。

吴班长是侃大山高手,口才极好。他说:"小谢那天被人扛回来的情景,让我再也不敢住回那头天晚上睡过的房间了。"他是这样描述的:小谢死的那天穿着一条当时刚流行的白色百褶裙,浅色上衣。当师傅将他扛着往回走时,小谢身体僵直,一头长发披散,百褶裙和那快要着地的长发随风飘飘,尸体随着扛她的师傅在空旷的田野里忽上忽下的飘移,远远看去就像一个披头散发的女鬼。

吴班长刚讲完,边上工人师傅和家属们又七嘴八舌,添油加醋说了很多小谢的事情,而且说小谢死了后,我住的那房间晚上经常有哭声……

他们的胡侃,吓得我两手冰凉,觉得那描述中的小谢就站在我的房间里。我胆子再大,也不敢住在这间房里啊!

没有人顾忌我的感受,仍在继续说着小谢的故事。我站起来迅速拉起吴班长,让她带我去找领导重新安排住处。领导知道我害怕,当晚就安排我住到女工的宿舍里。

我刚刚从学校毕业进入社会,对未来有着美好的憧憬,满腔热情来单位工作。可是,第一天到单位就让我住进这样一间不吉利的房子里。虽然在这间房子里我只住过一晚,但我觉得很晦气。

在这个房间里住了一晚,让我郁闷了很久,很久。大约不到一个月,领导就把我调回合肥,安排到另外一个分公司工作。

几十年在建筑单位,工程在哪里,我们就在哪里,我四处漂泊,住过的临时宿舍五花八门,唯独这间我只住过一晚的宿舍一直刻在我的记忆中。现在每当人们提到安庆,我就会想起那间房子,就会想起吴班长描述的那个穿着白色百褶裙子的小谢……

文字是一种纪念

●刘学升

灵性龙川（外一篇）

古徽州给我的印象，一直是庄重、大器的。近日到了绩溪，我又不得不信服，古徽州不仅是庄重、大器的，而且还是充满着灵性的。甚至，一个小小的龙川，就代表了整个古徽州。我指的是灵性。

皖南多山。隶属绩溪的龙川，就在山区。山区有公路，有路就有人。如今信息和交通的发达，让龙川这个有着一千六百多年历史的古村落再也无法隐藏。

龙川所在的位置很奇特。村东，是巍然耸立的龙须山；村西，则是婀娜多姿的凤头山。东有龙，西有凤，龙凤呈祥。再加上龙川北有登源河蜿蜒而至，南有天马山奔腾而上，村内清澈见底的龙川溪自西往东长流不息，更显得这个地方是块风水宝地。据说东晋时散骑常侍、山东青州人胡焱奉命镇守新安郡的歙县，在咸康三年即公元337年的一天来到龙川，相中此处。胡焱经过占卜，大吉大利，于是向朝廷奏请在此安居，得到恩准，成为龙川始祖。

有着龙与凤的护佑，龙川人一直生活得很幸福。幸福的话题很多，其中就有人发现，龙川的整个形状，竟像一艘大船，颇有龙舟出海之势！这艘"船"上，自两晋以来，曾经"载"过多位名人：胡焱常侍、胡汝能太守、胡思谦太师、胡子荣枢密使、胡富贤国师、胡富尚书、胡宗宪尚书、胡宗明巡抚⋯⋯尤其到了明代，龙川已经发展到一个鼎盛时期，先后有十多人考中进士，是古徽州闻名遐迩的"进士村"。

说起明代的兵部尚书、太子太保胡宗宪,许多人都很熟悉,他就是龙川人。通过读史,我所了解的胡宗宪,他既是个人才,更是个人物。胡宗宪生于明正德七年即1512年,嘉靖三十四年即1555年6月,擢其为都察院右金都御史、并出任浙江巡抚后,他便训练和指挥部队,任用徐渭(即徐文长)、郑若辑等人为幕僚,以余大猷、戚继光为大将,对一直侵扰江浙的倭寇进行了数年的抗击和围剿,经过大小战役80余次,取得了"岑冈大捷"等多次胜利,成为历史上的抗倭名臣。此外,胡宗宪著有《筹海图编》十三卷,《筹海图编》一书中的"沿海山沙图",就标明了"钓鱼屿"(即钓鱼岛)是大明的领土。胡宗宪是将钓鱼岛划归中国版图的第一人,现在日本说钓鱼岛是他们的领土,真乃无稽之谈。胡宗宪让我感到惋惜的是,因为他遭别人弹劾是奸臣严嵩的同党而被朝廷逮捕入狱。胡宗宪愤然写下"宝剑埋冤狱,忠魂绕白云"的诗句后,自瘐于狱中。前人功过是非,自有后人评说。二十五年后,通过多方努力,万历皇帝终于为胡宗宪平反昭雪,恢复了他的官衔,并赐予了谥号和御葬的荣誉。龙须山以它爱怜的胸怀和悲悯的心情,将胡宗宪葬于家乡的土地。胡宗宪的事迹,一直在龙川流传着;胡宗宪的画像,至今在胡氏宗祠里供奉着——他是龙川的骄傲。

我很钦佩和敬重龙川人的自我保护意识。

龙川胡氏宗祠保存得完好,是令人赞叹不已的。这座具有强烈徽派建筑的宗祠,规模恢弘,结构精巧,砖、木、石三雕一应俱全,尤其木雕以保存完整、内涵丰富、做工精湛而赢得"木雕艺术殿堂"的美誉。胡氏宗祠始建于宋代。明嘉靖年间,兵部尚书胡宗宪捐资对胡氏宗祠进行了扩建,距今已有四百多年。此后,宗祠进行过几次修缮,其中较大的一次修缮是清光绪二十四年即1898年,因此,修缮后的胡氏宗祠,仍保持了明代的艺术风格。胡氏宗祠虽然经历了数百年的风风雨雨,却被龙川人心照不宣地加以保护,如在"文革"时期,胡氏宗祠大都写着毛主席语录,非常巧妙地将胡氏宗祠建筑遗存保护了下来。1986年,胡氏宗祠被国务院定为国家级重点文物保护单位,实乃众望所归。

被龙川人保护的,不仅是胡氏宗祠,还有龙须山。龙须山至今仍以原生态的模样展现在世人的眼前,这与胡氏家族的历代保护有关。我在胡氏宗祠内的墙壁上,就看到有一块镌刻着胡氏族规的禁碑。禁碑主要的意思是,因为龙须山是护佑胡氏宗族兴旺发达的龙脉之山,始祖胡焱等历代祖先安葬于此,所以禁止胡氏子孙开山取石,否则严厉追究,按律重办,决不姑息宽容。禁碑看似封建迷信,实则使龙须山的生态环境得到了永久的保护。

应该感谢龙川人——正因为他们有着强烈的保护意识,所以让我们看到了原汁原味的古徽州文化之一的龙川文化。不管你作为游客,还是作为参观者,只要到了龙川,有没有时间没关系,哪怕是走马观花呢,也感到不虚此行。

胡氏宗祠享堂西厢有一组四幅的隔扇门上的荷花裙板,构思奇巧,图中荷叶下皆有成双成对的水生动物。第一幅,一对螃蟹,意为"和(荷)谐(蟹)";第二幅,一对鸳鸯,因为鸳鸯有和和美美之意,所以意为"和美";第三幅,一对大虾,意为"和顺"(在中国传统艺术中,由于虾通体光滑,且有弹性,故对虾纹饰有和顺之意);第四幅,一对蛙,取蛙鸣荷下,意为"和鸣"。四幅荷花图依次寓意为"和谐""和美""和顺""和鸣"。现在,国家倡导构建和谐,以和为贵。看来,龙川的先祖早就有所思考、有所领悟啊!

龙川是有灵性的。从龙川归来,我觉得自己仿佛也是一个有灵性的人了。

县城有宝

县城进行旧城改造。一日,在县城中心地段作业的挖掘机,铁爪刚刚抓起一块泥土,便在半空中倏然停下。潮湿的土壤中有物品迎着阳光,白晃晃的,炫人双目。"银圆!"人们惊呼,乱哄哄一片。有人急忙报警。警察赶到,清理出挖掘机和地上散落的清晰可见"光绪元宝"字样和"袁世凯"头像的银元竟有四百七十余块！我是在当天晚上的电视新闻中得知此事的。次日，我来到现场，仍然看到数十人手持锹锹棍棒，瞪大眼睛，在努力地寻找宝贝。

县城地下，处处有宝。这不是谣传。就像那些高人隐士，不论在哪里，都深藏不露。过去有打井的，在县城打到十多米之下，时有古砖、瓷片、银圆、美玉显现。还有人不屑：那根本算不得什么，咱县城百米之下，有更大、更多的宝贝呢。这话我信。我信这话，倒不是盲目跟风的。你想，县城自西汉便设曰"虹县"，后缘由淮、浍、漴、潼、沱五条河流在此交汇，南宋时置名为"五河县"，千百年过去，怎能没有宝物？另外，县城的地势也显得重要。这里，曾是楚汉相争的战场；宋军曾在此与金兵鏖战；朱元璋的部队曾在此攻打元军。那时的县城，就在现在县城的底下。原因很简单，由于五条河水连年泛滥，地面上的建筑物屡屡遭到洪水的淹没和毁坏，泥沙一层一层地覆盖，一年一年地累积。有外地到县城来的宾朋，很少看到县城古迹的存在。历史沧桑，时过境迁。只有深深的护城河水依然在缓缓地流淌，县城的地下没有宝物才怪。

我年少的时候，父亲的单位坐拥四五座比一般瓦房高大许多的老房子，我对它们没有过多的了解。据说新中国成立前是一财主的。别看年代久远了，但依然坚固着。青砖的墙，小瓦的顶，房顶上还长着几丛蒿草。屋内的地上也铺着青砖，虽然有些凸凹不平，但我仍然能感受到老房子的高大奢侈的气派。那天，我在一座老房子的屋檐下玩耍，忽觉一物从房檐落下，正砸在我的头上，将我的头砸得生疼。我捡起那物，强忍着疼痛，回家交给正在烧锅做饭的母亲。母亲一愣：袁大头！邻人得知，赶忙找来竹梯，攀到那老房子上，将屋檐摸了个透，却没有摸到一块银圆。正应了一句颇有道理的话：有些东西，该是你的，你扔都扔不掉；而有些东西，不该是你的，煮熟的鸭子都会飞。

我所居住的老房子，在这次旧城改造中也被拆掉了。原址的泥土已被一车车地运走，目前是一大块低洼的地，青砖、残瓷遍地都是，看起来虽然不怎么样，但足以证明年代的久远。不断有三三两两的人前来淘宝。听说就

文字是一种纪念

有人寻到了几块有价值或自认为有意义的宝贝。一天早晨我路过那里,看见一个小伙子正挥着铁镐,刨着一段老房子的地基。地基的青砖一块块地从泥土中拱出来,我发现,每隔一砖,底下必有一枚铜钱。那小伙子越发刨得带劲。一会儿工夫,他的口袋里便装了十多枚铜钱。小伙子越刨越深,他可知,这块传承久远文明的地方,也在不断地将他的岁月变成风霜,直至走向历史深处?

咣,咣,咣……沉闷的机器打桩声开始响起,一座座新楼房将会矗立在这块土地上。地基很牢,因为,它有硬板的宝蕴在支撑!

●张建春

爷爷的梨园

比较天下的梨花,爷爷的梨园花最白、花最美。认识梨花时,爷爷的银须和梨花一样的白。爷爷牵着我的手,仰望梨花,和我说梨的故事。梨花盛开,草蜂在花间采蜜,碰得花瓣偶尔落下,已有梨儿挂果,但都结在高处,被太阳晒得碧绿。

爷爷的梨树种在祖坟地上,十来棵形成了一个园子,树是老树,我记事时树龄都在二十年以上了,粗粗的,我抱不过来。祖坟位于逆水地上,朝南的方向,一口草塘方圆百亩,站满了密密麻麻的蒲草。梨花开时,蒲草刚从水中露头,脆生生的绿和雪亮亮的白相邻相近,南风吹起,梨花瓣拂扬在嫩蒲之上,倒像蒲草也在开花,如春天里下了场鹅毛大雪。坟在梨树间孑然而立,绿荫披被而下,还显出了些乡村特有的宁静。

故乡不缺果树,桃、李、枣、杏、梨之类在门前屋后小心地布下,花开花落,果酸果甜,适时地发出笑容,将呆板的村子装点得有些生气。但如同爷爷的梨园这般丕是不多见的,梨树成林,梨花飘香,硕果累累,本就是一美的景致。尽管那时的乡人对美景的认可程度不高,但每每路过,还是会多看上几眼的。

梨树是爷爷嫁接好移栽到坟地上去的。他总是选长势好的棠梨树,选上梨的枝条,仔细地嫁接上,待梨枝成活了,来年再移到适宜梨树开花结果的地方栽下。陪爷爷嫁接梨树是我高兴的事,看着他熟练地操作,看多了我

文字是一种纪念

也学会几招,即便到了如今的日子,我也可以接活桃杏梨等。每到初春,爷爷都会在村子里转悠,不管是谁家的树,发现了棠梨树,他就不管不顾下手,将棠梨嫁接成梨树。许多年里,郢子里家家有梨,不大的村子处处喷吐梨花的香味。棠梨果滞涩,梨子鲜甜,爷爷给村子布下了一道美好。

爷爷的梨园在初夏已是硕果累累,间摘下的果子带着青草味的香甜。我提着篮子跟在爷爷的身后,爷爷会说,果子太多太满长不大,要下狠心。当时毕竟太小,我不明白其中的三昧,但我知道爷爷对每一粒果子,都是十分珍惜的。小梨嫩甜,我总是吃了个小肚滚圆。爷爷的梨园不怕偷,到了九十月里,梨子把树坠弯下了腰,站在坟头上伸手就可摘下。家里人议论,黑天可要看着。爷爷笑着摇头,说:"不要哦,有老祖先在那呢。"家里人依着爷爷,就紧着梨在月色下、风雨里等着"下"梨子的日子。

爷爷的一个举动,我很多时候不理解,他把一只刨子,用细绳系着吊在一棵最大的梨树上。刨子是铜质的,闪着金属的光芒,刨子是为偷食梨子的人准备的。爷爷说,偶尔吃只梨子,不叫偷,只是口渴了"行"个梨子吃。爷爷的举动,吸引了一些人,也"吓"走了一些人,爷爷的梨园反而安全了,每年的收获总是沉甸甸的。爷爷算得上是个智者,他让一只刨子站岗,比人更牢靠多了。

爷爷的梨园一长就是许多年,爷爷去世后就埋在了最大的一棵梨树下。梨树眷顾着爷爷,把最好的花开在他的身上,最浓的荫凉垂在他的四周,最大的果坠在他的坟头,每次去看他,或多或少都会给我带来惊喜。我们还是学着爷爷,在梨子成熟的日子,把爷爷传下的刨子,挂在他坟边的梨树枝上。梨稳稳地结着,刨子随风荡来荡去,爷爷坟上的草又随之长高了不少。

梨园最终还是毁了,割资本主义尾巴的日子,十多棵老梨没能幸免。砍倒的梨树躺了一地,父亲一棵棵运回了,截成了一段又一段,梨树无料,却坚硬无比,咬锯子。我数着树轮,一波又一波,有超过五十道的涟漪,我暗自思忖,树龄五十,爷爷该是在他三十来岁时栽下的,梨园陪了爷爷大半辈子。

奶奶还是选了梨树中的好料,请了郢子中的木匠,做了一张桌子,四把椅子,它们卧在堂屋里,面对着爷爷的遗像。爷爷的胡须雪白,像梨木桌子、椅子开出的花。

文字是一种纪念

●杨修文

母亲的前尘往事

我那九十五岁高龄的母亲,在重病卧床近十年后,在一个没有月色的夜晚,平静地走了。母亲走得很安静,脸上竟没有一丝痛苦,就像她平时睡着了的模样。当我握着母亲那枯树枝般冰凉的手,眼中竟然没有流出眼泪。因为我不相信那么依赖我的母亲,竟然没有给我打一声招呼就这么自作主张地走了,而且永远不会再回头。直到这时我才突然感悟到:母亲决绝地带走了属于她的岁月,我多么希望远去的是岁月,而不是我的母亲。

母亲走过了近一个世纪的时光,她有着坚强的、传奇般的人生经历。而我这个让母亲引以为豪的会写字的女儿,为她记录下的却只是不完整的、碎片式的文字,从未为母亲写下一篇记录她生平的文字。如今让我心碎。我写下以下文字,以慰藉母亲的灵魂和我愧疚的心灵。

一

我母亲的娘家在鲁西北,黄河岸边一个叫作毛官屯的小村庄。

要写我的母亲,就不得不先说一下我的姥娘。我的姥娘爱憎分明、性格刚烈,且极有主见。二十多岁死了丈夫,带着一个女儿嫁给了也是独自带着一个女儿的我的姥爷。在那个时代,在孔夫子的故乡,寡妇再嫁是要承担着巨大的压力的。连我姥娘的家人都极力反对她走这一步,但她说,她不是为了自己，她是为了那个苦命的闺女能活下去。我姥娘一米七五朝上的个头，但是裹过小脚，支撑自己的身体都很困难，是没有办法下地干农活的。我姥爷是一个很老实的干农活的好把式，在我童年的记忆中，他的话很少，除了吃饭睡觉，无论啥时候看到他都在劳作，他的手从不会闲着，在姥娘和姥爷的辛勤操劳下，省吃俭用的家里竟然聚下了几亩薄地，没有旱涝天灾，能让一家人勉强填饱肚子了。

我母亲是姥娘和姥爷的第一个孩子，取名叫寻子。母亲的这个名字还是一次过年全家人围在一起包饺子时，父亲随口说出来的。我说是为了要儿子吧。但不知道为什么，母亲却冲着父亲大发脾气，并让父亲今后再也不许提起，父亲还连连道歉。这个名字似是让母亲受过刺激。从那时起父亲再也不让我们提及此事，它成了一个我永远也不会知道的谜了。姥娘在我母亲之后，又给我母亲生了八个弟弟妹妹，但五个都先后患瘟疫急症死在姥娘的怀里。我母亲也染上了，高烧不退出疹子，姥娘不忍心看着孩子再在她怀中死去，就把母亲放到炕上，自己躲了出去，可命硬的母亲竟然活了过来。姥娘经常给我说：你妈命大命硬。

那个时代的女子以脚小为美，三四岁就要裹脚了，而且是越早越小越好。媒婆上门首先是要看脚的大小的，脚大了找不到好婆家。因了姥娘吃尽了小脚的苦，也因了母亲实在是姥娘的好帮手，她就一直舍不得给母亲裹脚，但不裹脚的女孩子是根本嫁不出去的。在母亲五岁那年，姥娘抹着眼泪对母亲说："不是娘狠心，你不能跟娘过一辈子呀。"姥娘躲出了家门。母亲的姑奶奶找来帮手把母亲绑起来，嘴里塞上棉花给母亲裹了脚。母亲多次给我提及此恨恨地说："那万恶的旧社会，把骨头硬是给扳断了，那个疼呀，实在是忍不了，我当时只想着赶快死了吧，死了就不疼了呀。"因为母亲裹脚晚，裹过的脚还是比其他女孩子的要大些。虽然是小脚，但她从不穿小脚绣花鞋，一直都喜欢穿宽大的鞋子。她天性倔强好动，常和男孩子比高低，裹脚以后仍能上高爬树，下到湾里摸鱼。姥娘总是骄傲地说，我这闺女不比小子差。也正因为如此，母亲从小就开始为家中分忧解难，姥娘也总是很信任

文字是一种纪念

地给母亲委以重任。

那时虽然母亲全家每天起早摸黑拼命地干活,但每年交给军阀政府的农业税很重,各路军阀又强征各种苛捐杂税,日本鬼子的"抢光"政策,还有残兵败将、散兵游勇光天化日之下的公开抢劫,所剩粮食已经不够全家糊口了,可就这样,还有一些地痞流氓也趁机抢劫。家中遭到了几次抢劫后,他们还不罢手,姥爷只会唉声叹气。姥娘则想好了一个计策。一个夜晚,抢劫的蒙面人又来了,他们把家中仅剩的粮食装进了布袋。母亲趁着慌乱,把其中一袋布袋上有字的粮食推入院中的地窖里。劫匪没有发现。如要发现了会出人命的。后来八路军依据布袋上的字顺藤摸瓜,并悉数将劫匪抓获,为当地百姓民除了一个大害。

那时日本鬼子侵略了我的故乡。敌后武工队、八路军和鬼子展开了拉锯战。"跑反"就成了乡亲们家常便饭,鬼子来了就跑,等他们走了就再回来。"跑反"还要有人看家,权衡再三,姥娘就决定让我母亲留下。除了我母亲泼辣能干外,还因了我姥爷的老实木讷,和我两个姨长得太好看,都是不能在家的。母亲很爽快地应了。姥娘把母亲头发剪成小子头,脸上涂抹上锅底灰,衣服也穿得又烂又脏,打扮成一个活脱脱的男孩子。日本鬼子来了,我母亲就装成哑巴。她机智地躲过了无数次的险情,而日本鬼子一直都没有发现母亲是个女孩子。

母亲小时候,女孩子是不让读书的,即便是地主家的女孩儿也不给念书。她对儿时最为念念不忘的一件事是,她带弟弟出去玩时,一定会去村西头的学校。先生在教室里面讲课,她就认真地在外面听。听完了就用小树枝在地上写字。后来先生发现了刻苦好学的她,先生惊讶她比许多学生还学得好,就在课堂上表扬了她,并让那些不好好学习的学生向她学习。这就得罪了那些地主和富人家的少爷公子哥。他们追赶着打妈妈,不允许她再去学校了。母亲说起这段往事时总是很遗憾地说,那时要是能学下来她能认得很多字呢。也就是从那时候起,学习文化就像一粒饱满的种子深深埋在了她的心底。

二

母亲到了婚嫁的年龄,姥娘挑来拣去的,她总是觉得我母亲为家里付出太多,她亏欠着女儿,她要为女儿寻个好人家,能让母亲以后过上安稳舒心些的日子。在媒婆的撮合下,姥娘相中了我的父亲。

我的爷爷在当地是很受人尊重的私塾先生。我奶奶在我父亲三岁时就过世了。我爷爷就一直把我父亲带在身边,教他读书。父亲书读得很好,深得爷爷的喜爱。父亲读完私塾后,即与爷爷一同教书。虽然爷爷是个文化人,但因为没有自己的土地,靠着吃"百家饭"勉强度日,家里很穷。能给儿子定下这门亲事,我爷爷甚是安慰。

婚事订下来了,那年我母亲十八岁,我父亲比母亲小两岁。他们从未谋过面。母亲说,定亲时你爷爷领着你父亲来了,我很想偷偷看看他长什么样,但这是绝对不允许的。你姥娘让我躲在放杂物的小北屋,怕我跑出来,还从外面上了一把大锁。父亲说他也很想看看母亲长啥样,但在院子里转了两圈也没有看到。爷爷和父亲走后,姥娘对母亲说:"闺女放心吧,女婿长得很周正,白白的很文气。"母亲的心才算放了下来。

母亲和父亲结婚后没有多久,八路军和日本鬼子在我们家乡展开了拉锯战,加之黄河又发大水,人们都逃难去了。爷爷的书也教不下去了,全家人的吃饭就成了大问题。无奈,我母亲带着我父亲又回到了我姥娘家。姥娘家的生活也很困难,家乡的风俗是,女婿要在岳父母家常住是要被人嘲笑看不起的。我倔强的母亲就和父亲到济南、泰安一带讨生活。

母亲最痛苦、最痛恨的就是这段经历。因为我母亲是小脚,干不了重活。父亲是一介书生,从未干过农活,虽然肩不能挑,手不能提,但父亲还是尝试着"弃教从商"。所谓"从商"也就是走街串巷卖酱油、卖锅饼(山东的一种大饼),人家能赚钱,父亲却都赔了;让他用独轮车给人送地瓜干老酒,父亲却打碎了一坛子酒,独轮车无法推回来……虽然父亲的斯文扫地,但仍

文字是一种纪念

然解决不了全家的糊口问题。最后实在是没有办法生活了，父母走上了讨饭的路，白天沿街讨要，晚上就睡在破庙里、牲口棚里。

那时候黄河三天两头发大水，穷人们都冒着生命危险到河里去打捞从上游冲下来的家具、树木等物品换点粮食。父亲也加入了这个大军。可在一次打捞时一棵冲下来的树木砸晕了父亲，还被树枝划烂了腿。是一同打捞的同乡冒着生命危险救活了父亲，但因为没有钱医治，父亲的腿感染化脓。母亲把父亲安顿在一个山洞里，趁着月色到庄稼地里抱来麦秸铺上厚厚的一层，让父亲睡在上面。母亲白天拖着打狗棍出去要饭，晚上回来照顾父亲。为了给父亲增加营养，母亲把讨来的有粮食的饭食都给我父亲吃，自己吃野菜做的饭团子，由于长期营养不良，母亲全身浮肿。父亲腿上的感染越来越重，肌肉腐烂得露出了腿骨。母亲就用嘴把父亲腿上的脓吸出来，然后用盐水清洗。父亲不忍心再拖累母亲，就坚决不让母亲再管他了，并以绝食相逼，说你还年轻，去讨条活路。母亲决绝地说，你要绝食，我陪着你一起，我们都死在这个山洞里，我也绝不会离开你。父亲无奈。就这样过了一年多，父亲在母亲的精心照料下，腿居然慢慢好了起来。母亲说，她清楚地记得那天傍晚太阳快要下山了，风很大，她提着讨饭篮子走回山洞，很远就看到我父亲拄着树枝站在洞口，风吹着父亲单薄的破衣服和头发，母亲惊喜地扔了篮子，不顾一切地扑向父亲。父亲的伤好了，但腿上留下了一个很大的伤疤。父亲经常会抚摸着伤疤流泪，说要不是你们的母亲，我那个时候就死了。

我母亲的四个儿子，我的四个亲哥哥都在饥饿、贫穷和疾病中没有成人就都相继死去了。我大哥死的那年已经七岁了，最小的哥哥才一个多月。提起死去的大哥，母亲都会泣不成声地说一遍："你大哥是你们姊妹里最俊的，很懂事。他是连饿带病地走了，我连块包布都没能给孩子呀，我用手在河滩上挖了一个坑把他埋了。过了一天我去看他，被野狗拖出来吃了，只剩下骨头。那时的狗都饿红了眼，别说死人了，连活人都想吃呀。那天我站到河水中，真想跳到河里跟你大哥一起走了，可我走了，你们的父亲怎么办，还有你们的二哥,他们肯定是活不了的,为了他们我才活了下来。"

父亲的腿好后,走投无路的父亲经他的学生介绍,秘密加入了共产党,从事地下工作,后来又加入了抗联游击队、八路军武工队的县大队。母亲就又独自回到娘家度日。

三

因了父亲强烈的阶级仇恨,又因了父亲有文化,参加武工队后不久,父亲就当了县大队指导员。为此父亲也就成了敌人的重点抓捕对象。汉奸、日本鬼子到处打听父亲的下落。我姥娘家就再无宁日,汉奸三天两头来家里监视打探。

那是一个冬天的傍晚,父亲悄悄跑回家想看看我刚出生不久的哥哥,因汉奸告密,刚进家门,汉奸就带着鬼子进村了,父亲来不及躲藏,只看了一眼我哥哥,就掏出枪对母亲说:"我冲出去,打死俩就是赚了。"母亲急中生智,说了句:"你听我的。"就扯下一块红布挂在门上(这是当地的习俗,挂上红布表示刚生了孩子,进了这门要晦气一辈子),然后把我父亲摁进被子脚头,盖上两床厚被子。母亲头上扎上坐月子的白布条躺在炕上,把我哥哥放到被头外面。汉奸刚进院子,母亲就拧了哥哥一把,哥哥使劲地哭开了。汉奸走到门口,抬头看见了布条,就把刚迈进屋的一条腿收了回去。捂着鼻子把头探进来看了一眼说,有人看见你男人回来了,怎么没有回家?我母亲边大哭边回道:"这是谁睁眼说瞎话,肯定是看错人了,听说他跑远了,他是不要我们娘儿俩了……"汉奸又把整个屋子巡视了一遍,说了声:"回来赶紧报告,不然灭五族。"就走了。母亲示意我父亲不要动,她到院子里听到敌人走远了,才掀开被子让我父亲出来,父亲紧张得满身是汗,手里一直紧紧握着子弹上膛的枪。母亲催促道:快走吧。父亲便翻墙消失在夜幕中。

还有一次,由于叛徒告密,武工队被鬼子包围在村子里,父亲掩护部队突围后,负了伤,并且出不去了。他跑回家对母亲和家人说:"我走不了了,你们把孩子带好,好好活下去。"说着就要往外冲。我母亲和姥爷死死拽住了父亲,姥爷让父亲下到一个很隐蔽的,专门用来藏身的地窖里,上面用地瓜秧覆盖上,他郑重地嘱咐我父亲:"记住,无论外面发生什么事情你都不能出来,你一定要听爹的话呀。"刚把我父亲藏好,鬼子和汉奸就来了,他们把家里搜了个遍也没有搜到父亲,就把我母亲绑在院子里的枣树上毒打,我母亲就咬住说没见人。敌人就又把我姥爷捆在树上用枪托砸。那条日本鬼子的大狼狗,伸着舌头站在院子中间,听到指令随时都会扑过来。父亲说他实在受不了亲人为他受这般的折磨,真想冲出来和敌人拼了,可是听到我姥爷一遍遍地重复着:"这孩子最听我的话了,我让他干什么就干什么,我让他走了,他再也不回来了。"我父亲明白这话是我姥爷嘱咐他的,他不能辜负了我姥爷。敌人在我家折腾了大半天也没有找到父亲就撤了。父亲每次给我们讲到这段经历他都会流泪。他说中国抗日战争的胜利,就是无数像你们的妈妈,姥爷这样的老百姓,养育和托举起了我们的军队。

后来,我父亲加入了中国人民解放军野战军,相继参加了攻克晏城镇军阀李连祥土围子战斗、济南解放战役、淮海战役、渡江战役等等大大小小上百次战役,却再也没有回过家,母亲便没有了父亲的任何消息。但却多次听到从前线支前回来的乡亲们说父亲战死了。而从淮海战役战场回来的乡亲更加详实地告诉我母亲说,他亲眼看见我父亲在敌人机枪扫射中倒下了。母亲怕我姥娘、姥爷为她担心,她没有告诉父母,只能偷偷地哭,她说她几乎整夜不睡地做军鞋,支援前线,她用这种方式为父亲报仇。

四

在全国就要全部解放前夕,那时母亲已经认定我父亲牺牲了。突然接到父亲托人捎来的口信,说他正在西南剿匪,让家人不要担心。我父亲还活着的消息令我母亲欣喜万分。那时候由于战争的缘故,没有正常的通讯。捎信的人说他还是在三个月前见到我父亲的,我父亲现在具体的地址他也不知道。母亲决定带着我唯一活下来的二哥去贵州找我父亲。姥娘和姥爷还有舅舅都坚决不同意她去。说这兵荒马乱的还到处在打仗,而且很多地方都不通车,我母亲从未出过远门,又不识字,小脚走路都很困难,还带着个小孩子。姥娘哭着求母亲不要走,她说怕这一走就再也不能相见了。可我母亲还是执意上路了。

母亲说她从山东到贵州,整整走了一个多月。那是她这辈子走过的最难走的路。这一路上,她和乡亲们一起爬过火车,搭过牛车、毛驴车,但最多的还是和逃难的人群一起边走边搭顺路车。走不动了就找个村子,或者和逃难的人们找个能遮风避雨的地方住下。母亲说要是碰到解放军的篷布大卡车,那就是最高兴的事情了。因为解放军听说我父亲在部队上,不但热情地安排母亲和哥哥的吃住,还帮助母亲多方打听我父亲的部队。母亲说,后来解放军的大汽车越来越多,在他们的帮助下。母子俩竟然在贵州省找到了我父亲。母亲对父亲说,我再也不离开你了。父亲说,全国马上就要全部解放了,我们一家不会再分开了。父亲把我母亲和哥哥安顿下来,就又去剿匪前线了。

母亲原本以为全家团聚了,就能过上安生的日子了,可父亲剿匪的经历却又让我母亲经受着巨大的精神压力。她说虽然知道我父亲就在不远的地方剿匪,但也很难见面。土匪依仗有国民党给他们装备的美式先进武器,且熟悉山区的地形,人数众多,负隅顽抗,很难打。经常有和我父亲一起剿匪的战友牺牲的消息传过来。为此母亲吃不下饭,睡不着觉。母亲说:"有两次你父亲都差点没有了。"一次是土匪夜晚偷偷潜入父亲剿匪部队的驻地把唯一的一口水井给下了毒,毒死了两名解放军战士,父亲也差一点就喝下了毒水。父亲带领剿匪部队在大山里边和土匪边作战边找水源,有的伤病员因为没有水都没有熬过来。还有一次,是大股土匪把父亲的部队包围了。而且断了和上级的通讯联系。在弹尽粮绝之后,父亲和他的战友们已经把手榴弹绑在了身上,准备冲出去和敌人同归于尽时,增援的大部队赶到了,父亲才得救了。

文字是一种纪念

剿匪结束后,父亲的部队就留在云贵高原。我就出生在贵州省修文县,为了纪念这段历史,父亲给我取名叫"修文"。从那时起,我的母亲就紧紧跟随着父亲的脚步,带着我们姊妹走遍了大半个中国。

五

50年代末,父亲被选派到以刘伯承元帅为院长的南京军事学院深造学习,我们全家跟随前往。母亲说,那是她这辈子里最为安稳和最幸福快乐的一段时光。她喜欢南京的梧桐树,喜欢夜色下紫金山的灯光。我父亲和老战友迟浩田叔叔同在一个班(迟叔叔后任解放军总参谋长、国防部长)。迟叔叔任班长,我父亲任党小组长。也许因为都是老乡,也都是文人投笔从戎吧,父亲和迟叔叔的关系非常好。迟叔叔经常到我家来玩,喜欢抱抱我。后来,在20世纪90年代,迟叔叔来到合肥,那时候我父亲已经不在了,他在百忙中抽出时间接见了我和母亲。叔叔对我说:"你要做一个像你父亲那样忠于党的事业的好人,还要学习你母亲不怕任何困难的坚强和吃苦精神。"叔叔的话我一直牢牢记在心中。

但母亲的这段幸福很短暂,在父亲毕业前夕,经过了组织上的层层严格挑选,被选派到国防科工委,青藏高原的原子弹基地担任警卫部队的政委。

原子弹基地建在青海湖畔的金银滩大草原上。美丽的大草原,常年积雪不融的雪山,还有那清澈透明的河水和小溪,很美。但是因为高寒缺氧,生存和生活环境却极其地恶劣。母亲为了我们能够健康地成长,她付出了自己全部的智慧和力量。由于缺氧,高原上的馒头是蒸不熟的,像是一个个硬邦邦的石头疙瘩。母亲就像当地农牧民学习做锅盔(一种把和好的面粉加上牛奶放到特制的铁锅里,再把铁锅埋在燃烧的牛羊粪里烤熟的面食,是当地游牧民的一种主食)。好吃极了,像是点心。那时全国的物质都很匮乏,高原的蔬菜更是奇缺。母亲就带领我们用她那双小脚开荒种土豆;用手榴弹箱子种蒜苗;把绿豆捂在被子里自制豆芽;自制臭豆腐;还养鸡、养鸭、养兔子给我们改善伙食。那时候每人每年只有两尺布票。对我们这群贪玩的孩子而言是根本不够的，母亲就把部队过期的，只有一寸宽、一尺多长的擦枪用的黑布条拿回家，洗干净，然后一条条地缝在一起给我们做棉衣里子。为了防止我们生冻疮，母亲把做好的棉鞋外面刷上一层胶，这样既暖和，雪水也不会渗到鞋子里了。在我的记忆中，母亲好像从来都不会累，她不知疲倦地在忙碌着。我经常半夜醒来，母亲还在灯下做针线。母亲的手很巧会绣很多种花。我和妹妹的鞋面上母亲都会绣上好看的小鸟和鲜艳的花儿，让同学们很是羡慕。有一次我最喜欢的条绒衣服给划破了一个洞，我伤心地哭了，可第二天早上醒来时，那个洞变已经成了一朵好看的小红花。现在回想起来，那时的母亲也只有刚四十岁出头吧。她用自己一双永不停歇的双手，在雪域高原给我们姊妹营建了一个温暖舒适的家，给了我忙碌的父亲营造了一个可靠的小后方。

那个时代军装都是棉布的，质量没有现在的结实。母亲看到战士们有的军装破了还在穿，有的由于任务重没有时间洗。母亲心疼地说："这些战士还都是孩子，离母亲那么远，我不能看着不管。"她就在战士们训练时，到宿舍去把脏衣服、破了的军装拿回家来洗干净、缝补好。那时候没有洗衣机，高原的天气很冷，水很冰，为此母亲的手常年都裂着血口子。后来，许多战士就把需要缝补的衣服拿到我家来。母亲更忙碌了。她一个人实在是干不完，她就把家属们组织起来，成立了部队家属委员会，专门为战士们洗衣服、缝补旧衣服，得到了部队上级领导的表彰，母亲被评选为"学雷锋标兵"。她的劲头就更足了，而母亲也在为战士服务中找到了自己的位置，实现了自己的价值。

六

母亲心中始终有一个未圆的梦，那就是她压在心底的，童年时就在内心落下的种子：学习文化。由于我们姊妹多，父亲工作特别地忙，我们几乎都

文字是一种纪念

见不到父亲，家里的担子都压在母亲一人身上，她根本就没有时间学习。在她四十六岁那年，一天晚饭后，她郑重地向全家人宣布，她要学习识字，而我们都是她的老师。她把一些包装纸和我们姊妹没有用完的作业本子用麻线钉成本子，从此，她白天干着家务时都在默默记着生字，并"不耻下问"我刚上学的小弟小妹。我们熟睡后她的学习才正式开始。把学过的生字记在本子上。刚开始她每天学两个字，慢慢地字认识的多了速度就在不断加快，后来有时候一天能学七八个字。当母亲能写下完整的句子时就开始写日记，刚开始都是记录家里发生的事情，例如：母鸡下了几个蛋，买了多少块煤砖等等。当她能够自己看书看报的时候，她就认真通读学习了《雷锋日记》。她把雷锋作为自己的榜样，把雷锋的话作为座右铭，激励着她在学习文化的道路上不断进步。最后母亲的日记本竟然积攒了两麻袋。

父亲离休后，我们就举家从青藏高原搬迁到了合肥。母亲非常热爱合肥。她经常说，合肥这么美丽，氧气这么充足，不学习都对不起合肥。我们姊妹都先后工作、成家离开了父母，父亲就成了母亲的唯一老师。母亲的一生都很崇拜我的父亲，说父亲打仗、写文章样样在行。干休所成立了书法班，我父亲任老师，母亲第一个报名参加学习。在父亲的指导下，母亲的毛笔字写得有模有样，参加书法比赛竟然还获了奖。母亲是一个极其热爱生活的人。她的小脚令她生活已经很不方便了，可她还是积极参加集体舞、打太极拳等活动。最令大家惊讶、也令我们姊妹不解的是她还让我给她买了篮球，每天到篮球场练习定点投篮，后来我才明白，母亲的定点投篮可以让脚多休息。后来她的投篮水平竟连干休所的年轻战士们都甘拜下风呢。母亲自豪地说："活到老学到老，只要刻苦就没有学不会的事情。"晚上我要帮母亲洗脚，她不肯，说是要自己慢慢洗，因为脚太疼了。我对母亲说你这么受罪的脚，活动少参加点吧。母亲坚决地说，"那怎么行，活着就要活出精神来。"母亲参加大合唱，她不识谱，就把歌词抄下来，嘱我回家教她，我唱一句，母亲跟学一句，她那认真的情景，我如今仍历历在目。

母亲成了名人了，上了报纸和电视。许多老年人都慕名前来看望母亲，和母亲交朋友。也有的是来找母亲解决家庭问题的,母亲都很认真积极地帮助出主意、想办法。那段时光是属于母亲自己的,她很幸福很知足。

后来,母亲在摔了一跤后,腰椎剧烈疼痛不止,被医生诊断为腰椎恶性肿瘤。那些日子,我绝望地奔波于各大医院,托人找关系、找专家。但诊断结果高度一致,结论是母亲的生命最多还有三个月。望着高龄且被疼痛折磨得痛苦不堪的母亲,我不能再给母亲增添任何痛苦,我放弃了抗癌治疗,用中药调理,母亲每天早晚都要喝下两大碗很苦的中药汤,这对于已经被疾病折磨得几乎吃不下任何东西的母亲是多么地艰难,但她都听话地按时喝下去了。母亲在从未间断地喝下了五百多服中药后,身体竟然逐渐地好了起来。我守候在她的床前,她让我给她讲时事新闻,每天还用她那不听使唤的手歪歪扭扭地写几个字。她一直都在憧憬着病好后要做的事情:要参加干休所的书法比赛;要坐我的车去游巢湖;竟然还要让我教她用电脑写字;还惦记着我养的小狗,说等她病好了给小狗缝床小花被……但母亲终究没能等到这一天。

我平凡的母亲,却活出了人生的新境界。

母亲的一生太苦太累了,如今母亲去了再也没有痛苦的地方,妈妈您好好歇息吧,无论您在哪里,都会有女儿的牵挂和祝福。

文字是一种纪念

●姚 云

哪怕忘了我们也好

2016年7月26日午夜,妈妈撒手人世。

医院在我刚离开不到两小时又通知我去,生命就是这样无常。

我和弟弟们都赶到她身边,妈妈的表情很平静安详,医生护士还在竭力抢救,但妈妈的手已经冰凉……

事后回想起来还是有些端倪的,只是当时我们一点儿没察觉。我们以为明天还可以再见,我们以为还会有些日子,到底哪一天,上帝没告诉我们。不过,让我稍稍安慰的是,在妈妈住院的226天里,我几乎天天都去床前陪伴,白天去的时候她若醒着,就会目不转睛地盯着我看,我就会握着她手跟她讲话,哪怕她已不能言语,我也会找一些她平时感兴趣的话题絮絮叨叨地说给她听。

26号那天,冥冥之中仿佛有感应,我去了医院两次,可是那天晚上她好像很困乏了,微睁开眼睛,看我,又无力闭上,又睁开,又闭上,如是两三次,我以为是她困了,也或者是安定药物的作用,更何况床边的监测仪器上各项指标显示得都很正常。晚上10点半我临走时,特意调好了屋内的空调度数,又仔细帮她盖好被子和梳了梳头发,然后就回家了。我没想到此时妈妈的生命即将走到尽头,她在用尽全力跟我告别,我却没能接收到这生命最后的密码。

从元月3号住院到7月26日午夜离世,这226个白昼和黑夜,妈妈在明明灭灭的世界里挣扎着,我也是用尽了力气拼命想挽留她,奈何终究敌不过死神的魔掌。

去年的两次住院,虽然病情严重,但妈妈都幸运地闯过来了。今年的这次住院,发病起因却是一次很偶然的感冒发烧,导致呼吸急促、喘不过气来。上午我请来一位医生朋友到家里诊断,下午还是没能控制住病情,弟弟打了120救护车紧急送往医院,连日的昏迷又让妈妈的肺部感染加重,不得已为保命我又做主同意医生切开了她的气管……但最终受尽了折磨,还是没能保住性命。

妈妈,对不起,人世一遭,让您受苦了。女儿无能,不能主宰世界,不能让您免受病痛折磨,不能让您健康长寿,甚至连真正的快乐和安宁都不能带给您,作为您唯一的女儿,我代表世界,向您道歉!

妈妈,去吧,去找您的爱人、您的兄弟姐妹、去找离开您很久的您的父母吧,他们会爱您、疼您、保护您,有了他们,您才不会孤独忧伤;有了他们,您的心才会完整,那里才是您的归宿,特别是我早逝的外婆和我的爸爸,她(他)们欠您的爱一定都会还给您。

妈妈,假如,假如真的有来世,假如有一天,可能是三十年、也可能是四十年后的某一天,您若看见身边有一个慌张的灵魂在飘荡,同时还不停地朝您深情地张望,请您务必留心,那应该就是我。您一定要记得把我认领回去,别让我孤独的灵魂漂泊得太久。

妈妈,真的要感谢您,这226个日日夜夜,您给了我们足够的时间做准备——我们每天烧饭送饭、喂汤、擦洗,不管天寒地冻还是烈日炎炎,每天满腹心事、步履匆匆地奔波在去医院的路上,每天不管多晚,都会去病榻前轮流陪伴……这一切的做法,让我们感觉自己似乎已尽了孝,让我们的心灵有了些许的自我安慰。但是啊,我心里明白,妈妈,您一辈子都在付出,为子女、为丈夫、为亲友,唯独没有为自己,相比您的恩情,我为您做的还是太少太少了。

所以,妈妈,如果有来世我们再相遇,您别再做我的妈妈了,您就做我的

文字是一种纪念

恋人或者姐妹吧，让我好好地呵护您、疼爱您、怜惜您一辈子，把所有人欠您的爱都加倍地还上。

如今，我活着，您却病死寂灭，令我困惑不已。母女因缘，真是如此散离而幻灭了吗？没有人教我生死大问这门课。经常，走在路上，或者穿行在回家的车流里，我都会莫名地想起您。想起您的身影，就会情不自禁地喃喃自语，用平时喊您的语调轻轻唤您，盼您能应一声回头……

经过了生死，我才逐渐地明白了一些道理。人这一生，不是为了追求圆满而来，而是为了一次次噙着泪水去明白圆满的不可能。虽然这一生这一世不可能会圆满，甚至最后一切都成空，但我心里还是希望您能得到真正的安宁和快乐，这是离去唯一能携带的期盼和希望。妈妈，您离开我们那么久了，您该找到天堂里的爸爸了吧？找到您期盼已久的亲人了吧？如果，您找到了属于您的安宁和快乐，哪怕，忘了我们也好。